レジェンドノベルス
LEGEND NOVELS

城主と蜘蛛娘の
ンジョン　2

contents

レジェンドノベルス
LEGEND NOVELS

城主と蜘蛛娘の戦国ダンジョン　2

第九章　Little Dungeon under the Burnt Field（焼野原の小さな迷宮）

突然、私は顔を撫《な》でられているように感じて目が覚めた。暫《しばら》く優しい感触に身を任せていたかったが、すぐに巨《おお》きな灰色の犬に舐《な》められていることに気づいた。

「わっ」

私は慌てて身を起こした。どうやら屋形の前庭《まえにわ》に横たわっていたようだ。周囲の楯《たて》や防塞は幾筋もの矢で蓑毛《みのげ》の如《ごと》き有り様だった。私は立ち上がって周りを見回し、生まれて初めて割礼儀式を目撃した少年のような顔で死と破壊の間を歩きだした。そしてやっと、具足を解かれて鎧下姿《よろいしたすがた》になっていることに気づいた。酷《ひど》く喉が渇いた。どうやら浄土ではないらしい。もっとも、軍事精霊の私に来世はないのだが。

草は雨が降った後のように血に濡《ぬ》れ、あちこちに血溜《ちだ》まりもあった。殺されたあらゆる種族の者たちを見た。焼け爛《ただ》れた死体もあった。死体は一面に転がっていて、下を向いて歩かねばならなかった。斬り刻まれ朱に染まって斃《たお》れた犬の血を仔犬《こいぬ》が熱心に嘗《な》めている。きっと親の死をまだ悟れていないのだ。

柵の多くが押し倒され、または焼け失《う》せていた。斜めに突きだされた尖《とが》った杭《くい》に馬が突き刺さったまま冷たくなっていた。屋形は焼け落ちてほとんど原形を留《とど》めていなかったが、二基の物見櫓《やぐら》は矢で針鼠《はりねずみ》になりながら平然と立っていて、見張りのナーガ兵の影が見えた。

「焦げておらぬ梁《はり》や割板《わりいた》はこちらじゃ。消し炭は荷車に」

焼け跡ではバイラが大声で後片付けを指図し、インプらが忙《せわ》しなく立ち働いていた。

「バイラよ」

私はミノタウロスの背に声をかけた。

「おお、殿、起きられたか。大事ござらぬか」

バイラが大股で歩み寄ってきた。

「戦《いくさ》はどうなった」

私は縺《もつ》れる舌をなんとか叱咤《しった》して訊《き》いた。私の問いに、バイラが大きく破顔した。

「御味方大勝利でござるぞ」

「そうか」

勝利の歓喜など微塵《みじん》もなく、徒労感に打ちのめされて私は立ち尽くした。バイラが無言で革袋を差しだした。私も黙って受け取り、栓を抜いて中の水を飲んだ。体に沁《し》み渡る思いに、私は夢中で飲み続けた。

「よう御無事で」

「ああ、そうだった。確かに射られたはずだが」

矢が立った胸の辺りに手をやると、鈍い痛みが走った。

「あの風使いが射た鏃《やじり》が腸繰《わたくり》で助かり申したな。ギラン殿が鍛えたる御着背長《おんきせなが》とテラーニャ殿の編んだ鎧下《よろいした》のお陰で裏も掻《か》かれず」

これが貫通力に優れる鎧通《よろいとおし》ならば危のうござったとバイラは笑った。手を胸許《もと》にやるとアラクネの糸で編まれた鎧下《よろいした》が酷《ひど》く綻《ほっ》れている。

「よく助かったものだ」

「御二方に礼を申さねば。いや、まことに運が強うございたな」

人心地ついて、私は改めてバイラの巨軀《きょく》を見上げた。栗毛《くりげ》の所々に血が黒く固まっている。

「疵《きず》を負うたか」

「いずれも浅手でござる。まこと、ギラン殿の鍛えた具足は見事なもの」

鎧《よろい》をばんと叩《たた》いた。一枚板の胴に刃物疵《きず》が三筋ほど走っているが、いずれも鉄板を断つまでには至っていない。

「だが、この棒はもはや使い物になりそうにござらぬ」

緩やかにくの字に曲がった愛用の金撮棒《かなさいぼう》を惜しそうに見つめた。どれほどの力を込めて叩《たた》けば鋼の棒がこうなるのか。私はこのミノタウロスの膂力《りょりょく》に改めて呆《あき》れた。

「綺麗《きれい》に焼けたな」

私は改めて未《いま》だ燻《くすぶ》る屋形の残骸を見上げた。微《かす》かに煙が上がっている。

「いずれは建て直さねばならぬもの。却《かえ》って手間が省け申したわ」

口調とは裏腹に、バイラは悔しそうに顔を歪《ゆが》めた。

「敵はどうなった」

「三百ほど取り逃がし、今シャドウ・デーモンどもが後を追うており申す。残りはあれに」

バイラが大手のほうに顎をしゃくった。見ると、大手門の残骸の内側に、黒い塊が幾重にも折り重なっている。インプらが死体を引きだして並べているのが見えた。

「実検しよう。付き合え」

既に敵兵の死体を調べていたクルーガが、私に気づいて顔を上げた。

「無事でよかった」

吸血鬼が微《かす》かに、ほんの微《かす》かに口角を曲げて笑った。その口許《くちもと》から首筋に血を拭った跡があった。この吸血鬼は殺した敵兵の血を啜《すす》ったのだ。または血を啜《すす》って殺したのか。

「ああ、世話をかけた」

私は死者の列の間を歩いた。ありとあらゆる方法で殺された死体が並んでいる。数えきれる数ではなかったので、私は数えるのを早々に諦めた。法弾の炸裂《さくれつ》で四肢を喪《うしな》った者。腹に立った矢を両手で握り、身を屈《かが》めて固まった死体はきっと長く苦しんだのだろう。首を失った死体もあった。酷《ひど》い死に方をした者も、あまり酷《ひど》くない死に方をした者もいた。

疵《きず》ひとつない死体も数多くあった。血も流れず具足も壊れておらず、昼寝していると言われれば信じてしまいそうだった。私の視線に気づいたのか、クルーガが、

「ああ、それは圧死だ」

「窒息でござるよ」

バイラが付け加えた。

「三方から攻め立てられ、ナーガに退路を断たれた敵は、混乱して密集したのでござる」

それで中央にいた者たちは、四方から味方に押されて息もできず絶息したという。

「凄《すさ》まじいものだな」

「まことに。やつがれも聞き及んではいたが、まさかこれほどとは」

列の端に大楯《たて》が三段に敷かれ、そこに赤黒い塊が載せられているのが見えた。

「あれは何だ」

「ああ、お引き合わせいたそう」

バイラが私を促して大楯《たて》の前に立った。

「ジニウが討ち取りたるクマンの大将ザイルめが首級《しるし》でござる」

「え、これがか」

私は思わずバイラとクルーガに向き直った。ただ血に汚れた肉団子にしか見えない。

「説明せよ」

二人は困った顔を見合わせたが、やがてバイラが意を決したように咳払《せきばら》いして話しだした。彼の言によれば、最初ヌバキのゴブリンたちは晒《さら》されたザイルの首を罵り唾を吐く程度だったという。だが彼らは次第に興奮し狂暴になっていった。足で踏みつけ、石を投げ、ついには、

「年寄りや童《わらべ》まで総出で棒を手に打擲《ちょうちゃく》を」

気まずそうにバイラが言った。頭骨が割れ砕け、首が形を成さなくなってやっとヌバキのゴブリンたちも溜飲《りゅういん》を下げたという。

「ゴブリンどもの激昂《げきこう》振り、とてものこと止める能《あた》わず」

「相当に恨んでいたのだろう」

クルーガが眉を顰《ひそ》めて言い添えた。私はゴブリンたちの恨みの深さを改めて知った。

「ところで、我が方の損害はどうだ」

クルーガが帳面を取りだした。彼が記入した手負い討ち死に注文だ。

「ナーガの討ち死に六、手負い三、ミュルミドンの討ち死に十八、手負い十五、ヴァンパイアの手負い一、スケルトン・メイジの討ち死に五、ゴブリンは討ち死に十三、手負い十四」

すらすらと読み上げ、屋形の焼け跡の向こうを指さして、

「討ち死にした者はサイアスが付き添っている」

私が傷つけ死に追いやった数字だ。不思議と悲しみは湧かなかった。疲労で神経が弛緩《しかん》しきっていて、悲嘆に暮れる余裕すら失われていた。

「いや、一小隊の陣地がまだだ」

だからまだ数は増えるだろうとクルーガは呟《つぶや》いた。

「今、クレイ・ゴーレムとインプらが掘りだしており申す」

「生きておるのか」

「モラスが申すには、微《かす》かに生気が立っておるそうな。まず、全滅はないかと」

良《い》い報《しら》せだ。どこが吉報なのかと問われても、確《しか》と答えられないが。

「それと、ストーン・ゴーレムは全て打ち毀《こぼ》された」

クルーガが最後に苦々しく付け加えた。大手を守っていたストーン・ゴーレムたちは、敵の魔導兵の法撃を門扉《もんぴ》越しに受け、最後はスケルトン・メイジの破砕法撃に巻き込まれたのだ。

「やむを得ぬ。ケンタウロスに躍り込まれては手の施しようがなかった」

「それは承知している」

クルーガは苦々しく笑った。

「直せるか」

「直すさ。直さずにおれるかね」

「わかった。一小隊陣地に向かうぞ。バイラ、供をせよ」

クルーガに後を任せ、大手門だった残骸へ歩きだした。


堀の中も、逆茂木や乱杭《らんぐい》、拒馬に混じって、人馬の死骸が転がっていた。その多くに矢が立ち、一部は尖《とが》った木杭《ぐい》に刺さっているか、凭《もた》れるように息絶えていた。まだ回収が追いついていないのだ。柵には再度の襲撃に備えてナーガとミュルミドンらが歩哨《ほしょう》に立っていた。私を認めたナーガが頭を下げるのに手を上げて応じながら、

「そういえば、捕虜はどこだ」

私の問いに、バイラは思いだしたくないことを思いだした面《つら》をして、

「撫《な》で切《き》りにいたした」

申し訳なさそうに告げた。

「何だと」

私は立ち止まってバイラの目を見つめた。ミノタウロスは少し戸惑い、

「誰が命じたわけでもござらぬ。皆、血狂いしてござってな」

「何故《なぜ》だ」

私は詰《なじ》るように尋ねた。生虜《せいりょ》を得なければ敵の情報を入手できないというのに。

「殿が討たれたと聞き及び、斯様《かよう》な有り様に」

得物を捨てて手を合わせる者まで次々に殺害したという。

「馬鹿な、クルーガは止めなかったのか」

「一番暴れておったのがあの吸血鬼殿でござるわ」

「クルーガが」

私は呆《ほう》けたように呟《つぶや》いた。激することと最も遠い男と思っていたからだ。

「わかった。もういい」

私は頭を振った。バイラを罵っても死者は蘇《よみがえ》らない。

「テラーニャは如何《いかが》した。無事か」

「テラーニャ殿は殿に泣き縋《すが》っており申したが、具足を解いて殿が御無事とわかると、けろりとした顔で立ち上がり」

今は地下の包帯所で怪我人《けがにん》の手当てを手伝っているという。

「そうか」

命じなければ常に私の傍《そば》に立っていたので、私は彼女の振る舞いに違和感を覚えた。

私の考えを察したのか、バイラが言葉を続けた。

「殿が覚めるまでいたずらに侍《はべ》っておるなど、殿の本意に非《あら》ず。今は一人でも手が必要なはず、と殊勝に申しましてな」

「ふむ」

私は合点《がてん》がいって大きく頷《うなず》いた。テラーニャの意外な一面を見た思いがした。

屋形の北、一小隊の陣地では、クレイ・ゴーレムとインプ二百余が待機壕《ごう》の掘り起こしに躍起になっていた。待機壕《ごう》への連絡壕《ごう》も崩れているため、手間がかかっている。

穴の縁に立って作業を眺めていたモラスが私に気づいて、歩み寄ってきた。

「殿、先ほど、最後の遮板《しゃばん》を掘りだしたところでござる」

「おう、お主も大儀」

私は穴の底を覗《のぞ》き込《こ》んだ。クレイ・ゴーレムが土を掘り、インプらが持籠《もっこ》で土を運びだしている。底まで降りたかったが、きっと彼らの邪魔になる。

「どうだ」

「流石《さすが》はバイラ殿の手になる掩蓋壕《えんがいごう》、最後の板はサイアス殿の法弾の爆発にも無傷でござる」

ただし、一層目二層目の遮板は千々《ちぢ》に千切れ、ほれあの通り、と堆土《たいど》の向こうを指さした。そこには、死者を搦《から》め取《と》る地獄の手のように捻じくれひん曲がった遮板の残骸が積み上げられている。

私は軍団法兵の火力を改めて目にして軽く身震いした。

「よう無事であったな」

「しかし、何人生き残っておるのか」

モラスが生身の目を無念そうに歪《ゆが》ませた。

「やつがれがもっと手際良う弾着を修正しておれば」

どれだけ深く地中に籠もっていても、法弾破裂の衝撃から無事でいられるとは限らない。

「手加減いたせばこちらが危なかった。それに敵《かたき》に風使いがいた。気にするな」

紙のように薄い慰めなのは自覚している。だが、これしか掛ける言葉が見つからなかった。

陣地の周りに散らばる敵兵の死体を検分していたバイラがやってきて、

「如何《いかが》でござるか」

まるで他人事《ひとごと》のように訊《き》いてきた。自分の拵《こしら》えた陣地に絶対の自信を持っているのだ。このたびは彼の築城の手並みを認めぬわけにはいかない。と、バイラが手にした槍《やり》に目がいった。

「それは」

私の問いにバイラが大身槍の石突を地に立てた。

「あのオウガの得物でござろう。あちらに転がっており申した」

一見して並の直槍《すぐやり》だが桁外れに大きい。深く樋《ひ》が掻《か》かれた穂は刺突に徹した四角錐《かくすい》で、刃長《はちょう》四尺五寸、身幅二寸、柄六尺、塩首《しおくび》に小振りな鍔《つば》が嵌《は》めてあるのが異様だった。

「御覧あれ。穂は魔鉄、柄は鍛えた鋼樹《こうじゅ》でござる」

法撃の爆風を浴びて大きな疵《きず》もなく、と魅入られたような顔をした。

「大業物《おおわざもの》だな。どうする。お主が使うか」

「有難《ありがた》く拝領いたそう。ギランめに頼んで穂を一尺ほど磨上《すりあ》げまする」

「え」

私は言葉を失った。このような見事な逸物《いちぶつ》を一尺も詰めるとは正気とも思えなかった。私は刀剣の鑑定《めきき》についてはは素人もいいところだが、それでも勿体《もったい》ないことはわかる。だが、

「お主に呉《く》れた物だ。任せよう。しかし思いきったな」

「やつがれには些《いささ》か長《な》ごうござる。一尺磨上げれば、扱いは自在に」

あくまで実用一点なバイラらしい答えだ。ギランはきっと悲しそうな顔をするだろう。

そのとき、底を見つめていたモラスが、

「殿」

と声を上げた。見下ろすと、穴の底で待機壕《ごう》の天蓋が覗《のぞ》いている。クレイ・ゴーレムが退がり、入れ替わりにインプらが群がって円匙《えんぴ》を振るい始めた。

私は我慢ならずに穴の底へ滑り降りた。バイラとモラスも後に続く。バイラが折れ曲がった金撮棒の石突で天板を二度叩《たた》く。が、中から返事はない。私は焦りだした。

「急げ、早う掘りだせ」

インプらはすぐに隔壁まで掘り下げると、今度は掛矢《かけや》を使って叩《たた》きだした。隔壁が土圧で歪《ゆが》み、開けることができないのだ。やがて隔壁が叩《たた》き割《わ》られ、インプが道具を放り投げて中へ飛び込み、ナーガらを次々に担ぎだした。その数は三十三。七名は待機壕《ごう》に入ることができなかったのだ。私はイトラという名のナーガ兵に屈《かが》みこんだ。死んだように瞑目《めいもく》している。

「窒息したか」

心細くなって、私は思わず呟《つぶや》いた。

「眠っておるだけでござる」

代謝《たいしゃ》を抑えるために仮死状態に、とバイラが言った。蛇の眷属《けんぞく》はそういう器用なことをすると知識では承知していたが、実際に覚醒するまで私は安心できなかった。そんな私の心配を余所に、外気に触れたナーガたちは緩やかに目を開け始めた。

「殿」

イトラが掠《かす》れた声を漏らし、身を起こそうとして激しく咳《せ》き込《こ》んだ。

「よい、そのままで」

私は注意深く手を置いてイトラを土の上に仰向かせ、

「皆、まだ寝ておれ。敵はもうおらぬ。慌てて眩《くら》む勿《なか》れ」

周囲に声をかけてから、イトラを覗《のぞ》き込《こ》んで声を低め、

「ネスイの姿が見えぬ。如何《いかが》した」

わかっていたが尋《き》かぬわけにはいかなかった。イトラは押し殺した声で、

「中隊長は怪我《けが》で動けぬ兵を救おうとし」

単身突出して敵兵どもに押し倒され、二人してたちまち頸《くび》を獲《と》られた、と顔を歪《ゆが》めた。

「そうか、あ奴《やつ》らしい」

ネスイとの付き合いは古かった。気の置けぬ部下の討ち死にに私は声が詰まった。退避壕《ごう》に入ったナーガ兵のうち、三名は目が覚めなかった。手負うた疵《きず》が深く、そのまま事切れてしまったのだ。これで、ナーガ兵の死者は十六になった。


私はバイラを連れ、戸板に乗せられたナーガの戦死者とともに、我が方の死者の安置所に入った。安置所といっても焼けた屋形の南側の広場だ。胸の上に兜《かぶと》を載せた死者が大勢横たわっていた。中には首のない死体もあった。スケルトン・メイジに至ってはぞんざいに畳まれた僧衣に骨の欠片《かけら》が積まれているだけだった。

カゲイの遠縁のバルグが今や冷たくなっていて、ゴブリンの老女が彼の遺体の傍《そば》に呆然《ぼうぜん》と坐《すわ》り込《こ》んでいた。他にも女や童《わらし》が何人かいて、物言わぬ父親や兄弟、夫や息子に付き添っていた。泣き声

や悲嘆の声は聞かれなかった。ゴブリンはどんな死に対しても表立って嘆き悲しむことをしないが、それでもこの静寂は異様だった。馬が嘶《いなな》き、犬が咆《ほ》えていたが、この場に人の声はなかった。

サイアスが戦死者の間に立って低く何事か唱えながら手を合わせている。

「サイアスよ」

私が声をかけると、リッチはふらふら揺れるように近寄ってきた。

「何をしている」

「心安らかに浄土へ行けるよう、経を捧《ささ》げていた」

悪い冗談だ。ネクロマンサーが死者を悼むとは。そんな私の顔色を見て取ったか、

「これでも生前は僧籍に名を連ね、衆生《しゅじょう》の前世の救済と来世の幸福を祈念した身。死者を浄土へ導く経を捧《ささ》げて何の不都合があろうか」

珍しくサイアスがむっとしている。

「いや、構わぬ。むしろ有難《ありがた》い。本格の経を読める者などおらぬと思うていたからな」

サイアスは満足そうに頷《うなず》き、再び死者たちに向き直って手を合わせた。私とバイラも慌てて彼に倣った。サイアスが合掌を解いたのを見計らい、

「遺体の始末だが」

私の言葉に、ふいにリッチが顔を向けた。私は毅然《きぜん》とした態度と確かな意志をもって、

「ここの者どもは坑《あな》の贄《にえ》にはせぬ」

「ほう」

サイアスがネクロマンサーの貌《かお》になった。

「ゴブリンらに知られると厄介だ」

リッチは暫《しばら》く天を仰ぐように考え込んでいたが、

「大手に集めている敵の死骸は全て貰《もら》うが」

「構わぬ。好きに使え」

サイアスは無表情に私を見ている。だが、私にはこの骸骨がにたりと笑った気がした。

「それでは、彼らはどうする」

骨の顎を死者たちに向けた。

「これだけの数だ。瘴癘《しょうれい》が怖い。全て焚《た》き、骨は砕いて埋《い》ける」

迷宮で疫病が蔓延《はびこ》るのは悪夢だ。

「ふむ、しかし、この大人数。焚《た》きつける薪もなかろう」

「お主らに燃やしてもらう他あるまいな」

「まだ魔力が回復しておらぬ。夜になるが構わぬか」

「問題ない。それでは頼んだぞ」

サイアスは頷《うなず》くと、再び死者たちを悼むべく戻っていった。


私は改めて戦死者たちに手を合わせると、地下の包帯所へ向かった。バイラはオウガの槍を鍛冶場に預けて参る、と足早に去ってしまった。

包帯所は交通壕脇の小部屋に構えられていたが、入りきれなかった負傷者の多くが武者溜《だま》りに並べた戸板に寝かされていた。ラミアらに混じってゴブリンの女たちも怪我人《けがにん》の鎧《よろい》を脱がせ、疵《きず》を受けた四肢の付け根を縛り、疵口《きず》を洗って薬を塗っていた。薄暗く埃《ほこり》っぽい地下壕《ごう》の中で、鉄錆《さ》びた血と薬品の臭いが鼻についた。負傷者の中には、カゲイの股肱《ここう》であるハマヌもいて、カゲイら数人が彼を囲むように立ち尽くしていた。

「殿様」

カゲイに近寄ろうとした私は、ふいに呼ばれて声のしたほうに顔を向けた。蜘蛛《くも》の姿を解いて小袖に括《くく》り袴《ばかま》のテラーニャが小走りに駆けてくるのが見えた。

「無事だったか、怪我《けが》などしておらぬか」

「あい」

テラーニャが疲れた顔に微《かす》かに笑みを浮かべた。

「殿様もご無事でようございました」

「お前にも世話をかけた。お前のお陰で勝てたようなもの」

「殿様の御下知の通りに動いたのみにございます」

言いながら心配そうに左手をすっと伸ばし、私の頰に触れようとするものだから、不覚にも胸が高鳴った。が、彼女の指が触れた途端に鋭い痛みが走り、私は小さく悲鳴を上げた。

「痛みまするか」

テラーニャが眉を寄せた。それでやっと、私は右目の下を矢で裂かれたことを思いだした。

「い、いや、大事ないぞ」

男らしく強がってみせたが、テラーニャは私の手を取り、

「まずは手当てを」

「いや、これくらいは大したことはない。それにゴブリンらと話さねば」

「なりませぬ、膿《う》んで熱を持ったら大変。エルフは毒の鏃《やじり》を使います」

テラーニャは承知しない。アラクネの腕力に抗しきれず、私は隅に引かれて椅子がわりに伏せた桶《おけ》に坐《すわ》らされた。テラーニャは布に唾をつけて、丁寧に私の疵《きず》を拭う。彼女には申し訳ないが、それは決して快いものではなく、私は痛みに思わず呻《うめ》き声を上げた。

「御辛抱を」

テラーニャは優しく言ったが、手を止めてくれない。痛みを紛らわそうと、

「犬に舐《な》められた」

テラーニャが怪訝《けげん》な顔をしたので、

「覚めたとき、犬に舐《な》められていた」

私は言い直した。

「ああ、トラルでございましょう」

テラーニャがくすくす含み笑った。

「トラルと申すのか、あの犬は」

「あい、あれはカゲイ殿の犬。カゲイ殿に言いつけられて主様を守っておったのです」

「そうなのか、しかし魂消《たまげ》たぞ。地獄の番犬に喰《く》われるかと思うた」

「ほほ、あれは賢い犬。どうして主様を食べましょうや」

「わかるのか」

「あい、妾《わたし》も化生《けしょう》でございますから」

私は犬のきょとんとした表情を思いだした。

「そうか、逃げるように立ち去って悪いことをした。今度礼を申さねば」

「そうなさいませ」

笑いながら、テラーニャは板切れに盛った白い脂のようなものを取りだした。

「それは」

「ゴブリン秘伝の金創膏《きんそうこう》でございます」

「強《き》つい臭いだな」

鼻腔《びこう》を突き刺す刺激臭に、思わず涙が滲《にじ》んだ。

「この臭いがよいとゴブリンの女房衆は申しております」

「何の薬だ」

「羊の小水《ゆばり》を煮詰めたものだそうで」

「え」

私は思わずテラーニャの手首を握った。

「待て、それは遠慮する。そのようなもの」

「なりませぬ、熱を持てばお顔が鞠《まり》のように膨れ上がりまする。さあ」

テラーニャは無慈悲に私の手を払い、

「ラミアたちもよく効くと太鼓判を押しておりました」

「そうか、薬種に長じたラミアの申すことならば大丈夫であろう。だが待て、待ってくれい」

「待ちませせぬ。さあ、目をお瞑《つむ》りなさいませ」

白く煮詰めた羊の尿を指で掬《すく》い、慈母の笑みを浮かべたテラーニャが迫る。その迫力に私は観念して目を閉じた。気色悪い感触が頰を撫《な》でて、小さく身震いした。

「うう」

私は情けなく呻《うめ》いた。痛みが沁《し》みて涙が出そうだった。

「疵《きず》は骨に達しておりませぬ。ほんに運が良うございました」

言いながら、テラーニャは手際よく薬を塗り終わり、最後に熱湯で煮た布を貼りつけた。恐る恐る触れようとしたが、

「自然に取れるまで触りませぬよう」

「はい」

私は童子《わらし》のように素直に頷《うなず》くしかなかった。

手当てが終わった私は負傷者の間を歩き回り、彼らに声をかけた。浅手の者もいれば、深手の者もいた。中には助からないと思える者もいて、私は泣きだし、取り乱すのを苦労して抑えねばならなかった。ラミアのミニエが長い蛇身をくねらせてやってきて、私に頭を下げた。

「苦労。どうだ、何か必要なものはあるか」

「布が、包帯にする清潔な布が足りませぬ」

「わかった、テラーニャ」

「あい」

「カゲイ殿がハクイから持ってきた反物の余りがあっただろう。あれを全て出せ」

「よろしいのですか」

「構わぬ。すぐ持って参れ」

「かたじけのうございます」

一礼して踵《きびす》を返《かえ》すテラーニャを見送り、

「これでよいか。他に何か欲しければ遠慮のう申せ」

「なんと礼を申し上げてよいのか」

頭を下げようとするミニエを手で遮り、

「礼を言われる筋ではない。怪我人《けがにん》の疵《きず》に巻くのを厭《いと》うて絹を惜しむなど愚の骨頂。もっと早う気づいておればよかった。許せ」


最後に私は臥《ふ》せているハマヌへ足を向けた。と、カゲイが私に気づいて、

「ゼキ殿、御味方大勝利でござるな」

溢《あふ》れんばかりの笑顔で大声を上げた。

「お、おう、見事仇《あだ》を討ち果たされましたな。祝着至極」

ゴブリンらは皆幾つか手疵《きず》を受けていて、一番年若いヴァジスは左手を吊《つ》っていた。私はこのゴブリンの若者に向かい、

「御尊父は」

悔やみの言葉を述べようとしたが、

「父は天晴《あっぱ》れ往生を遂げました。今頃は戦士の宴《うたげ》に招かれておりましょう」

若者は殊更に明るく笑った。ゴブリンの男は勇敢に戦って死ぬことを最も高く評価する。彼らは戦いで死んだ者には誰に対しても笑顔を浮かべる。もう笑うこともできなくなった死者のかわりに笑うのだ。

「うむ、勇敢な御方でござった」

私も作り笑いを浮かべ、それからカゲイに顔を寄せ、

「ハマヌ殿の具合は」

低い声で囁《ささや》くように訊《き》いた。カゲイも声を潜め、

「胃をやられて、そこから生命《いのち》が流れだしている。既に手足は冷たくなっておる」

無念そうに眉を顰《ひそ》めた。頭に布を巻いたヒゲンも口を歪《ゆが》めて目を細めた。私はミニエに顔を向けた。彼女も悲しそうに眼《め》を伏せ、

「後はハマヌ殿の運命次第かと」

そのハマヌは大変な痛みに違いないのに陽気さを失わず、ラミアや女たちに冗談を飛ばして笑わせ、尻を触ったりして揶揄《からか》っていた。私がハマヌの横に屈《かが》み込《こ》むと、彼は助けられて上体を起こし、飛び切りに上機嫌な顔を私に向け、

「良き戦でござった」

「おう、良き戦でしたな」

私は跪《ひざまず》いて彼の手を取った。ぞっとするくらい冷たかった。ハマヌは自分がいかに勇気をもって戦ったか面白おかしく話し続け、他の怪我人《けがにん》たちの笑いを誘った。いつも言葉少なく沈着な彼には似合わぬ饒舌《じょうぜつ》振りだった。やがて彼は一杯の馬乳酒を求め、一口呑《の》むとゆっくりと横たわり、目

を閉じて黙り込んでもう何の関心も示さなくなってしまった。誰の目にも明らかに彼は死に瀕《ひん》していた。カゲイはそんなハマヌを見下ろし、肩を落として項垂《うなだ》れていたが、

「外の手伝いをせねば」

と小声で呟《つぶや》き、静かに出ていってしまった。

「カゲイ殿」

私は交通壕《ごう》でカゲイらを呼び止めた。

「ハマヌ殿は助からぬとは決まっておらぬ。気を落とされますな」

自分でも説得力がないのは自覚している。

「無論でござる。かたじけない」

カゲイは力無く笑った。

「それと御味方の御遺体でござるが」

カゲイらが怪訝《けげん》な顔をした。ゴブリンの流儀に詳しくないのだが、と私は前置きし、

「全て火葬にしたい。疫病を防がねばならぬ。承知していただけるかな」

努めて言葉を選んで訊《き》いた。だが、カゲイは私の手を握りしめ、

「我ら、死者は衣服を剝いで打ち捨て、骸《むくろ》は鳥獣と風に任せるが作法でござる。むしろ、そこまで丁寧に黄泉《よみ》送りしていただけるとはかたじけない」

私に向かって深々と頭を下げた。リッチの火炎魔法で焼尽《しょうじん》することは言わないでおこう。

「それでは、今夜野辺送りいたす。よろしいか」

「承った」

そう言って薄く笑うと、私に一礼して外へ出ていった。彼らが見えなくなるまで、私は黙ってその背中を見送った。もうかける言葉が見つからなかったからだ。

私は包帯所を出ると、地下に降りて本陣に入り、床几《しょうぎ》に深々と腰を下ろした。正直疲れきっていて、倒れ込んでしまいたかった。

テラーニャが、刻んだ甘露を入れた薄い粥《かゆ》を持ってきてくれた。

「皆は喰ろうているか」

「ゴブリンの女房衆が屋形の焼け跡に炊場《かしきば》を作っております」

これは本丸の厨房《ちゅうぼう》で妾が作りました、と膳を並べながら答えた。

今や、頬の疵《きず》が私を苦しめていた。粥《かゆ》を食べようと口を動かすと酷《ひど》く痛む。ほんの僅かな戦勝の高揚がすっかり醒《さ》めてしまったのも確かだった。私はテラーニャと向かい合い、二人して黙々と箸を動かした。

食えば元気が出るかと思ったが、胃の辺りが重くなっただけだった。泣きたいはずなのに涙が一滴も出ない。膳を下げた後も無言の私を気遣ってか、テラーニャがわざと明るい声色《こわね》で、

「厨房《ちゅうぼう》に寄る途中で鍛冶場のギラン殿に会いましたが、えらく愁《うれ》えておりました」

「ふむ」

私は半ば上の空で答えた。だが、テラーニャは意に介さず話し続けた。

「バイラ殿が持ち寄った槍の穂のことです」

「ふむ」

「大変な業物でありますそうな。その穂を一尺も磨上げよと言われて困り果て」

「ふむ」

「せめて柄を詰めようと申しても、バイラ殿も承知なさらず」

私を元気づけようと喋《しゃべ》り続けてくれていることは痛いほど伝わってくる。私は顔を上げ、

「あれはバイラに預けた。あの男の好きにさせれば良い。後でギランにも申しておこう」

無理矢理笑ったので、頬に鋭い痛みが走った。テラーニャがほっとした顔で小さく頷《うなず》いた。

「テラーニャ」

「あい」

テラーニャがぴくりと背を伸ばした。

「戦記を開けば、綺羅星《きらぼし》の如《ごと》く将の名が並んでおる。味方を数千数万死なせた者も少なくない。それだけの兵を殺し、何故《なぜ》彼らは平然としていられたのか」

「はて」

テラーニャが困った顔をした。

「いや、詮なきことを尋《き》いた。そのようなことは誰もわかるはずもない」

クルーガなら何か気の利いたことを言うだろう。だが、私は答えなど欲しなかった。

「主様」

テラーニャが私を案じるように口を開いた。

「いや、大事ない」

私は床几《しょうぎ》から腰を上げ、地に伏せた大楯《たて》に仰向けに寝転がった。

「暫《しばら》く寝る。討ち死にした者たちの葬儀がある。その前に起こしてくれ」

私はそれだけ言うと目を閉じた。戦死した者たちの顔が脳裏をよぎる。

ふいに、私は頭を持ち上げられ、何か柔らかく滑らかなものの上に置かれた。目を開けた私は、頭をテラーニャの膝に乗せられたのを知った。儚《はかな》げな笑顔が私を見下ろしている。

「テラーニャ」

「黙って目をお瞑《つむ》りあれ」

私は言われた通り目を閉じた。彼女の膝は、クルーガのそれとは比べものにならぬほど柔らかで、その掌《てのひら》は暖かかった。このときになってやっと、堰《せき》を切ったように涙が溢《あふ》れだした。


死者の荼毘《だび》は感慨に浸る暇も許さぬほど呆気《あっけ》なく終わった。リッチ一個小隊三名とスケルトン・メイジ二個中隊十三名による火炎魔法の集中斉射は炎というより光球に近く、熱風と閃光《せんこう》が立ち会った者の顔面を凄《すさ》まじい勢いで張った。

「サイアスめ、あれでは骨も残らぬ」

バイラが呟《つぶや》いた通り、骨まで白く崩れて風に舞い、拾い集めることもできない。

「あれが死者への礼と思っているのだ」

クルーガが苦笑しながら顔を撫《な》で、地下へ戻っていくリッチとメイジらを眺めた。今宵《こよい》、サイアスらは多忙を極めていた。今もインプらが屍者《ししゃ》の坑《あな》に敵の死骸を運び続けている。彼らはスケルトン兵生成のための修法《ずほう》を行わねばならない。ゴブリンらも復仇《ふっきゅう》成就の宴《うたげ》を開くために、三々五々連れ立って野営地へと戻っていった。私も誘われたが慇懃《いんぎん》に断り、迷宮の主な者らとともに本陣に下がって食事を兼ねて評定を開いた。

夕餉《ゆうげ》は馬と羊の焼けた肉が出た。敵も味方も多くの馬が死んだ。羊はカゲイらが八方に馬を飛ばし、六割が泉に戻っていた。

「戦力の回復が急務だ」

筋張った肉を苦労して嚙《か》み千切りながら、私は言った。

「まずは損害分を補充召喚する」

私はナーガらに目を向けた。

「レイセン」

一小隊はネスイが討ち死にして先任の彼が参加していた。レイセンが碗《わん》を置いて私を見た。

「汝《なんじ》を正式に一小隊長に任ずる。心して励め」

「心得まいた」

レイセンが深々と平伏《ひれふ》した。

「コセイよ、汝《なんじ》を突撃中隊長に任じ、中隊本部を新編する。使番《つかいばん》として二名選び、汝《なんじ》が差配せよ。併せて二小隊長の任を解く。二小隊長は汝《なんじ》が選べ」

「承知いたした」

コセイが頭を下げた。

「過日にミュルミドンを召喚したため、魔力炉の備蓄魔力は底を尽いた。故に迷宮の魔力は兵の補充召喚を優先する。工房の転換炉を回して築城資材を調達するのはその後だ、バイラよ」

頬一杯の肉を咀嚼《そしゃく》していたバイラが、急に名を呼ばれて目を白黒させた。口中の肉を必死に嚥《の》み下《くだ》そうとしながら、ミノタウロスは何度も激しく頭を上下させている。面白いのでそのまま黙って眺めることにした。バイラが茶碗《ちゃわん》の茶を飲み込んでやっと一息ついたのを見計らい、

「今ある資材の在庫で一小隊陣地の修復は可能か」

バイラはできるだけ威儀を繕《つくろ》おうと背を伸ばし、

「さて、一小隊の陣はほとんど最初から作り直しでござる。待機壕《ごう》の掩体《えんたい》も一度解体して点検せねばならず、即答はできかね申す」

「わかった。取《と》り敢《あ》えずはできる限りでよい」

「畏《かしこ》まった」

「併せて各小隊陣地を壕《ごう》で結び、全周に堀を切って陣地線となす」

バイラは暫《しばら》く思案顔だったが、

「手が足り申さぬ。早うストーン・ゴーレムを直していただかねば」

「クルーガ」

私はクルーガに話を向けた。クルーガは険しい顔をして、

「ニキラがまだ棺《ひつぎ》から出られない。三名では全てのゴーレムの修理には時間がかかる」

ニキラは魔導士の炎に焼かれて身体《からだ》の大半を喪《うしな》い、今も棺《ひつぎ》で臥《ふ》せっている。敵兵の血を注いでいるが、それでも回復には日数がかかるという。

「わかった。ヴァンパイアを二名増員しよう。そのかわり、ストーン・ゴーレムをもう一個大隊十

八名新造せよ」

「承知した」

「バイラよ、聞いた通りだ。頼むぞ」

「承った」

「それと、朝になれば屋形の廃材を使って小屋を掛けてくれ」

バイラが、どうしてそんなことを、という顔をした。

「包帯所の怪我人《けがにん》を風通しの良《い》いところに移したい」

バイラははっとした顔で一瞬目を丸くしたが、碗《わん》を置くや、

「それは名案。朝からと言わず、今すぐ仕《つかまつ》りましょうぞ。やつがれとしたことが迂闊《うかつ》。どうして今まで気づかなんだか」

自分を罵りながら席を立ち、地を蹴って駆けだしてしまった。

「まだ話は終わっておらぬというに」

止める間もなく、私は苦笑してミノタウロスを見送るしかなかった。

「バイラ殿には後ほど妾から申し伝えましょう」

テラーニャが気を利かせて囁《ささや》いた。

「うむ、ではクルーガよ。敵の死体から何かわかったか」

クルーガが帳面を捲《めく》りながら、読み上げ始めた。

「かなりの種族が参加していたぞ。人間、エルフ、ドワーフ、オーク、ビーストマン、リザードマン、ケンタウロス、それにあのオウガ」

「錚々《そうそう》たる面子《めんつ》だな。まるで人市《ひといち》の競りだ」

「それに解《げ》せぬことがある。先日の冒険者どもと同様、奴《やつ》ら物具《もののぐ》の質がいい。ヌバキのゴブリンらが申すには、ただの傭《やと》い者には過ぎたる装《よそお》いとか」

ゴブリンが他種族を傭《やと》うときは、半具足の者どもがほとんどという。

「ゴルを牛耳るクマンの族《やから》でも、あのように物具揃《そろ》うた者をあれだけ傭《やと》うなど解《げ》せぬそうだ」

「誰かが手を貸していたと言いたいのか」

「うむ、そこだ」

クルーガが身を乗りだした。

「連中は水色地の旗を立てていただろう」

「ああ、それがどうした」

「あれは、エルメア王室が直率する禁軍の色だ」

「ふむ、つまり、王国がクマンを後ろ盾しておったということか」

半ば予想していたことだ。だが、

「今、王国は二つに割れている。どちらがクマンを使い、我らに仕掛けてきたか」

私は首を捻《ひね》った。

テラーニャが私の湯呑《ゆのみ》に茶を注ぎながら、

「ハクイの町のイビラス公は、三族の外からも広く人を取り立てていると聞き及びます。イビラス公が此処《ここ》を攻めさせたのではありますまいか」

「断定するのは早計。鼎《かなえ》の同盟でも三族以外の亜人を傭《やと》い、先手として馳走《ちそう》させた例は多い」

クルーガが難しい顔で応じた。

「そもそも、サーベラ王にせよ、イビラス公にせよ、何故に軍を動かさずゴブリンの部族連合に攻めさせたのか」

今度はギランが口を挟んできた。

「いずれにせよ謎が多すぎる」

クルーガが腕を組んだのにつられて、皆が一斉に黙り込んだ。

(それもこれもお前たちが敵を鏖《みなごろし》して、生虜《せいりょ》を取らなんだせいであろうが)

私は喉まで出かかった言葉をぐっと肚《はら》に押し込んだ。

「シャドウ・デーモン」

私の言葉に、目の前の影からデーモンが浮かび上がった。

「コバクか」

私はシャドウ・デーモンの名を呼んだ。

「左様で」

「ジニウはどうした」

「小隊長は二個分隊を率い、今も敵の落人《おちうど》を尾けてござる」

「ふむ、ではジニウらが戻るまでは何もわからぬということか」

「そのようで」

「ならばこれ以上は考えても無益」

私は膝を叩《たた》いて話を打ち切り、

「クルーガよ、サイアスに伝えよ。スケルトン兵を何名召喚できるか報《しら》せよと」

ここで思い直し、

「いや、後で私が直接出向こう。付き合え」

「わかった」

クルーガがにたりと笑って手についた酒を嘗《な》めた。私は続いてザラマンダーに目を向けた。

「ギランよ、弩《いしゆみ》を揃《そろ》えよ」

「弓ではなく、弩《いしゆみ》でござるか」

ギランが怪訝《けげん》な顔をした。

「弓は弩《いしゆみ》より風に弱く、弩《いしゆみ》は掩体《えんたい》での使用に適する。飛び道具は弩《いしゆみ》を主力とする」

「今まで作った弓は如何《いかが》なさる」

憤然と湯呑《ゆのみ》の酒を呷《あお》った。このザラマンダーは酒を水のように呑《の》む。気持ちはわかる。今まで、私の指示で弓ばかり作っていたのだ。

「どれほどだ」

「作りかけも含め二百張、矢は一張当たり二十束、予備の弦は漆塗りのものが五張ずつ」

「弩《いしゆみ》は発射速度が遅い。弩《いしゆみ》の間《あい》を弾くために弓を用いることもあろう。遠間からの防ぎ矢にも使う。無駄にはならぬ」

それでやっとギランは納得した顔をした。

「承った。それで、弩《いしゆみ》は何挺《ちよう》ほど作ればよろしいか」

既にナーガ兵のために作っている。製造自体に手間はかからないはずだ。

「取《と》り敢《あ》えず予備も入れて百五十は欲しい」

「百五十」

ギランは確かめるように数を復唱し、

「大仕事でござるな」

落ち着いた仕草で静かに湯呑《ゆのみ》を置いた。もう頭の中で工程を引いているのだろう。

「皆にも申し渡す。今後、陣地の強化と並行して、部隊を戦闘団編成とし、召喚、普請、兵具もこれに沿って行う。存在が露見した今、防衛戦力の整備が急務だ。左様心得よ」

「思いきったが、現状の魔力供給量ではとても足りぬのでは」

クルーガが訊《き》いてきた。

「それについては考えねばならぬな」

かねてより思案していたが、まだ余人に話せる段階ではない。

「これから忙《せわ》しうなる。だが、やらねば我らこの地で死に果てるしかない。よいか、大型大隊が勝利をもたらすのだ」

凄味《すごみ》を効かせて笑った積りだったが、引《ひ》き攣《つ》れた頬の痛みで思わず顰《しか》み面《づら》になった。


クマンとの戦から二日目の夜、私は黒龍の洞を訪れた。

龍は相変わらずその頭を折り畳んだ蛇身の中に埋《うず》めていたが、私に気づいて頸《くび》を伸ばした。

「勝ったようだな。まずは祝着」

開口一番、ヤマタが舌を躍らせながら、軽く頭を傾けた。

「うむ、なんとかな」

「大捷《たいしょう》と聞いたが、それにしては浮かぬ面《つら》よな」

「これで終わったわけではない。王国がこの迷宮を狙うておる。それに大勢死んだ」

「それでそう難しい顔をしているわけか」

ヤマタは暫《しばら》く舌を遊ばせていたが、

「そう辛気臭い顔をするな。それでは家来が堪《たま》らぬ」

「無理を申すな。部下が死んで笑えると思うてか」

「天晴《あっぱ》れ見事に討ち死にしたと笑うべきだ。笑い顔の作り方は承知のはず」

「他人事《ひとごと》のように」

「そういうときはな、理由を作るのだ。人は理由を作ることに長《た》けておる。正義のため、国のため、民のため、神のため、名誉のため、平和のため、金のため、愛する者のため。やれやれ、人とは厄介なものよ。理由がなければ争うことすら儘《まま》ならぬとは。だが、理由さえあれば人は簡単に殺す。時には神も身内も己も殺すことを躊躇《ためら》わぬ」

「烏滸《おこ》を言う。こう見えて、私はまだ齢《よわい》一年に満たぬ人工精霊ぞ。理由など作れるか」

「それでも笑わねばならぬ。我が主が笑わねば、ここの者は皆死に果てる」

私は言葉に詰まった。ヤマタはそんな私に畳みかけるように、

「理由は精霊だから、で十分と思えるがな」

「ふん、精霊が何かも知らぬくせに」

「我が主も龍の何たるかを御存知なかろう」

「その通りだ」

私は力なく笑った。この龍は半ば囚《とら》われの身ながら口だけは減らない。

「まあ、愚痴を言いたいときは我が聞いてやろう。泣きたいときは、そうよな、女子《おなご》の胸か膝で泣くがいい」

私は肺腑《はいふ》を握られたくらい動転した。こ奴《やつ》は私がテラーニャの膝で泣いたのを知っている。

「だ、誰がそのようなことを申した」

思わず声が裏返った。が、ヤマタから、

「どうした、何か変なことを言うたか」

当惑した思念が返ってきた。どうやら偶然らしいと気づき、私は胸を撫《な》で下《お》ろした。

「そういえば、あのテラ女なる上臈《じょうろう》だが」

「テラーニャは急拵《きゅうごしら》えの救護所で怪我人《けがにん》を世話している」

「ほう、働き者だの」

また、繰り言を聞かされるのかと私は思わず身体《からだ》を固くした。だが、ヤマタは頭を傾け、

「どうした、我が主」

「いや、またテラーニャと私の仕様《しょう》もない話を聞かされるかと」

「何だ、して欲しいのか」

「あ、いや、そういうわけでは」

「うむ、もう無粋な口出しは止めると決めたのだ」

「そうか、二度とするな。あのような戯言《ざれごと》、聞くに堪えぬ」

「我が主とあのアラクネの男女の沙汰は高見の見物に決めた」

「おい」

どういう意味だ。

「あれやこれやと口出しするは却《かえ》って野暮。懇《ねんご》ろになるも良し、ならぬも良し。余計な口出しなどせず、このまま成り行きを桟敷《さじき》見物していたほうが法楽《ほうらく》というもの」

なんという悪趣味。思わず目が眩《くら》んだ。

「私は何も話さぬぞ」

「我が主が漏らさずとも、皆が伝えてくれるわな。テラ女も」

「テラーニャが何を申したのだ」

「ふむ、昨夜も訪れて参ってな、蜘蛛《くも》に化身した姿を我が主に誉《ほ》められたと」

「え」

「それはもう鞠《まり》が転がるように嬉《うれ》しそうに話しておった。美しいと言うたそうよな。聴いている我のほうが恥ずかしくなってきたわ」

「そ、それは、その」

私は取り乱した。テラーニャめ、口が軽すぎる。

「我が昏《くら》き鱗《うろこ》が赤面し、二段品《しな》下がって赤龍に成り果てるかと思うたぞ。今思いだしても身が細る」

長大な蛇体が捩《よじ》れ、鱗《うろこ》の列が波打ってちりちり不愉快な音を立てた。

「もうよい、やめよ」

「次も期待しておる。我が主よ」

「期待しなくていい」


それから二日後の朝、カゲイが一族を率い、野営地を引き払って泉を後にした。話を聞いたのは前日の昼、私が普請の見回りをしていたときだった。

ゴブリンの聖地であるミシマの山の中腹に旗を立てに行くとカゲイは言った。旗を立てた者を盟主と認める部族は旗下に集い、そこで主従の盟約を結ぶのがゴブリンの古い風儀らしい。

「まだ、救護所には動かせぬ怪我人《けがにん》らが臥《ふ》している。どうなさるのか」

「クマンのザイルを討ち取った今こそ好機。刻を置くほど、機を逸することになる」

そこで申し訳なさそうに私を見上げ、

「馬に乗れぬ者は置いていく他ござらぬ。面倒を見てやってくれまいか」

「造作もないことだが」

私の答えにカゲイは手を取って何度も頭を下げるので、却《かえ》って私のほうが恐縮した。

カゲイらは順番に救護所に入って残る者たちに別れを告げ、それから振り向きもせず行ってしまった。後ろを向くと凶事を招くらしい。

「行ってしまったな」

彼らの背を見送りながら、クルーガが呟《つぶや》いた。

「やむを得ぬ。この泉に居坐《いすわ》っておってもヌバキの明日は拓《ひら》けぬと言われてはな」

「何時戻ってくると」

「さて、二、三月はかかると申していたが」

「カゲイ殿らは大事ございませぬでしょうか」

心配そうにテラーニャがぽつりと言った。

「ザイルの首級《しるし》は遊牧の民の間では大層な大将首であるそうな。それを僅か一戦で取ったとなれば、どの部族もヌバキを下に置かぬはず、とカゲイは申しておったが」

「蓋を開けねばわからぬだろう。長《おさ》を討たれたクマンの残党に襲われるかもしれぬ」

とクルーガが口を挟んだ。

「うむ、その可能性も十分にあることはカゲイも承知しておるだろう」

「なら何故《なぜ》行かせまいた」

私は腕を組み、真面目くさった顔をテラーニャに向けた。

「テラーニャよ、これは賭けだ。ヌバキのカゲイは賭けに出たのだ」

「賭けでございますか」

「そうだ、男という生き物はな、時には危うい橋を渡らねばならぬのだ」

「殿様」

醒《さ》めた眼でテラーニャが私を睨《にら》んだ。

「何だ。今、すごくいいことを申したのだぞ」

「女はそれを浅慮、浅知恵と申します」

「え」

「そうやって殿方が無茶ばかりなさるから、女子《おなご》は苦労するのです」

それだけ言い捨てると、彼女はぷいと顔を横に向け、

「救護所に参ります」

大手に向かってすたすた歩きだしてしまった。

「お、おう、私も参るぞ」

足早に彼女の背を追った。背後でクルーガが苦笑していて、無性に居たたまれなかった。


大手といっても今は土塁に挟まれたただの小路《こうじ》だ。残骸はもう片付けられているが、まだ門の再建も儘《まま》ならない。今は即席に拒馬で通路を塞ぎ、龍牙兵が警護についている。まだ魔力を工房の転換炉に回せないせいで、建材が足りないのだ。

龍牙兵が動かした拒馬の隙間を抜け、私たちは仮の救護所へ向かった。救護所といってもバイラが寄せ集めの廃材を使って掛けた小屋ひとつきりで、採光のための窓が切られているが、今は埃《ほこり》避けの幕が張られている。

私は救護小屋の入り口の筵《むしろ》を上げて中を見回した。中央に切られた炉に火が入り、中はむっとするほど暖かい。薬臭は薄まったが、まだ人の皮脂《ひし》と膿《うみ》、排泄《はいせつ》物の臭いが濃く漂い、誰かが焚《た》いた香と混ざってより気色悪い臭いになっていた。

臥《ふ》せていたミュルミドン三名が私を見て僅かに頭を傾けた。いずれももうすぐ恢癒《かいゆ》するだろう。

一方、ゴブリンの怪我人《けがにん》五名は並べた楯《たて》の上に寝かされ、夜具を掛けられている。彼らを囲んでいた身内が私に気づき、心細そうな顔で頭を下げた。ヌバキの一族で残ったのは五人の怪我人《けがにん》とその

身内の僅か十四名。残された馬匹も羊も少なく、不安にならないほうが無理だ。

「ゼキ殿」

奥に寝ていたハマヌが目ばかり動かして私に声をかけた。あれだけの深手にもかかわらず、このゴブリンはまだ生きていた。枕元に坐《すわ》っていた姪《めい》のメイミが平伏するのを手で止め、

「お加減は如何《いかが》でござるか」

「昨夜はお陰様で血も吐かず、ゆっくり眠れたようでございます」

メイミが隈《くま》の浮いた眼《め》に涙を滲《にじ》ませ、美しい顔を綻ばせた。

「それは何より」

「皆様方の御手当てよろしきお陰でござる」

咳《せ》き込《こ》みながらハマヌが口を開いた。まだ表情に力がない。私は後ろに立つラミアのミニエに顔を向けた。

「峠は越しましてございます。後は養生に努めれば、日ならずして馬に乗れるように」

ミニエが微笑《ほほえ》みながら応じた。ハマヌは夜具から手を伸ばして私の手を握ると、

「まことにかたじけなく」

掠《かす》れるような小声で、しかしはっきりと言った。一族から置き去られ、何時迎えが来るかわからない。二度と合流できなくても不思議ではない。その不安が握力を通じて伝わってきた。ハマヌら五家族は部族から棄《す》てられたのかもしれないのだ。

「何の、快癒に専念なされよ。もう少し疵《きず》が良くなれば天幕にお戻しいたそう」

私はハマヌの手を握り返すと、静かに立ち上がった。

救護小屋から出た私は、大きく深呼吸して小屋の空気を吐きだすと、普請に励むインプたちに目をやりながら、

「ストーン・ゴーレムはどうなっている」

とクルーガに訊《き》いた。

「全てのゴーレムの修理が終わるのは一週間後だ。その後、新規の製造に移る」

「あと三日のはずだった。二人増員したぞ」

私はクルーガを睨《にら》んだ。

「あの二人は役立たずだ。繊細さに欠けている。魔石細工に長《た》けたニキラはまだ棺《ひつぎ》だ」

ヴァンパイアは、これで言い訳は済んだという顔をした。

「それもこれも魔力が足りぬせいだ」

「それについてはひとつ手を考えた」

「ほう」

クルーガが面白そうな顔で私を見た。

「テラーニャ」

「あい」

「石は幾つ揃《そろ》った」

「六つほど」

テラーニャは落ち着いた声で答え、私は満足して口許《くちもと》に笑みを浮かべた。その様を眺めていたク

ルーガが険しい目を僅かに見開いた。

「要石《かなめいし》か」

「そうだ、手頃な石を集めておいたのだ」

要石は周囲の地脈を押さえ、制御し、迷宮へ流入する魔素を増大させる。

「理屈では可能だが、要石の設置は細心を要する。無理だ」

「モラスがいる。奴《やつ》の望見は確かだ」

「あんな錆《さ》びついた古《いにしえ》の技を信じるのか」

「何もしないよりましだ」

「もしうまくいっても、地脈の流れがここに集中すると気取られるぞ」

「もう気取られている」

「ふむ」

クルーガが考え込む振りをしたので、

「反論は以上か」

「いや、まだある。どうやって運ぶ積りだ。ゴーレムに運ばせても何日かかるかわからんぞ」

「それをこれから召喚する」

「何を呼ぶ積りだ」

私は意味ありげに微笑《ほほえ》むと、血膿《ちうみ》の染みた布を右頬から引き剝がした。

「本陣に降りる。付き合え」

それだけ言って地下への坑口へ向かった。

「そうだ、テラーニャ、モラスに声をかけておいてくれ。例の件と申せばわかる」

「あい」

初めての魔物を召喚するときはいつも緊張する。私たちが息を詰めて見守る中、召喚門の光の中から踏みだしてきたのは、墨色の毛に覆われた大型肉食獣の前肢《まえあし》だった。

「え」

私は当惑した。こんなものを召喚した積りはなかったからだ。まさか間違えたのか。私は無言で隣に立つクルーガに目をやったが、私に尋《き》くなとクルーガに視線で返された。仕方ないので私は魔法円に目を戻した。どうしよう、間違って呼んだから帰ってくださいとは言えない。

影はゆっくりと姿を現した。黒豹《くろひょう》を思わせる四肢と胴体、だが豹《ひょう》より肢《あし》は短く太く、胴は長く太い。豹《ひょう》なら顔のある場所から、人間の上半身が生えている。頭成兜《ずなりかぶと》に板金を七段に鋲《びょう》留《ど》めした桶側胴《おけがわ》、その腰は細く立挙《あてあげ》が異様に広い。金色に塗られた下弦月の前立を除けば見事に全身黒尽くしで、小脇にした槍《やり》は二間二尺と不釣り合いに長く、緩やかに先細りした柄の先の穂は親指ほどしかなかった。総面《そうめん》から覗《のぞ》く紫色の瞳が私に気づき、鉄の擦れる音とともに上体が大きく撓《しな》って前に垂れた。

「ミレネスと申します。ここの指揮官様ですね」

鉄の仮面の下からくぐもった高い声。うむ、予定通り獅身女《ししめ》、スフィンクスだ。だがこの毛並みは私の知るスフィンクスとは明らかに違う。私の戸惑いを察したのか、

「ああ。これですか」

上体を戻すと左手で面甲を外し、器用に兜《かぶと》を脱いだ。

「私の毛色を見て戸惑われたのですね」

前を揃《そろ》えた長い直毛《すぐげ》の黒髪に黒檀《こくたん》のような肌、紫の大きな瞳、小さく笑った口から零《こぼ》れた白い歯が眩《まぶ》しいくらい目について、不覚にも私は見惚《みと》れてしまった。

「生まれつきこの色なのです。母も姉妹も人並みに山吹色の毛並みなのですが」

黒光りのスフィンクスは自慢するように張りだした胸に手を置いた。

「お、おう。私はゼキ。ここの迷宮主だ。私が呼んだのはスフィンクス襲撃騎兵。毛筋が金色だろうが黒色だろうが構うものか。黒猫でも黄猫でも、鼠《ねずみ》を捕る猫は良《い》い猫と申すからな」

「鼠《ねずみ》でございますか」

やや顔を傾けて考えているようだったが、ぱっと顔を明るくして、

「美味《おい》しそうですわ」

本当にいい笑顔を作った。こいつもかと、私は一瞬視界が冥《くら》くなった。背後でクルーガが深く頷《うなず》く気配がした。


ミレネスは騎兵らしい凜《りん》とした態度で本陣を見回していたが、

「ここは地下迷宮とお見受けしました。失礼ながら、まことに騎兵の私が必要なのですか」

怪訝《けげん》な眼《め》つきで私を見た。

「敵《かたき》に騎兵がいる。ケンタウロスだ」

ミレネスはやや驚いたふうに眼《め》を丸くしていたが、

「それは重畳ですわ」

大きく口を歪《ゆが》めて微笑《ほほえ》んだ。スフィンクスの最も警戒すべき武器は、手にした槍《やり》でも腰に佩《は》いた野太刀でもない。その六肢の爪でありその顎《あぎと》の牙、それらを支える膂力《りょりょく》だ。ミレネスの形のいい唇から濡《ぬ》れ滴《したた》る牙がにゅっと伸びるのを見て、私はそのことを心の底から実感した。

「が、その前にしてもらうことがある」

「何なりとお命じください。スフィンクス騎兵の本領を御覧にいれますわ」

ミレネスが挑むような眼《め》で私を見た。

「こっちだ、来てくれ」

「わかりました」

ミレネスは総面を首から提げ、兜《かぶと》を被《かぶ》ると忍緒《しのびお》も締めず私の後を歩きだした。


地表に出ると、ミレネスは身体《からだ》を伸ばし嬉《うれ》しそうに深呼吸した。

「よい風ですわ」

それからインプとゴーレムの普請を眩《まぶ》しそうに眺め、物見櫓《やぐら》を見上げ、柵の間で立哨《りつしょう》するナーガとミュルミドンを見回してから、

「随分大きな地下迷宮の割に配兵《はいへい》が少ない訳がわかりました。それから私が呼ばれた理由も」

「そうか、物分かりがよくて助かる。汝《なんじ》には中隊を任せたい。重騎兵中隊だ」

ミレネスは私の言葉にどすの利いた笑顔を浮かべた。

丁度向こうから、テラーニャがアルゴスのモラスを連れて歩いてきた。

「ミレネス、紹介しよう。私の副官のテラーニャだ。何か望みがあれば彼女に申し出よ」

それからテラーニャに向き直り、

「テラーニャ、彼女はミレネス。騎兵を任せる。世話を見てやってくれ」

「あい」

テラーニャは極上の笑みを浮かべると、ミレネスに向かって臈長《ろうた》けた所作で頭を下げた。

「ところで、私の騎兵は何処《どこ》に」

ミレネスがもう一度周囲を見回した。

「いない」

「え」

ぎょっとした顔でミレネスが振り向いた。

「いない」

大事なことなので私は念を押した。

「中隊を任せると伺ったはずですが」

ミレネスが眉を歪《ゆが》めた。

「これから召喚するのだ」

「なら早く」

「魔力が足りぬのだ」

ミレネスの喉から微《かす》かに息を呑《の》む音が聞こえた。

「そこで、汝《なんじ》には自分の中隊を召喚するために骨折ってもらう」

私は櫓《やぐら》下に停《と》められた荷車を指さした。荷台には荒縄で縛着された愛嬌《あいきょう》の微塵《みじん》もない岩塊《がら》と、それに付き添うようにインプが五名坐《すわ》っている。

「あれは」

「要石だ。あれを近くの地脈の塞ぎに置く。普請で排水のための水道《みずみち》を作るのと同じ要領だ。この地に地脈の流れを集める」

「普請のことはよくわかりませんが」

ミレネスは窺《うかが》うように声を低めた。騎兵という兵科は本能的に普請に興味を示さない。

「地脈の流れを操るのですか」

「理解が早くて本当に助かる」

私は心の底から彼女に感謝した。

「それで、私に何をせよと」

「あの荷車をな」

「はい、護衛ですね。お任せを」

「いや、引っ張ってもらいたい。埋設する地点まで。掘るのも石を据えるのもインプがやる」

「い」

ミレネスの黒檀《こくたん》の顔が僅かに引《ひ》き攣《つ》った。口が物凄《ものすご》く嫌そうにひん曲がっている。

「荷車を引ける者がいない。汝《なんじ》を除いてな」

「私に」

牙の間から錆々《さびさび》した声が漏れた。

「この私に、栄えあるスフィンクス襲撃騎兵の私に小荷駄の真似《まね》をせよ、と」

「そうだ」

「お戯れが過ぎますわ」

「中隊が欲しいのであろ」

「何故《なぜ》、私なのです。ホイール・デーモンなりを召喚すればよろしいではないですか」

六輪を備えた悪魔。強力な装甲と武装を誇り、同時に一個分隊の突撃兵を強行輸送できる。単騎で戦線突破と突撃兵の展開を両方こなせる魔王軍騎兵戦力の基幹だ。だが、

「地下の交通壕《ごう》を見ただろう。ホイール・デーモンがあんな狭い通路を通れると思うか」

スフィンクスの貌《かお》が絶望と後悔に歪《ゆが》む。

「では、あのゴーレムは」

ミレネスが堀を掻《か》いているゴーレムに目を向けた。

「ゴーレムは陣地構築で手一杯だ。それに足が遅い」

「う」

ミレネスが呻《うめ》くのも構わず、私は話を続けた。

「要石は六つだ。詳しい位置はこのモラスの指示に従え。彼も荷車に乗る」

「よろしくお願い申し上げる。ミレネス殿」

百眼《め》の巨人が不気味に爽やかな笑顔で頭を下げた。

「そんな」

「皆が期待している。骨身を惜しまず励まれよ」

クルーガが面白そうに言った。私とクルーガ、モラスの取って置きの笑顔に囲まれたミレネスの眼《め》が救いを求めて泳ぎ、最後に藁《わら》を摑《つか》むようにテラーニャを見つめた。

「ごめんなさい」

テラーニャは本当に申し訳なさそうに頭を下げ、諦観した者のみがなせる笑顔を浮かべた。

「うちの殿様は万事この調子なのです」


ジニウが配下のシャドウ・デーモンらを連れて戻ったのは翌日の朝だった。

「遅かったな」

本陣の床几《しょうぎ》に身を沈めた私はつい苦い顔になった。テラーニャとバイラ、クルーガも憮然《ぶぜん》としている。皆、同じ思いだ。が、ジニウは動じなかった。

「正確詳細な報《しら》せを持ち帰ることこそ物見の武功と申すもの」

「詳しい報《しら》せとな」

「ここを襲ったゴブリンどもの後ろ盾は、イドの代官マクレイドでござる」

半ば予想した答えだったので、私は驚かなかった。

「間違いないのか」

「左様、ゴブリンどもは荒野を西へ向かって逃げ散り申した。その他は攻撃準備位置に戻り、大半は隊伍《たいご》を組んでイドの町へ。ハクイに向かったのは僅かでござる」

「ハクイの町へ向かった者どもはどうした」

「目についた者は全て討ち取り申した」

「それで、イドのほうは」

「ハクイを大きく避けて、夜中にイドの町の代官所へ」

「なるほど、ハクイに近寄りたくなかったか」

「その者どもの大半は、代官所の中で毒を飼わされた模様」

「何だと」

一同が微《かす》かにどよめいた。

「恐らくは、敗報が広がるのを嫌うたためかと」

「ふむ」

「そこで我ら、死体を引き取る教会の下人に紛れ、代官所へ忍び申した」

「放胆なことを。汝《なんじ》ら、代官所に偸盗《ちゅうとう》をなしたか」

私の問いに、無表情なシャドウ・デーモンがにたりと笑った気がした。

「それで、何か摑《つか》めたか」

「この地に我らが蟠踞《ばんきょ》したること、既に王国の知るところでござる」

「それくらいはわかっておる」

私はわざと失望した声色で応じた。

「それではこれは如何《いかが》か」

気のせいか、ジニウが面白そうに肩を揺すり、

「此度《こたび》の襲撃、全て代官の独断でござる」

これは流石《さすが》に私も面食らった。

「サーベラ王の意向ではないというのか」

「これには些《いささ》か仔細《しさい》がござる」

ジニウは順を追って話しだした。

イドの町には、宰相ナステル伯に与《くみ》する一門衆のバトラ伯が指揮する王国禁軍第七親衛師団が駐留している。名目は魔王軍の進攻に対する国境警備だが、ハクイ探題を僭称《せんしょう》するイビラス公に備えているのは誰の目にも明らかだった。それからバトラ伯とイビラス公の間で腹の探り合いが続いていたが、王国の航空竜騎兵の定期偵察がハクイ南東に緑地を見つけたことで状況に変化が生じた。

緑地に出入りするゴブリンの部族に襲撃を試みた冒険者たちが其処《そこ》に拠《よ》る正体不明の者どもに返り討ちされたことで、バトラ伯は穏便に私たちと接触を図ろうとしたという。

だが、第七師団駐留と同時にバトラ伯の下に組み入れられたことを面白く思っていなかったイドの代官マクレイドは、独断でゴブリンの部族連合を使嗾《しそう》し、更に援軍として銭を撒《ま》いて援兵を寄せ集めた。マクレイドの魂胆は明快だ。この緑地を占拠できればイビラス公の後背を脅かすことができ、圧倒的な優位を得られる。これでバトラ伯を出し抜けると踏んだのだろう。

「そこまで調べたか」

私は呆《あき》れ返《かえ》った。

「敵も一枚岩ではないということか」

黙って聞いていたクルーガが腕を組んだ。

「さて、如何《いかが》いたそうか」

敵が和戦の何《いず》れを採るにせよ、対策を考えねばならない。

「このまま陣地の普請を続け、バトラ伯とやらの動きを待つのも手だが」

私は誰に問うとでもなく呟《つぶや》いた。

「それは沙汰の限りでござる」

バイラがぶるりと鼻を鳴らした。

「敵は水色の旗を揚げておった。王国禁軍の旗でござる。次は本腰入れて寄せて参りますぞ」

「だろうな」

「一個師団か」

クルーガが面白そうに言った。ヴァンパイアめ、何が面白いものか。絶望的だ。

「後方の司令部に仔細《しさい》を伝え、増援を求めることはできないのですか」

テラーニャが恐る恐る聞いてきた。

「本格の戦《いくさ》になれば、司令部も動かざるを得ないのでは」

「無理だな。西域軍は戦力の再編成で忙しい。一兵も寄越さぬだろう」

言ってから気づいた。増援か。増援ならいるではないか。私は確かめるように、

「例えば、第七師団がこちらへ兵を進めると同時に、イビラス公の軍勢が街道を西進してイドの町を窺《うかが》えばどうだ。バトラ伯は兵を引くしかないのでは」

クルーガが冷たく笑い、

「それはそうだが、そう都合よく行くわけが」

そこではっとした顔をして、

「そうか、第七師団が動けば、それをハクイへ隠密裡《おんみつり》に報《しら》せればよいのか」

「いや、もっと確実な手がある」

一同の目が私に集まった。

「イビラスと手を組む」

「え」

皆が目を丸くした。

「いいか、この戦区には私たちだけだ。当然、現地住民との接触は私に一任されている」

「暴論だ。敵軍との交渉まで含まれていない」

「敵軍ではない。敵軍の造反分子だ」

「それはそうだが」

「仮に、我らがイビラスに合力し、イビラスが王国の実権を握ったとしよう。うまくすればこの方面の鼎《かなえ》の同盟の行動を封じ、我らの任務は果たされることになる」

「それは流石《さすが》に都合が良すぎるのではござらぬか」

バイラが心配そうな顔で訊《き》いた。もしかしたら、このミノタウロスは本気で私の頭を心配しているのかもしれない。そうであればなんと度し難いことか。だが、私は平静を装い、

「だろうな。だが、当座を凌《しの》ぐにはこれが最善の手だ」

「だいたい、イビラスとやらがこの話に乗ると本気でお思いか」

「奴《やつ》は宰相ナステルと敵対している。いずれ擂《す》り潰《つぶ》されると焦っているはずだ」

「それと我らと手を結ぶかはまったくの別立てでござろう」

「バイラよ、これは賭けだ」

「無謀にしか思えませぬな」

「差し迫った状況では常に無謀が深慮を上回る、と申すであろうが」

「どこの阿呆《あほう》の台詞《せりふ》でござるか」

「私だ」

言葉を失ったバイラを押しのけるように、今度はクルーガが身を乗りだした。

「それで、どうやってイビラスに渡りをつける」

「それは」

私は言葉に詰まった。そこまで考えていなかった。

「まあよい。まだ策を考える時間はある。まずは飯だ」

私は結論を先送りして、焼けた肉に箸を伸ばした。血も十分に抜けていないのに、馬の肉は大層美味《うま》かった。

第十章　魔女と魔物

結局、方策を練る時間はなかった。正しくは必要がなかった。

三日後、屋形の普請を検分していた私の足許《あしもと》から影が起《た》ち上がった。シャドウ・デーモンだ。私も彼らが突然現れても驚かなくなっていた。影は音もなく貧相な顔を私に近づけた。

「ジニウか、どうした」

「椿事《ちんじ》が」

私は湧き上がる無意味な勝利感を隠して声をかけた。

「ふむ、申せ」

「モラス殿とミレネス殿が」

やはり揉《も》め事《ごと》でも起こしたか、と真っ先に私は思い浮かべた。

「旅の者を連れて戻りました」

「い」

変な声が出たせいで、バイラが振り返った。

「旅人だと」

「そう答えておるそうで」

「数は」

「六頭立ての大型馬車に女が二名」

「他は」

「おりませぬ」

「まことか」

先達《せんだつ》か護衛がいるはずだ。女二人だけで荒野を渡るなど自殺行為に近い。

「シャドウ・デーモンを二個分隊十二名」

殊更に平静な声でジニウが答えた。捜索小隊の半数を使って確かめたと告げているのだ。

「わかった。汝《なんじ》の申す通りだ」


私は陣地の警備線の外に出て、客を待ち受けることにした。傍《そば》にはバイラと呼びもせぬのにどこから聞きつけたかクルーガまでいる。

「怪態《けったい》でござるな。女二人で荒野を渡って参るなど、それだけで不審」

荒涼たる風景を眺めながら、バイラが誰に言うとでもなく口を開いた。クルーガが、

「歩き巫女《みこ》の類いではないだろうか」

フメイ派に属する巡礼巫女《みこ》だ。各地を巡って降霊《かみおろし》し、時に乞われて体を売る。

「まさか、こんな陵藪《りょうそう》まで春を鬻《ひさ》ぎに参るなど」

私は思わず苦笑した。

「クマンとの戦の噂《うわさ》を聞きつけ、稼げると思い定めて寄ってきたのかもしれぬぞ」

確かに祭事や普請場、軍陣など人の集まる場所は彼女たちの稼ぎ場だという。

「風紀が乱れるのは感心しませぬな」

バイラが憤然とした顔で鼻を鳴らした。何故《なぜ》、お前は早々に歩き巫女《みこ》と決めつけているのだ。私はバイラの風紀を真剣に心配した。そのとき、地平線に二つの小さい点が現れた。

「あれか」

「そのようでござるな」

「少し出てくるのが早かったか」

私はぼそりと呟《つぶや》いた。距離は軽く一里はある。ろくに道もない荒野では馬車を牽《ひ》く馬の脚も遅い。今までなかったことなので、気が急《せ》いてしまったらしい。私たち三人は馬車が着くまでたっぷり待つ羽目になり、その間、話も尽きて案山子《かかし》のように間抜けに立ち尽くした。


やがて、互いの姿がはっきり見える距離まで近寄ってきた。塗りは剝げているが背の高い車体に轍《わだち》の狭い車輪の優雅な六輪有蓋馬車が、六頭の巨大な馬に牽《ひ》かれて砂埃《すなぼこり》を上げながら近づいてくる。バイラが数歩前に出て、大身槍《やり》を振って泉を指した。このまま屋形まで招き入れるわけにはいかない。泉辺《いずみべ》に野営地を構えるゴブリンたちには既に伝えてある。いつの間にかゴブリンの女たちが犬を連れ、心配そうに見つめていた。

馬車が僅かに進路を変えたのを見て、私たちも泉へ向かって歩きだした。ゴブリンの天幕から数十歩離れた草地で荷車を停《と》めたミレネスが軽くなった足取りで私のほうへ駆けてきて、私に添うように横に並んだ。

「ミレネス、苦労だった」

「要石を埋め、帰る道すがらにモラス殿が遠見にて見つけました。馳《は》せ寄って詮議したところ、ハクイから泉の主に会いに参ったと申していますわ」

私は歩きながら馬車から降りる人影を見つめた。二人とも旅の埃《ほこり》に汚れ、解《ほつ》れた網代笠《あじろがさ》で半ば隠されて、顔ははっきり見えない。腰から下は革袴《はかま》、革足袋に草鞋《わらじ》履きで足許《あしもと》を固め、袖の短い柿色の小袖の上に夜の寒避《かんよ》けの毛皮の胴衣を羽織っている。歩き巫女《みこ》には見えなかった。一人は浅黒い肌で槍《やり》を肩に担いでいて護衛と思えたが、仕草からしてとてもそうは見えない。姉妹のようにも見えたがそうでもないらしい。種族が違う。小柄なほうがより肌が黒く、耳が横に長く伸びている。ダークエルフだ。

「ふむ。汝《なんじ》はどう見る」

私は低い声でミレネスに訊《き》いた。

「途中で片付けようと思いましたが、なかなか隙を見せません。かなりの手練《てだ》れですわ」

夕の献立の話でもする口調で、さらりと物騒なことを言った。

「お前は何を申しておるのだ」

「間者かもしれぬではありませんか。モラス殿が独断で仕掛けるはよろしくないと申したので、敢《あ》えてここまで連れて参ったのですわ」

漆黒のスフィンクスは、「敢《あ》えて」と強調した。まるでモラスに止められたから襲いませんでした、と言いたげな口振りだった。お前は疑っただけで殺すのか。

「うむ、仕掛けずに正解でござったな」

バイラが、妙に真剣な顔つきで言った。

「え」

私とミレネスが同時にバイラを見た。

「両名とも尋常ならざる手練《てだ》れでござる。ミレネス殿一人では相打ちも覚束《おぼつか》ぬ」

「わかるのか」

「無論、これでも場数だけは踏んでおりますでな」

そう言って、ミノタウロスは口を曲げた。今まで見たこともない物騒な笑顔だった。そのとき、向こうが私たちを認め、歩いてくるのが見えた。

「よいか、現地住民とは友誼《ゆうぎ》を深めねばならぬ。勝手に害するなど沙汰の限りぞ」

私は小声で言った。

「よいか、相手は客人《まろうど》だ。笑顔だ。笑顔を作れ」


「ようお越しなされた。この緑地を差配しているゼキと申す」

私の声にダークエルフの娘が進み出て笠《かさ》を上げ、

「お初にお目もじします。ヌのミのニドと申します」

気味悪いほど透き通る声で言った。背は五尺余、ダークエルフにしては貧相な体つきをしている。一般にダークエルフの女はもっと豊満だ。暗褐色の肌に燻《くす》んだ長い銀髪、細面に吊《つ》り目がちの一重に紅《あか》い瞳。エルフ種は成年に達すると、寿命が尽きるまで外見の経年変化が止まる。このダークエルフも、十代から二十代のいずれにも当てはまりそうな顔だった。

「単刀直入に申そう。何をしに参られた」

私は笑顔を絶やさずずばり言った。駆け引きは苦手だ。だが、相手も動じるふうも見せず、

「はい、魔王軍西部方面軍西域軍司令部配下の『草』でございます。このたび、当地に魔王軍御進出と聞き及び、御挨拶に参上しました」

草と聞いて、空気がぴしりと変わった。草とは魔王軍の特務兵のうち、現地諜者《ちょうじゃ》の隠語だ。軍の行動を側面から支援するために、情報収集から破壊工作、要人暗殺まで行う荒っぽい連中である。だが、この戦区の草とは数年前に連絡が途絶えたはず。

「はて、何のことでござろうか」

私は顔面の筋肉を限界まで駆使して動揺を隠した。だが、ニドはころころと笑いだし、

「ふふ、あれだけ御派手に立ち回られて隠し通せるとお思いとは、存外に愉快なお方」

懐から二寸ほどの木札を取りだして、

「お改めを」

と私に差しだした。逆さ三鱗《みつうろこ》の焼き印。確かに西域軍司令部直属の特務の鑑札だ。私は再び彼女たちに向かい、

「よくぞ参られた。立ち話もなるまいが、生憎《あいにく》と屋形は焼けてしまってな。今は仮小屋しかござらぬ。御寛恕《ごかんじょ》願いたい」

鑑札を返しながら、あらん限りの力を振り絞って笑顔で答えた。

さして広くもない仮小屋の板間には、ゴブリンに贈られた敷物《しきもの》が敷かれている。私は二人に円座を勧めると、彼女たちと向き合うように坐《すわ》った。私の脇を固めるようにテラーニャとバイラ、クル

ーガが腰を下ろす。

「改めて御挨拶申し上げましょう」

ダークエルフが床に両手をついた。

「ニドと申します。こちらはスウ」

「あたしはスウ。よろしく」

スウと呼ばれた娘がにたりと笑い、すぐ愛想のない無表情に戻った。少々頭が足りないのかもしれない。肩に掛かる黄金色の蓬髪《ほうはつ》に小麦色の肌、扁桃形《へんとうなり》の大きな二重の目に赤い瞳。我が強そうな顎の線が目立った。年の頃は二十代前半、背は五尺七寸ほど。だが、小袖の下で鋼条を縒《よ》ったような剣呑《けんのん》な筋肉が畝《うね》っているのが私にもわかった。

「殿様」

テラーニャの声に我に返り、私は慌てて襟を整えた。

「御丁寧な御挨拶痛み入り申した。私は丙三〇五六号、ここではゼキという名で通っておる」

深々と床につくほど頭を下げ、

「こちらに控えるは、テラーニャ、バイラ、クルーガ。我が迷宮の主立つ者どもでござる。他の者は追い追いお引き合わせいたそう」

一旦言葉を切り、改めてニドに面を向けた。

「さて、ひとつ伺いたい。現地に入った草との連絡は、とうに途絶えたと聞き及んでいたが」

「御不審は御尤《ごもっと》も。連絡網が破壊されたの。私たちも身動きが取れずに往生していましたの」

「ふむ」

私は湯呑《ゆのみ》の茶を啜《すす》り、

「それで、その諜者《ちょうじゃ》殿が如何《いか》なる用向きなのかな」

ただ挨拶に参ったのではあるまい。

「ええ、実はね、お願いがあって参りました」

「願いとは」

「ハクイまで御足労願いたいの」

ニドは、さらりととんでもないことを言った。

「どういう意味かな」

「イビラス公は御存知かしら」

「名前だけは」

「今、王国はサーベラ王の新体制で戦後復旧と反攻作戦の準備に挙国一致で邁進《まいしん》しています」

ニドはそこで言葉を切って、湯呑《ゆのみ》の茶で唇を濡《ぬ》らし、

「サーベラ王は、王権の強化を企《たくら》んで諸侯の所領や自治都市の利権を削ろうとしているの。ゼルメキア帝国式の中央集権を目指してるのね。当然、面白くない諸侯も結構いるのよ」

ゼルメキア帝国は、人間、エルフ、ドワーフの三族神聖連合、通称鼎《かなえ》の同盟で盟主的な立場にある国家だ。来《きた》るべき反攻も、帝国が主導しているという。

「一方、前王の弟君イビラス公は、先の戦で北部戦線の王国軍を率いて諸侯の人気が高いの」

「つまり、イビラス公は王国にとって獅子身中《しししんちゅう》の虫《むし》か」

私は初めて知った振りをした。うまく演じられただろうか。

「察しがよくて嬉《うれ》しいわ」

ニドが僅かに微笑《ほほえ》んだ。油断していると引き込まれそうな笑顔だ。

「現地工作の一環として、私たちはイビラス公を裏から助《す》けてるの」

「ふむ」

「うまくいけば、王国を二つに割る騒動になるわ」

「まさか」

私はせせら笑った。

「まあ、そうなればいいなって話だけど」

ニドも笑いながら、煙草《たばこ》はいいかしら、と言って懐から金色の煙管《きせる》を取りだした。答えなど最初から聞いていないようだった。

ニドが煙管《きせる》を支度する様を眺めながら、私は腕を組んだ。確かにハクイのイビラス公と連絡《つなぎ》したいとは思っていた。だが、あまりにも都合が良すぎる。罠《わな》ではないのか。だいたい、鑑札を持っているだけで、この二人が魔王軍の現地工作員である保証がどこにある。

「それが、私がハクイに赴くことと、どう関わりがあるのか」

つい声が冷たくなった。だが、ニドは臆する素振りも見せず、

「イビラス公に会って欲しいの。それを伝えに来たのよ」

罠《わな》だ。私の中で誰かが叫んだ。

「ほう、だが、何故《なぜ》私が敵国の王族と会わねばならぬのか」

私の言葉に、ニドは紫煙を吐いて面白そうに唇を舐《な》めた。

「あら、そんなこと言っていいの。このままじゃ、あなたもイビラス公もイドの王国軍に各個撃破されて、二人ともお首が毬杖《ぎっちょう》の木毬《もっきゅう》のかわりにされちゃうわよ」

その後ろで、今まで黙って坐《すわ》っていたスウという名の娘がごそごそやりだした。窮屈そうな姿勢で腰の袋から延煙管《のべきせる》を引っ張りだそうとしている。スウは悪戦苦闘の末にやっと取りだした真鍮《しんちゅう》色の煙管《きせる》を眺めながら、

「ニド姉、その人、疑ってるのよ」

ぼそりと呟《つぶや》くように言って、煙管《きせる》に煙草《たばこ》を詰め始めた。私は思わず息が詰まった。この娘、何も考えていないように見えて、私の考えを読んだのか。ニドの眉がぴくんと跳ねた。彼女は肩を傾けて上目遣いに私の目を覗《のぞ》き込《こ》み、

「そうなの」

悲しげな顔で問うてきた。

「まさか」

「スウは勘がいいのよ」

「そ、そんなはずはなかろう」

私はなんとか平静を装おうとした。だが、無理だった。このような美形にこのような顔をされて冷静でいられる男はいない。私の両目は助けを求めるように左右を見回した。だが、皆無愛想な顔で前を見つめるだけ。バイラがちらと私を見たが、すぐ視線を外した。私は当惑して前を向き、なんとか居住まいを正そうと背を伸ばした。ここは話題を逸《そ》らすに限る。

「う、うむ、ニド殿の言い分は承知した。だが、イビラス公と会見するとしても、その術《すべ》がない。我らは馬も持っておらぬ」

「大丈夫よ。そのために、わざわざ馬車で来たのだから」

ねえ、とニドとスウが頷《うなず》き合った。

「待ち伏せの者どもが控えていて、押し包んで討つ算段ではないのか」

バイラが口を挟んだ。

「やるならそんな面倒なことはしないわ。イビラス公も一人でも御味方が欲しいときなのに」

私は答えに窮した。決断を迫られている。小屋の空気が煮詰まっているように感じ、新鮮な空気を求めて私は思わず襟を広げた。一刻も早くここから逃げだしたかった。

「わかった。明日の朝、改めて返答いたそう」

この場は返事を引き延ばすしかない。

「今宵《こよい》は旅の埃《ほこり》など落とされるがいい」

湯浴みなどなされよと言うと、ニドとスウがぱっと顔を明るくした。こういうところは年頃の娘らしい反応をすると私は感心した。

「まずは、夕餉《ゆうげ》など饗応《きょうおう》いたそう」

私はテラーニャに顔を向けた。彼女は小さく頷《うなず》きラミアたちを呼びに小屋を出ていった。

その夜、私は一の丸の指揮所に主だった者を集めた。皆が作戦台を囲むように床几《しょうぎ》に腰を下ろしている。本来は絵図が載る作戦台に、今は銅《あかがね》の薬缶《やかん》に雑多な茶碗《ちゃわん》、湯呑《ゆのみ》が並んでいた。

「ニドとスウはどうしている」

私はテラーニャに問うた。彼女は心得たように頷《うなず》き、

「風呂を使い、今は地上の仮小屋でお寝《やす》みに」

「そうか」

私は嘆息した。バイラが欠け碗《わん》の茶を啜《すす》りながら、

「さて、如何《いかが》なさるお積りか」

「罠《わな》である可能性は捨てきれない。ハクイに入れば二度と帰れぬかもしれぬ」

クルーガが、寛《くつろ》いだ様子で湯呑《ゆのみ》の馬乳酒を嘗《な》めながら呟《つぶや》いた。

「だから、さっさと討ち取るべきと申したのですわ。今からでも」

ミレネスがまた血腥《ちなまぐさ》いことを言いだした。

「まあ待て、まだ罠《わな》と決まったわけではない」

私は苦笑しながら手を振った。

「誰か、彼《か》の女《め》どもの素性を存じている者はおるか」

一同が顔を見合わせた。誰も知らぬらしい。無理もない。特務兵は任務の性質上、隠密《おんみつ》を旨としている。敵に対してだけでなく味方に対しても。と、ふいに地面から影が浮き上がった。

「ジニウか」

「手下《てか》のハンザが、よう見知っていると申しております」

ジニウの背後に、もうひとつ影が控えている。

「ハンザよ、詳しく申せ」

「それがし、かつて北部戦線で隠密《おんみつ》御用を承っておりまいたが、その折に」

西ヴェルデで土一揆《いっき》を扇動していたニドたちと組んで野伏戦《のぶせりいくさ》を働いたことがあるという。

「どうであった」

「かなりの遣り手《やりて》でござる」

「敵ではなさそうだな」

「御油断召されるな。あれらは常傭《つねやとい》の者ではござらん」

「ふむ、ハンザよ、よう知らせてくれた。礼を言う」

影は軽く頷《うなず》くと、再び地に消えた。

「むう」

落胆の唸《うな》りが漏れた。価値ある情報ではあるがそれだけだ。決定的なものではなかった。

「どうなされます」

テラーニャが窺《うかが》うような顔で訊《き》く。私は観念した。結論を出さねばならない。

「うむ、やはり行くべきであろうな。現状ではイビラスに会うことすら覚束《おぼつか》ぬ。これは渡りに舟かもしれぬ。泥舟かもしれんが」

誰も笑ってくれないので、仕方なく私は咳払《せきばら》いして一同を見回した。

「ハクイへは私一人で参る。もし私が討たれたら本陣の結晶石が即座に再起動する。その下知に従え」

「何を仰せられます」

テラーニャが詰め寄ってきた。

「これが最も被害の少ない最善手だ。他の者を危険に晒《さら》すわけにはいかぬ。料簡《りょうけん》せよ」

「殺さず押し込められたらどうする」

クルーガが訊《き》いた。私は不敵に笑い、

「大丈夫だ。己の始末のやり方くらいは心得ている」

思わせ振りに腹を撫《な》でた。皆が黙り込む。私は悠然と肘を張って酒の湯吞《ゆのみ》を口に運んだ。

「いえ、なりません。妾も参ります」

「ぶっ」

突然の甲高い声に、私は思わず含んだ酒を噴きだす羽目になった。白濁した馬乳酒が口から滴り、髭《ひげ》を伝って甚平の前を濡《ぬ》らす。なんという醜態。皆が哀れむような目で私を見ている。

「な、何を申す」

私は慌てて袖で髭《ひげ》を拭いながら、テラーニャを見た。その瞳に哀《かな》しみと怒りと決意を見て、思わず動きが止まった。

「妾は殿様の副官。御側《おそば》に侍《はべ》らずば御役目を果たせません」

「危険なのだぞ、わかっておるのか」

「わかっておられぬのは殿様のほう。危険であるが故に参るのです」

私は当惑して周りを見回した。誰か、テラーニャを止めてくれ。

「いいかな」

クルーガが身を乗りだした。おお、クルーガ、何か深いことを言ってテラーニャを説き伏せてくれ。私はクルーガの頼もしさに手を合わせたくなった。クルーガは小さく咳払《せきばら》いし、

「アラクネならば、市井に紛れるのも容易《たやす》い。護衛には打ってつけだ」

「おい、何を申す」

「それはヴァンパイアも同様。私も行こう」

「へ」

「どうした、何か問題でもあるのか」

「お、お前、ストーン・ゴーレムの修理はどうする。ハクイに行く暇などないはずだろうが」

が、ヴァンパイアは不思議そうな面《つら》をして、

「私でも物事の優先順位は心得ているぞ」

何の優先順位だ。私は心の中でこのヴァンパイアを罵った。

「ならば、それがしも」

バイラが作戦台を叩《たた》いた。お前は何を言っているのだ。

「いや、ミノタウロスは無理だ。その角と牛面《うしづら》をどうやって隠す」

クルーガが窘《たしな》めるように言った。

「角隠しというものがあると聞き及んでおる」

バイラが憤然と鼻を鳴らした。あれは新婦が婚礼で被《かぶ》るものだ。お前は変態か。私はバイラの花嫁姿を想像して魂の底から恐怖した。だが、バイラは気にもせず、

「ずっと馬車に潜んでも構わぬ。主君が危難に晒《さら》されるのに、ここで指を咥《くわ》えておれようか」

「確かにあの馬車は大きい。潜むのも問題なさそうだ」

度し難いことに、クルーガが納得しだした。

「それがしも一個分隊率いて蔭供《かげとも》いたそう」

足許《あしもと》の陰からジニウが浮かび上がった。いつもは問われるまで黙っているくせに。

「我ら龍牙衆も御供《おともつかまつ》仕らん」

龍牙兵らが立ち上がった。

「辻戦《つじいくさ》は我らの得意とするところ。是非とも我らも」

ナーガたちまで騒ぎだした。

「それがしも市《いち》の硝子《ガラス》細工を一度は見てみたいと思い定めておったところだ」

ギランが変なことを言いだした。

私は呆然《ぼうぜん》と喧騒《けんそう》を眺めていた。皆が大声で喚《わめ》き散らし、私の決意を台無しにしている。ふと、胸の辺りを拭われているのに気づいた。見ると、テラーニャが手を伸ばして酒で濡《ぬ》れた私の甚平を布で拭っている。テラーニャが柔らかく微笑《ほほえ》むので、私も力なく彼女に笑い返した。


翌朝、朝餉《あさげ》を済ませた私は、小袖に道中合羽、下は括《くく》り袴《ばかま》に革足袋の旅装に着替え、仮小屋のニドたちを訪れて朝の挨拶もそこそこにハクイへの同道を告げた。行くのは私とテラーニャ、バイラ、クルーガ、ミシャ以下龍牙兵三名、それにジニウが私の影に潜んで蔭供《かげとも》している。バイラも龍牙兵も鎧《よろい》を脱ぎ、鎧下《よろいした》に道中羽織《ばおり》を纏《まと》っていた。

「あら、随分と大所帯ね」

「これでも人数を絞りに絞ったのだ」

昨夜の私の苦労をこのダークエルフに一から説明してやりたい。

「それに、バイラ殿まで行くの」

ニドがミノタウロスを見上げた。

「殿などつけずとも結構。それがしが同行して問題がござるか」

バイラが目を細めて不機嫌そうに訊《き》いた。

「いいえ、どこにもないわ」

ニドが愉快そうに口許《くちもと》に微笑《ほほえ》みを浮かべた。

「でも、この人数じゃ流石《さすが》に狭いわよ」

「人数が多いほうが心強い。護衛と思ってもらって結構」

「それは頼もしいわね。それで、何時出立するの」

「そちらが準備でき次第、すぐにでも」

ニドは驚いたように凝《じ》っと私を見つめていたが、やがて妙に色っぽい笑顔を浮かべた。

「決断の早い男《ひと》って素敵よ」


六頭の重輓馬《じゅうばんば》が牽《ひ》く馬車は車軸に板発条《いたばね》が仕込まれていて、驚くほど乗り心地が良かった。中は両側に向き合うように座席があり、扉付きの厠《かわや》まであった。荷台はそれなりに広々としていたが、御者台のスウを除く八名が詰めると流石《さすが》に息苦しい。

「厠《かわや》を使うと文句言われるから、使わないでね」

ニドが恥ずかしそうに笑った。連子窓《れんじまど》に日除《ひよ》けの幕を下ろしているので中は薄暗く熱が籠もっている。幕を上げると荒野の風が細かい砂を容赦なく運んでくるからだ。

「ニド殿の馬車ではないのか」

「殿はやめて。この馬車は借り物よ。こんな立派な馬車を持てるお大尽じゃないわ」

私たちは馬車の荷台で揺られながら、ニドと様々な話をした。どうやら私の受領していた地誌情報は古すぎるようだった。ハクイの町は人口数万を抱える王国有数の町に成長していた。だが、その多くが人別も持たぬ逃散《ちょうさん》農民、難民、兇状《きょうじょう》持ちに欠落者《かけおちもの》の類いという。

「ならば、治安は相当に悪そうだ」

クルーガが眉を顰《ひそ》めて言った。

「そうでもないわよ。今はイビラス公の手勢が駐屯しているからね」

「ふむ、そのイビラス公とはどんな男なのだ」

「在の評判はいいわよ」

ニドが煙管《きせる》を吸って細い煙を吐いた。

側近に土豪や国人の出身が多く、民の苦労を知り尽くしている。しかも、人間、エルフ、ドワーフの三族以外の亜人まで厚く遇しているという。カゲイが言っていた通りだ。

「名君だな」

「まさか、味方が欲しいだけよ」

ニドが薄く笑い飛ばした。

「ほう」

「イドの町に第七師団が腰を据えて、イビラス公を見張ってるの。公の手勢は精々五千。まともにやり合ったら、あっという間に揉《も》み潰されちゃうわ」

「昨日話していたイドの国王軍か」

「ええ。甲種編制の禁軍重野戦師団よ」

確かに、五千程度では勝ち目はない。

「王国の潜在的な敵性勢力であるイビラスに潰れられては困る。それで、奴《やつ》を助けるために私たちを売り込もうと企《たくら》んだか」

「察しが良い《い》人は好きよ」

ニドがふっと煙を吐いて思わせぶりに小さく微笑《ほほえ》んだ。視界の隅で、テラーニャが顔を強張《こわば》らせたが、今は彼女の悋気《りんき》に付き合う暇はない。私はニドに向かい、

「だが、私は魔族だ。イビラスに与《くみ》しては障りがあるのではないか」

「あら、町には戦から逃げてきた魔族も大勢いるのよ。知らなかったの」

確かに戦場で降《くだ》り、または亡命して王国で暮らす魔族は少なくない。

「それにね、私が持ち掛けたわけじゃないわ。向こうから言いだしたのよ」

「何故《なぜ》、イビラスが私のことを知っているのだ」

「あれだけ派手に暴れててよく言うわ」

ニドが面白そうに笑った。

「あなた、有名よ」

それからニドは、朗々と吟じだした。

「東の磽确《こうかく》に酒泉あり。魔物 蟠《わだかま》って塁《るい》を築き、地虫を貪り血酒《ちざけ》を啜《すす》って地中の宝を守る。クマンの勇士ザイル、勇士を募りて宝を得んと欲するも、門を潜《くぐ》り討ち入りたる者一人として還《かえ》らず。人

呼んで『不帰《かえらず》の関』と」

そのような悪名が流れているとは。私は暗澹《あんたん》とした気分になった。

「大袈裟《おおげさ》なことだ」

「でも、あなたたちの話は巷《ちまた》で持ちきりよ」

「イビラスとやらは、辻《つじ》の噂《うわさ》を信じて動くのでござるか」

バイラが油断ならない目でぼそりと言った。

「まさか、何人も細作を飼ってるみたいよ」

クマンとの戦の詳細を把握しているということか。

「そなたもイビラスに傭《やと》われた軒猿ではないのか」

「まさか、私はただの料理屋の女将《おかみ》よ」

ハクイの南通りで店を構えてるの、と笑った。

「その料理屋の女将《おかみ》がイビラスの使いをなす。怪《け》しからぬとは思わぬか」

バイラが更に問うた。だが、ニドも平然と煙管《きせる》をひとつ吸い、

「イビラス公のハクイ入りで少し縁ができたのよね」

それから煙管《きせる》の灰を落とし、

「それに、魔物の大将に会いに行くのよ。御家中の者を動かせないでしょ」

クルーガが目を開けてニドを見た。

「なるほど、それで合点《がてん》がいった」

「あら、どういうこと」

ニドが面白そうな顔でクルーガを見返した。

「秘《ひそ》かに使いに立てるだけなら、それこそ手飼いの乱波でもいいはずだ。それを、どこの馬の骨とも知れぬ地下《じげ》の者を頼った。探題府にも身中の虫が多いと見える」

ニドは暫《しばら》く吐いた煙を眺めていたが、ゆっくりこちらを向いて、

「あなたのお仲間って、察しが良すぎて嫌いだわ」

心の底から楽しそうに言った。


スウの操る馬車は、夜もほとんど駆け通しだった。私は迷宮の緑地から出たこともなかったので、見るもの全て珍しいに違いないと期待していた。しかし、どこまで行っても相変わらずの地形ですぐに飽きてしまった。馬車は夜のうちに征東街道に出ると、西へ馬首を巡らせた。

「ここからは道を行くから、乗り心地も多少は楽になるわ」

ニドが干飯《ほしい》を齧《かじ》りながら言った。私たちは食事のために止まることもしなかった。この街道は、かつて王国が兵威盛んだった頃、魔王領攻略のために造られた軍用道路だとニドが教えてくれた。だが、この道も建設半ばで放棄されて使われることもなく、今は荒野の風に晒《さら》され朽ち果てるに任せているという。一見して涸《か》れた河床のようで、注意して見なければ左右に広がる荒野と見分けがつかなかった。数年後、このような痩せ細った道一本を頼りに鼎《かなえ》の同盟の軍勢が攻め上《のぼ》ってくるなど、私には想像がつかなかった。

やがて、バイラの鼾《いびき》を合図にしたように、皆が背板に凭《もた》れたまま寝入りだした。ニドも体を丸めてすうすう寝息を立てている。ミシャら龍牙兵の三人は、刀を抱えていつでも抜き打ちできる姿勢

で目を閉じていた。私も眠ろうと目を瞑《つぶ》ったが、何故《なぜ》か眠れない。以前は場所を選ばず転がって寝ていたというのに。こうなるともう駄目だ。眠らねばと焦るほど眠れない。私は寝ることもならず、ただ目を閉じて身を捩《よじ》った。

ふいに、床板が小さく軋《きし》む音がした。私は向きになって目を開けなかった。目を開けると、二度と眠れぬと思ったからだ。だが、私の前で音が止まり、尻の下の座板が撓《たわ》むのを感じて、とうとう私は目を開けた。窓の幕の隙間から漏れる微《かす》かな星の光の下、すぐ隣で悪戯《いたずら》っぽい笑顔のテラーニャが私を見ていた。

「テラーニャか、如何《いかが》した」

テラーニャが人差し指を立てて私の口を塞ぎ、

「お静かに」

皆が起きてしまいます、と耳許《みみもと》で囁《ささや》いた。私が小さく頷《うなず》くと、

「妾《わたし》も眠れませぬ」

そう言って、寄り添うように私の腕に手を回し、私の肩に頭を預けた。いい匂いがして、心拍数が跳ね上がった。いかん、心を鎮めねば眠れぬではないか。

「そうか」

私はできるだけ平然を装って答えた。畜生、緊張して声が掠《かす》れる。テラーニャは愉快そうにくすっと小さく笑い声を漏らし、

「楽しくて眠れません」

「何がだ」

「こうして主様と旅ができるなど、まるで夢のよう」

　バイラ殿らまで尾いてきたのはいただけませんけど、と付け加えた。

「物見遊山ではないのだぞ」

「それでもよいのです」

　テラーニャはうずうずと笑った。

「万が一、私の身に危険が及んでも、ゆめゆめ無理いたすな。必ず生きて迷宮に戻れ。この身体《からだ》は端末に過ぎぬ。たとえこの体が滅しても、結晶石さえ無事ならば私は死なぬ」

「いいえ」

　テラーニャがぽつりと言った。

「体は作り直せても、記憶が転写されても、今までその身体《からだ》で積み重ねてきた主様の人格までは引き継げませぬ。最初に端末を起動した時の初期設定の人格でございます。それはもう主様とは呼べません。そのような端末になど仕える甲斐《かい》がございません」

　これ以上ないくらい真面目な声だった。私は面食らった。

「皆も同じ考えなのか」

「あい」

　そのようなことは思いも及ばなかった。

「わかった、心に留《とど》めておこう」

「そうなさいませ」

　テラーニャが更に身を寄せてきた。彼女の息が耳にかかる。

「特に妾は」

そこから先は言葉にならなかった。アラクネの優しい歯が私の耳朶《じだか》を噛んだ。潤んだ瞳が私を見上げ、私は金縛りのように動けなかった。暗いのに、何故《なぜ》か唇だけ鮮やかに見えた。

「やめよ、皆が起きる」

「大丈夫、ぐっすり眠りこけております」

テラーニャの唇が私の唇に重なろうとしていた。彼女の切ない吐息が私の髭《ひげ》に触れる。私は痺《しび》れたように動けなかった。そのとき、

「すまんが、そういうことは別の機会に頼めないか」

遠慮がちな声が私の心臓を鷲摑《わしづか》みにした。驚愕《きょうがく》のあまり声が出ない。私はテラーニャに突き飛ばされて壁に後頭部を強《したた》かに打ち、頭が鞠《まり》のように跳ねた。

「クルーガ、起きていたのか」

私は苦痛を堪《こら》えて声を絞りだした。闇の向こうで微《かす》かに影が揺れている。

「私はヴァンパイアだぞ。棺《ひつぎ》以外では眠らない。知らなかったのか」

忍びやかな笑い声が立ち、テラーニャが顔を朱に染めて俯《うつむ》いた。


いつの間にか寝入っていたようで、差し込む光が染みて目を覚ました。気づくと日除《ひよ》けの幕が上がっている。道の左右に田畑が並び、風防ぎの林が立ち、その向こうに山並みが朧《おぼろ》に霞《かす》んでいる。所々に粗末な小屋ともつかぬ木端葺《こっぱぶ》きの粗末な家が並び、粗衣を着た人々が農具を手に百姓仕事に精を出していた。

慌てて懐から風呂敷《ふろしき》を取りだして顔を包もうとする私を、ニドが止めた。

「顔を隠すと却《かえ》って怪《け》しからぬことになるわよ」

「私は魔族だ。迷惑をかけたくない」

「心配いらないって言ったでしょう。町には戦から逃れた魔族も大勢いるもの。むしろ悠然と構えていたほうがいいわ」

そのほうが怪しまれないという。

「それより、バイラさんはなんとかしないとね」

巨体を屈《かが》め、頭から菰《こも》を巻いているバイラを見て、ニドは気の毒そうに笑った。私は何も言わず風呂敷《ふろしき》を仕舞い直した。

馬車はそのまま西へ向かわず、南へ進路を変えた。

「東口から町へ入ると、邪推する者がいるかもしれないから」

無用の疑いを避けるためだという。

やがて、日輪が中天に届こうという頃、

「見えてきたよ」

御者台のスウが遠くを指さした。彼女は一日半の間、馬車を操っていた。煙抜きの窓を開けて首を伸ばすと、田園の彼方《かなた》に幾つも家並みが霞《かす》んで見えた。

「大きな町だな」

私の得ていた地誌情報では、ハクイは僅かな人家が寄り添うだけの寒村となっていた。町から帰ってきたカゲイやミシャから話を聞き、ニドにも教えられていて、それなりに発展していることは知っていたが、まさかここまでとは。

「二年前の王国と魔王軍との兵乱でも、この辺りは戦場にならなかったの。だから、戦を逃れて大勢流れ込んできてるのよ」

ニドは遠い目をして呟《つぶや》くように答えた。

「それにイビラス公善政の噂《うわさ》を聞いて、他領から逃散《ちょうさん》した百姓が今も入り込んでいるわ」

逃散《ちょうさん》百姓にも農地農具を与え、二年に限り年貢を免除する特権まで認めているという。

「それも人気取りの一環か」

「まあね。でも、簡単にやれるものじゃないわ。北部戦線で色々見てきたみたいね」

「ならば、魔族への怨《うら》みも深いのではないか」

「それは本人に訊《き》いてちょうだい」

ニドの言葉を聞いて、私は不安になってきた。本当に罠《わな》ではないのか。


馬車がハクイの町に入ったのは、日も傾いて足許《あしもと》も覚束《おぼつか》なくなろうとしているときだった。

「昼間は通りに市が立つから、この馬車じゃ通れないの」

確かに人通りはまばらで、売れ残りの商品を担いで道を急ぐ行商人くらいしか見えなかった。その中を、スウはのんびりと馬車を進めた。

「誰彼時《たそがれどき》までに市を閉じるのが御定法なの」

所々に小具足姿の者が槍《やり》や弓を手に佇《たたず》んでいて、時折、馬車に鋭い視線を飛ばしてきた。

「町衆が傭《やと》っている牢人《ろうにん》衆よ」

彼らは御者台のスウを見て、興が失《う》せたように視線を逸《そ》らした。

「このような町中まで盗賊が横行しておるのか」

「それだけじゃないわ」

「ほう」

「皆、戦が近いことを承知しているのよ」


一同を乗せた馬車は、雑多な家屋が並ぶ大通りに入った。灯に使う魚油独特の臭いが馬車の中まで漂ってくる。

「着いたわよ。あすこ」

ニドが一軒の古ぼけた二階屋を指さした。この辺りの建物にしてはかなり大きいほうだ。荒縄で区切られた裏庭が見えた。丁度、裏口が開いて小さな人影が見えた。家の中へ顔を向けて何事か話している。

「裏庭横につけるわ」

ニドの言葉通り、スウは裏庭に面する路上に馬車を停《と》めた。一角に物置と井戸があり、反対側の一角に厠《かわや》が建てられている。三十坪ほどの広い庭だが、周りに杭《くい》が打たれて他と区別されているだけの空間だった。杭《くい》に渡された荒縄には、一間ごとに薄汚れた白布が縛られている。

「他人の侵入を拒む結界だ」

クルーガが教えてくれた。

「無断で縄張りを越えれば凶事が降りかかるという古い迷信だ。どうやら、この地方ではまだ有効なようだな」

「待ってて」

ニドが一足先に馬車から降りて、荒縄を外しだした。その頃には、小柄な童女《わらしめ》に手を引かれるように背の高い女人《にょにん》が出てきた。

「おかえりなさい」

柔らかく芯の通った声。人間の女にしては驚くような長身だ。恐らく六尺を超えている。

「お客様をお連れしたわ。八人よ」

ニドは影に潜むジニウまで勘定に入れていて、私は苦笑った。

「まあ、それは楽しみですね」

長身の娘が答えた。ニドが馬車の乗降口から顔を覗《のぞ》かせ、

「裏口から入って。アイカが案内するから」

アイカとは誰かと尋《き》こうとしたが、

「早く。ずっと停《と》めてると苦情がくるのよ」

ニドに急《せ》かされて私たちは馬車から転がるように降りた。長身の娘が、

「あちらへ」

裏口を指し示すので、私たちは小走りに中に入った。菰《こも》を被《かぶ》って走るバイラの姿が滑稽で、私は思わず笑ってしまった。

「まるで駆落《かけおち》のようでございますね」

テラーニャが楽しげに言う。それを申すなら夜逃げであろう。私は心中で独り言《ご》ちた。

「こっちです」

丈の短い麻色の単衣《ひとえ》に薄桃色の細帯を締めた少女が声をかけてきた。ヴァンパイアやミノタウロスを見ても物怖《ものお》じせず、

「アイカです。初めまして」

はきはきした声で挨拶した。禿髪《かむろがみ》に赤い瞳の三白眼。一見して無愛想だが、にっと笑った顔に少女らしい愛嬌《あいきょう》があった。こういう少女が稚児顔と呼ばれ、娼館《しょうかん》で珍重されているという話は私も聞いたことがあった。

「今日はお店を閉めてますから、こっちへどうぞ」

少女はそう言って、私たちを中に招き入れた。折れ曲がった板敷《いたじき》の廊下を抜けると、中はいかにも場末の呑《の》み屋《や》だった。土間に不揃《ふぞろ》いな机と桶《おけ》を伏せた椅子が並び、小上がりは塗りの剥げた衝立《ついたて》で仕切られた座敷《ざしき》席になっている。中に沓脱《くつぬぎ》の板と下駄《げた》箱があり、そこから二階へ上がる階段があった。

「お部屋を用意しますので、少しお待ちくださいな」

アイカはぺこりと一礼すると、とんとんと階段を上がっていった。入れ違いにニドが長身の娘を連れて入ってきた。

「この店で勝手口を預かるロラと申します。ようお越しくださいました」

長身の娘が私たちに向かって落ち着いた動作で頭を下げた。艶《つや》やかな黒髪を後ろで無造作に束

ね、深雪《みゆき》のように透き通った白い肌、切れ長で張りのある二重の眼《め》に血のように赤い瞳。胸の大質量の双球が暗黄色の小袖の前を圧《お》し、茶革の前掛けを締めた腰で見事にくびれ、そこから再び足の先まで扇情的な線を描いている。

「スウは馬車を返しに行ったわ。夕餉《ゆうげ》を出すから待ってて」

とニドが言い、それからロラに向かって、

「何か見繕って出して。それからお酒も。駆け通しで火照っているから、冷やでいいわ」

「はい、それでは皆様、失礼しますね」

ロラはそう言って簾《すだれ》を割って奥へ消えた。そこが炊場なのだろう。ニドも、着替えてくると言って引っ込んでしまった。

私たちが机を寄せて坐《すわ》っていると、ほどなくして墨染した袖なしの小袖を纏《まと》ったニドが、ロラと一緒に盆を抱えて入ってきた。

「どうぞ、賄《まかない》で申し訳ありませんがお召し上がりくださいな」

ロラがそう言って、料理を並べだした。刻んだ芋と野菜の入った芋粥《いもがゆ》の深鉢に大切りの沢庵《たくあん》が二切れ、それに賽《さい》の目《め》の豆腐に根深の味噌汁《みそしる》と簡単なものだった。

「ここだけの話、うちの出す料理で一番美味《おい》しいのが賄なの」

ニドがまるで我がことのように自慢げに胸を張った。ダークエルフの女にしては胸が薄い。私は何故《なぜ》か益体もないことを考えた。並べられた食事はニドも入れて九人分。

「影の中の人もどうぞ」

ロラがにこやかに言う。ジニウが影から浮かび上がり、申し訳なさそうに席についた。

「さあ、食べましょ」

ニドの言葉に一同が箸を取った。粥《かゆ》は僅かに甘みがあって、身に沁《し》みるように美味《うま》かった。

「どうでしょうか」

気を揉《も》むような顔でロラが訊《き》く。

「ああ、美味《うま》いものだ」

笑って答えると、ロラは心の底から嬉《うれ》しそうに微笑《ほほえ》み、

「お酒《さき》の用意をしてきますね」

そう言い残して奥へ消えた。

「しかし凄《すご》いな、この沢庵《たくあん》は」

私は異様に分厚い沢庵《たくあん》の切り身を箸で取った。

「一切れは人斬れ、三切れは身切れ、四切れは死に切れっていって、縁起が悪いんですって」

「しかし、本当に料理屋をやっていたのだな」

私は店内を見回しながら言った。雑然としているが、使い込まれた長机には塵《ちり》ひとつない。ここまで掃除が行き届いているということは、それなりに繁盛しているのだろう。

「ふふ」

ニドが得意げに微笑《ほほえ》んだ。

「前は揚屋だったのよ、ここ」

「ほう」

「道沿いが格子を嵌《は》めた張見世《はりみせ》になっていて、客待ちのお女郎が並んでたの」

中は暇を潰せるように簡単な賭場になっていて、奥に客のための湯殿まであり、客は敵娼《あいかた》と二階の小部屋に案内されていたという。

「それを譲り受けて、料理屋に作り直したの」

「なるほど、道理で天井が高いと思った」

クルーガが無表情に天井を見上げた。


一同が食事を終えるのを待ち構えていたように、ロラとアイカが酒肴《しゅこう》を持って入ってきた。

「お酒をお持ちしました」

アイカが行儀よく徳利《とっくり》と湯呑《ゆのみ》を並べ始めた。ロラが胡瓜《きゅうり》の漬物を盛った大鉢を置き、

「すみませんね、お酒の当てになりそうなのはこれくらいしかなくて」

「いや、悪いのは突然押しかけた我らのほう。お気遣いなさるな」

何故《なぜ》かバイラが憤然と鼻を鳴らして大仰に頭を下げた。

「今日は貸し切りだから、寛《くつろ》いでちょうだい」

言いながらニドは徳利《とっくり》を傾けて大振りの湯呑《ゆのみ》にとろりと茶色の液体を注ぎ、ぐびりと一口呑《の》むや、ふうと婀娜《あだ》な溜息《ためいき》を漏らした。

「直し酒か」

「ええ、美味《おい》しいわよ」

ニドが陶然と微笑《ほほえ》んだ。古酒に味醂《みりん》を加えて香りをつけただけの代物だ。水で薄めるのが普通で、生《き》で飲《や》るなど常人の所業ではない。

「すまないが、私には渋いのをいただけぬか」

私は酒を断って茶を頼んだ。馬車に揺られて疲れた体にこんな強《き》つい酒を入れては、正体もなく眠りこけてしまいそうだった。

「はい、お茶です」

アイカが危なっかしく両手で薬缶《やかん》を傾け、私の湯呑《ゆのみ》に茶を注いでくれた。

「やあ、これはかたじけない」

礼を言うと、アイカは恥ずかしそうに笑って自分の席に戻っていった。私は何故《なぜ》か穏やかな心地になり、茶を啜《すす》ると胡瓜《きゅうり》の浅漬けに箸を伸ばした。それが妙に美味《うま》く感じられ、私は童子《わらし》のように夢中になって何度も口に運んだ。

「余程気に入ったのね」

ニドがにたりと微笑《ほほえ》むので、私は急に気恥ずかしくなって箸を止め、

「ところで、イビラス公の件だが」

決まり悪さを紛らわそうと問い返した。

「会える算段はついているのか」

「まだよ」

あっけらかんに言って、ニドが煙管《きせる》を取りだした。つられてテラーニャも延煙管《のべきせる》を出して、煙草《たばこ》を詰め始めた。見ると、ロラまでが火打石で熾《おこ》した火花を竹火縄に移すと、羅宇《らう》が黒檀《こくたん》の煙管《きせる》を点《つ》

けようとしている。たちまち、机の周りが紫煙に包まれた。

その煙を巻くように、ニドはにたりと笑い、

「明日、段取りをつけてくるわ」

「会えるのか」

「わからない。イビラス公も暇じゃないの。時間を都合するのも簡単にはいかないわ」

「ふむ」

「会うのはきっと夜になるわね」

「夜か。探題府で会うのか」

夜に敵の懐中《かいちゅう》で会見するなど、死にに行くようなものだ。私は眉を寄せて嫌な顔をした。

「ここまで来て臆したの」

「当たり前だ。邸《やしき》に招いて密殺などという使い古された手で殺されては堪《たま》らぬ」

「わかったわ、明日、私が話をつけてあげる」

ニドがゆっくりと煙を吐いた。

「大丈夫か」

「いいのよ、これでも海に千年山に千年弥勒《みろく》の膝に三千年の古狐《ふるぎつね》だもの」

ニドがにんまりと意味ありげに笑った。

「それでは、段取りがつくまでこの家の中で居食いするしかないのか」

「あら、日中《ひなか》は外を出歩いても大丈夫よ。どうせ店は夜からだし」

「私たちが外をうろついて怪しまれないか」

「何言ってるのよ。大勢が何日も居続けて、一歩も外に出ないほうが怪しいわよ。御近所には昔の知り合いが訪ねてきたって言っておくから」

「だが私は魔族だ」

「もう、心配性ねえ。こちら側で生まれた魔族だって大勢いるんだから。それに、ずうっと閉じこもってたら気鬱になるわよ。そうだ、アイカ」

ニドがアイカに煙管《きせる》の吸い口を向け、

「あなた、ゼキさんたちに町を見せてあげて」

「お店の手伝いはいいの」

胡瓜《きゅうり》を舐《ねぶ》りながら、アイカが訊《き》いた。

「いいわ、明日は私一人で大丈夫。ゼキさんたちを案内してあげてちょうだい」

ロラがアイカの尼削《そ》ぎに刈《か》り揃《そろ》えた黒髪を優しく撫《な》でた。途端にアイカが眼《め》を輝かせた。

「でも、バイラさんは外に出られないわねえ」

一同の目線がバイラに集まった。

「流石《さすが》にミノタウロスが外を歩くと大騒ぎになるわ」

「いや、それがしは御構いあるな。今まで働き詰めであった故、久し振りにのんびり寝転ぶことにいたそう。殿は存分に御見聞なされよ」

そう言って、耳を伏せ目を細めて浅漬けをぼりぼり齧《かじ》った。こいつは悄気《しょげ》るとこういう顔をする。付き合いが長いせいで、私もバイラの機嫌が手に取るようにわかる。私は苦笑し、

「土産を買《こ》うてきてやろう」

「いや、土産など結構でござる。ゆっくり休ませていただく故、お気遣いなく」

だが、バイラの尻尾が嬉《うれ》しそうにぶんぶん振れているのを私は見逃さなかった。

それから私たちは他愛ない世間噺《ばなし》に興じていたが、火の用心が廻《まわ》り始めた頃、アイカがうつらうつら舟を漕《こ》ぎだした。

「アイカ、もう寝なさい。明日はお出かけよ」

「うん」

ロラに急《せ》かされて、アイカが眼《め》を擦りながら階段を上っていった。それを見届けたニドが、

「そろそろお開きにしましょうか」

その言葉に一同が席を立った。だが、バイラだけがしっかり湯呑《ゆのみ》を握り、腰を据えて根を張ったように動かない。

「余程そのお酒が気に入ったのね」

ニドが笑いながら言った。

「いや、それがしが気に入ったのは」

バイラは据わった目でロラを見上げ、

「ロラ殿でござる」

「え」

私はバイラが酔っていると知って戦慄した。バイラの湯呑《ゆのみ》の酒はほとんど減っていない。こいつはただ舌先で酒をちろちろ嘗《な》めていただけだ。

「すまぬ、こ奴《やつ》は酔っ払ってしまったようだ。気にしないでいただきたい」

私は慌てて言い繕った。だが、バイラは荒々しく酒臭い鼻息を噴き、

「確かにそれがしは酔うてござる」

それから私をじろりと睨《にら》み、

「だが、この熱情を抑えることはでき申さぬ」

私は呆《あき》れ返《かえ》った。お前のは熱情ではなく劣情だ。

「この世に生を享《う》け、軍に奉職して戦地を転々、それも今日この時この場所で、ロラ殿と出逢《であ》うためにあったのでござる」

バイラめ、酒に弱いくせに気張って呑《の》むからこういうことになるのだ。

「まあ、うふふ」

ロラは酒で上気した顔に、困ったような照れたような微笑《ほほえ》みを浮かべた。駄目だ、そんな顔をしてはますますバイラが調子づく。

「いっそ殺すか」

呆《あき》れ顔《がお》のクルーガが物騒なことを言いだした。私はニドとロラに頭を下げ、

「すまぬ、バイラは酒に滅法弱くてな。もう二度と呑《の》ませぬ。勘弁していただきたい」

「ふふ、構いませんわ。こんな立派な殿方に言い寄られるなんて嬉《うれ》しくって」

満更でもなさそうにロラが言う。

「でも、聞こえてないみたいよ」

ニドが面白くもなさそうな顔で告げた。見ると、バイラが机に突っ伏して、ごうごうと寝息を立てている。本当に殺してやろうか、私は体の奥から沸き上がる殺意を必死で抑えた。

「殿様、どうしましょう」

このままでは風邪をひいてしまいます、とテラーニャが心配そうに訊《き》く。できれば凍死してくれないだろうか、私は心からそう思った。

「部屋まで運ぶしかあるまい」

私は呻《うめ》くように答えた。八尺の分厚い体軀《たいく》のミノタウロスを二階に担ぎ上げることを考えただけで、私は気が滅入《めい》ってきた。


遠くで鶏が時を作る音が聞こえた。目を開けると、格子窓の隙間が薄藍色に陰っている。私ははっとして夜具を飛ばして跳ね起き、周りを見回した。三畳ほどの狭い部屋、そうだ、昨夜バイラを二階の小部屋に叩《たた》き込《こ》んだ後、ニドに案内された部屋だ。揚屋だった頃は、この部屋も客と娼妓《しょうぎ》が一戦交えていたのだろう。そう思うと妙な気がした。

「起きてますか」

声がして襖《ふすま》が開き、アイカが膳を持って入ってきた。

「朝餉《あさげ》をお持ちしました」

膳の中身は煮豆に大根の鼈甲《べっこう》煮、三ツ葉豆腐の吸い物だった。

「朝から随分と豪勢だな。お嬢が作ったのか」

「ロラ姉さんが張り切っちゃったんです。昨夜はお賄しか出せなかったから。私はお手伝い」

「それはそれは、疎《おろそ》かには食えんな」

私は姿勢を正して箸を取った。

「うむ、美味《びみ》なるかな」

私の言い振りがおかしかったのか、アイカが笑いながら飯を盛った碗《わん》を両手で差しだした。

「そういえば、スウは帰ってこなかったな」

「スウ姉さんはニド姉さんのお使いで他行してたんです。日の出前に帰ってきました。今はぐうぐう寝てます」

「そうか。それで、ニド殿は」

「もう出かけました」

「ご苦労なことだ」

この童女《わらしめ》は姉たちが何をしているのか知っているのだろうか。

「気にしないでください。御役目ですから」

私の心を察したか、アイカは急須の茶を注ぎながら、はっきりした口調で答えた。

「わたしも、姉さんたちとあちこち旅してきました」

妙に大人びた言い様だった。きっと、その幼い瞳で見たくもないものを見てきたのだ。

「そうか」

気の利いた言葉が思いつかず、私は夢中で箸を動かした。

朝餉《あさげ》を終え、昨夜醜態を晒《さら》して二階の部屋で蟄居《ちっきょ》を命じたバイラを残し、私たちは色の抜けた小袖を借りて町衆の格好に着替えて町に出た。市はもう大勢の客で賑《にぎ》わっている。亜人の町はどこもこうだという。女が買えるドワーフの薬屋、阿片《あへん》を売るゴブリンの道具屋、盗品を扱うエルフの露天商、まるで報謝宿で出るごった煮の鍋だ。

「どこか行きたいところはありますか」

下駄《げた》を鳴らしながら、アイカが楽しそうに笑った。

「そうだな、探題府に案内《あない》してくれ」

「それは危のうござらぬか。仮にもイビラス公の本拠でござるぞ」

龍牙兵のミシャが口を出した。

「まさか、白昼から無体な真似《まね》はすまい」

私はアイカに顔を戻し、

「その後で、美味《うま》いものでも食おうか」

「はい」

兎《うさぎ》が踊るようにアイカが歩きだした。そのすぐ後に、龍牙兵三人が前に一人、左右に二人で私を囲むように歩く。少し離れてクルーガとテラーニャが並んで素知らぬ顔で尾いてくる。こうして見ると、どこぞの若隠居とその側女《そばめ》のようで、どうにも面白くない。

「おい、やめよ、普通に歩け」

私は小声で言った。三人とも左右に厳しく目配りしながら歩いている。おまけに、三人ともニドの店で用立ててもらった鉄《くろがね》造《づくり》の道中差を閂《かんぬき》に差し、これでは私はまるで借金取りに捕まった頑人坊主だ。

「されど、これが路上行軍の陣立てでござるぞ」

「痴《し》れ者《もの》め、何が路上行軍だ。却《かえ》って目立つわ。もう少し散れ」

私は手を振って龍牙兵らを押しのけて後ろを向いた。

「テラーニャ、参れ」

「あい」

テラーニャが下駄《げた》を軽やかに鳴らし、喜色を押し殺した顔で私の横についた。

「これで夫婦連れに見えよう」

私はしたり顔で呟《つぶや》いた。

「まあ」

テラーニャが目を丸くした。

「あくまで怪しまれぬための芝居だ」

「あい、わかっております」

満面の笑みで私の腕を取った。クルーガが笑いを堪えているのは気づかないことにした。


ハクイの代官所、今はイビラス公に乗っ取られて探題府と仰々しく名を改めた居館は、町の中央に位置している。搔《か》き上《あ》げの土塁と板塀が交互に連なる一重《ひとえ》の空堀が掘られ、門前に反り橋が架けられている。大手の二階門は見上げるばかりに立派で、二階の櫓《やぐら》には矢避けの幕が張られ、弓を手にした具足姿のエルフが険しい目で指を舐《な》めている。

「豪勢なものでございますね」

テラーニャが感心したように呟《つぶや》いたが、それよりもその手前の広場が気になった。

そこは雑人溜《だま》りになっていて、各家の雑人や槍《やり》持ちらしい者たちが屯《たむろ》している。多くが小具足姿だが、女物の派手な衣を羽織ったエルフや、古い腹当のみのドワーフなど、とてもまともな武者には見えない者もいる。腕枕で寝入る者や賽子博打《さいころばくち》に熱中している者、声高に噂《うわさばなし》話に興じる者、その間を縫うように行商人が酒や肴《さかな》を売り歩いている。

「亜人が多いな」

私はぼそりと呟《つぶや》いた。亜人を厭《いと》わず取り立てているというカゲイの話は本当のようだった。

「あのような異形異類が貴人の門前に控えておるとは」

「それを申すなら、我らも異形異類でございますよ」

テラーニャの言葉に一同が軽く笑った。その私たちの笑い声を聞き咎《とが》めたか、大柄なリザードマンがのそりと立ち上がり、私たちに向かって歩いてくるのが見えた。粗末な拵《こしらえ》の太刀を背負い、四幅袴《よのばかま》に佩楯《はいだて》のみの半裸のリザードマンは、私たちの前まで来ると、

「おう、アイカではないか、久し振りだな」

「ヘゲラスさん」

アイカはぺこりと頭を下げ、

「全然お店に来なくなったから、姉さんたちも気を揉《も》んでましたよ」

ヘゲラスと呼ばれたリザードマンはたちまち相好を崩し、

「今は宮仕えの身故、他行も儘《まま》ならぬのだ。いずれ顔を出そう。全《まった》い主持ちとは憂《う》いものよ」

喧嘩《けんか》でも売りに来たかと身構えたが、どうやらアイカの知己《ちき》のようだ。ミシャらが小さく息を抜く気配がした。リザードマンは怪しげな目で無遠慮に私たちを見回し、

「嬢のお知り合いか」

「お店のお客さんです。町は初めてだから案内してるの」

「そうか、偉いのう」

私に相対して窮屈そうに背筋を伸ばした。それから膝に手を置いて深々と頭を下げ、

「ヘゲラスと申す。マヌイの一族の出で、アイカ嬢の姉君ニド殿に世話されて今はイビラス殿下の馬廻《うままわり》レッガ様の召抱《めしかかえ》でござる。以後、万事お引き立てをお願いいたす」

リザードマンはこういう作法に異様なまでに拘《こだわ》る。

「御念の入った御挨拶、痛み入り申した。作法に疎い鄙《いや》しき者故、挨拶は省かせていただきたい。ゼキと申す。御同様に御昵懇《じっこん》に願いたい」

顔を上げたヘゲラスは凝っと私を見つめ、

「魔族でござるか」

一目でわかることを確かめるように訊《き》いた。

「御覧の通りでござる。北から流れて参った」

「ベッツイでござるか」

「左様」

ニドの店を出る前に、予《あらかじ》め口裏を合わせておいた通りに私は答えた。

「あそこは今も国軍と魔軍が睨《にら》み合《あ》いを続けておる故、魔族は居心地が悪かろう」

ヘゲラスは気の毒そうに口を歪《ゆが》め、

「この町は魔族も珍しくない。それがしが申すのも何だが、ゆるりと過ごされよ」

「かたじけない」

その頃になると、溜《たま》りから何人もやってきて私たちを取り囲み、

「アイカよ、このような場所で会うとは珍しや」

「なんだ、付《つけ》の掛け取りに参ったかと肝が冷えたわ」

「ほれ、見世で買うた麦飴《あめ》じゃ」

などと口々に言いだした。私たちに胡乱《うろん》な目を向けたが、アイカが古い知り合いと説明すると、

「ニド女によしなにお伝えあれ」

などと言って笑顔を見せた。私たちは取り留めもない世間噺《ばなし》を交わしていたが、三十分ほどで別れを告げて門前を後にした。

「小銭でも強請《ゆす》られるかと思うた」

十分離れたのを見定めて、私は小声で言った。連中はそう思われて当然の風体だ。

「みんないい人ばかりですよう」

貰《もら》った飴《あめ》を口の中で転がしながら、アイカが私を見上げた。

「お嬢も顔が広いな」

クルーガがアイカを見つめ、ぼそりと口を開いた。

「へへ」

誉《ほ》められたと思ったのだろう。アイカがてれてれと笑った。

「さて、どこかで美味《うま》いものでも食うとするか。良きところを御存知かな」

私はアイカに尋《き》いた。歩いているうちに日も中天を過ぎようとしている。アイカは三白眼を伏せて考えているようだったが、

「お団子」

ぼそりと言った。それから顔を上げて私を真っ直ぐ《ますぐ》に見て、

「お団子が食べたいです」

アイカの真剣な顔に、つい顔が綻んだ。

「そうか。なら、美味そうな団子屋を探そうか」

「あすこがいいです」

アイカは躊躇《ちゅうちょ》なく角の甘味処《どころ》を指した。今日は快晴だ。店の前に緋色《ひいろ》の氈《かも》を掛けた縁台が幾つも並んでいる。看板に雄渾《ゆうこん》な文字が墨痕淋漓《ぼっこんりんり》と躍っているが、達筆すぎて読めなかった。いかにも若者が好みそうな華やかな店で、今も良家らしい上等な衣文《えもん》の娘たちが坐《すわ》って談笑している。てっきり担ぎ売りしている辻《つじ》の屋台だと思っていた私の顔に苦渋が走った。私のような面相の中年男が入るのを許される店ではない。

「アイカ、もう少し手加減を」

だが、アイカのきらきら輝く瞳を見て言葉が引っ込んだ。私は救いを求めるように周りを見回した。龍牙兵らは目を細めて無表情に店を眺めている。どこに射手《いて》を配するか、攻められたらどう防ぐか、どうせそんなことしか考えていない顔だ。クルーガは何を考えているのかわからない。きっとどうでもいいのだろう。最後にテラーニャと視線が合った。

「テラーニャ」

「あい」

「アイカと団子を食って参れ。私たちはそこらで田楽の屋台でも探そう」

「一緒に行かないの」

アイカが顔にありありと不満の色を浮かべて私を見た。

「何を情けないことを仰せられます。さあ、参りましょう」

テラーニャが強引に私の腕を取った。

「いや、あれは女子供の通う店だぞ」

「一緒に食べたほうがきっと美味《おい》しいです」

アイカが悲しそうな顔で上眼《め》遣いに私を見上げた。やめろ、そんな眼《め》で私を見るな。

「さあ」

アイカが私の空いた手を握りしめた。両手を封じられ、私は勝ち目がないことを悟った。


店の前に立つと、仕着せの紺絣《こんがすり》に襷《たすき》掛けした店の女中も心得ていて、

「ご家族様でございますね」

気風のいい口調で訊《き》いてきた。私の苦りきった笑顔を是《ぜ》と取ったのか、私たちを二階の桟敷に上げて、威勢よく立て膝で注文を聞くと、すぐ醬油《しょうゆ》と黄粉《きなこ》、味噌《みそ》の串団子を人数分持ってきた。女中が階段を下りていくのを待って、私は茶を啜《すす》って嘆息した。

「私が魔族でも眉ひとつ動かさなかったな」

「あい」

テラーニャが落ち着いた声で答えた。

「しかし、下の客の娘どもは目を剝《む》いておりましたぞ」

ミシャが低い声で囁《ささや》いた。

「それは、お主たちを見ていたのだ」

証拠に、娘たちが目引き袖引きしてミシャら龍牙兵を見る目は、まるで能役者に対するようだった。龍牙兵は色男揃《ぞろ》いなのだ。彼らにその自覚がないことが、更に私を苛立《いらだ》たせた。

「魔族の人って多くはないけど珍しくもないですから」

アイカが串に手を伸ばしながら言う。

「うむ、ニドの申していた通りだな」

「それに、御内福な人が多いのですよ、魔族って」

諸職《しょしき》に通じた者が多く、画工や賄人、歌人や楽士など技を豪商に売って稼いでいるという。

「それは何よりだ」

私は心にもないことを言いながら、味噌《みそ》を塗った団子を口に入れた。

「これから行きたいところはありますか」

アイカが口一杯に団子を頬張りながら訊《き》いてきた。

「そうだな、ものを買いたい」

私は苦笑しながらアイカに茶を勧めた。アイカは茶で団子を押し流して一息つくと、

「何をお探しですか」

私は串の団子を齧《かじ》り、

「迷宮の女衆に土産を。櫛《くし》がいい。それと、硝子《ガラス》細工の店を御存知かな」

「東通りに行けばあると思います」

テラーニャが少し驚いた顔をしたので、私は口角を曲げて笑ってみせた。

「ああ、ひとつ忘れていた。薬種屋も頼む。刻《きざ》み煙草《たばこ》を贖《あがな》いたい」

アイカはにっと笑った。

「はい」

「では頼もうか」


私が余った団子をアイカに勧めていると、小気味いい足音とともに女中が上がってきて、

「あの、お客様が、一人で団子も辛《つら》い故、相席していただけぬかと申されておりまして」

「当方は一向に構わぬ。どうぞ参られるようお伝えなさい」

つい口を滑らせた。しまった、迂闊《うかつ》と思う間もなく、黒縮緬《ちりめん》の羽織《はおり》に白小袖、華奢《きゃしゃ》な小脇差を差した長身でいかにも有徳《うとく》な風情の男がのそりと上がってきた。その顔を見て私はぎょっとした。青灰色の肌、魔族の男だ。肩口に僅かに茶の匂いが漂っていた。

男の膳と酒の盆を運んできた給仕の女が下がると、

「お初にお目にかかる」

顔を上げた。宗匠頭巾を被《かぶ》り、小太りで涼やかな眉、鼻筋の通った役者のような色男だ。

「北通り聖グレマン教会別院前にて茶庵《さあん》を構えるボルガルと申します。見慣れぬ魔族の御手前《おてまえ》が店に入るのを見かけ、つい馴《な》れ馴《な》れしい真似《まね》をいたしました」

柔らかい口調で言う。私は頷《うなず》き、膝を正して手を置いた。

「これは御丁寧なご挨拶。それがしはゼキと申す。近頃、ハクイに参った田舎漢《でんしゃかん》でござる」

「それはそれは、同じ魔族同士、これからも御昵懇《じっこん》にお願いしたい」

ボルガルはそう言って、大振りなぐい呑《の》みの酒を一気に空けた。それから視線に気づき、

「甘味処《あまみどころ》で酒を嗜《たしな》むのが奇態《きたい》でございますか。まあ左党《さとう》な茶頭《さどう》でございます故」

下らなすぎる洒落《しゃれ》に返事に困っていると、ボルガルはからからと笑い、

「憂いことばかりの浮世でござる。酒《ささ》なくしてはとてもとても」

空のぐい呑《の》みを置き、

「やつがれ、ハクイに住む魔族の寄り合いで僭越《せんえつ》にも年寄衆《おとな》の端に名を連ねておりましてな」

微《かす》かに酒臭い息を吐いた。

「この町は魔族が少ない。魔族絡みの悶着《もんちゃく》は御勘弁願いたいと、斯《か》く参上した次第」

突然、部屋の空気が不穏を孕《はら》んだ。

「申されておられることが、よくわかりませぬが」

私は鷹揚《おうよう》に答えて皿の串を手に取った。が、その串には団子が残っていない。なんたる不覚。私は気恥ずかしくなって串を戻した。ボルガルは悠然とテラーニャたちに目を向け、

「お連れの御上臈《じょうろう》は人ではござらぬな。化生でございましょう。そちらの供の方はアンデッド、そちらの御三方も人に似て人に非《あら》ざるものと見ました」

最後に私を向いて、

「仔細《しさい》は伺いません。すぐ、この町から出ていっていただきたい。やつがれにも、年寄としての面子《めんつ》がございます。出ていかぬなら、町の魔族の平穏のために一働きせねばなりません」

ボルガルは切れ長の目を細めた。背筋が寒くなる凄惨な笑顔だった。

私は注意深く茶碗《ちゃわん》を取った。うむ、まだ茶は残っている。

「仰《おっしゃ》ることはわかりかねるが、こちらは好きにいたす故、そちらも好きになされるがよかろう」

「うむ、天晴《あっぱ》れなる御返答。こちらも申すべきことは以上だ。警告いたしましたぞ。では」

ボルガルは笑顔のまま立ち上がり、袂《たもと》を一振りして桟敷を後にした。私たちは暫《しば》し無言でいたが、やがてクルーガがぼそりと、

「去ったな」

呟《つぶや》いて、茶碗《ちゃわん》に口をつけた。

「うむ、帰ったようだな」

私の答えに、クルーガが額に縦皺《たてじわ》を作った。

「違う、殺気が去ったと言ったのだ」

クルーガは唇を舐《な》め、

「店の周りにざっと一個分隊。気配を押し殺して蹲《うずくま》っていた。茶坊主め、この白昼に我らを一息に刺す存念で人数を潜ませていたのだ。随分と思いきった奴《やつ》だ」

え、そうなの。私は皆を見回した。テラーニャが静かに頷《うなず》き、ミシャら龍牙兵も固い笑いを浮かべて柄から手を離した。私の影に潜んでいたジニウが顔を出し、

「危ないところでござった」

私にだけ聞こえる声で囁《ささや》いた。えっ、気づいてなかったのは私だけか。私は愕然《がくぜん》とした。そんな私を尻目に、アイカがベルガルの置いていった皿の団子を物欲しそうに眺めていた。

第十一章　わたしのお店は戦場だった

私たちがニドの店に帰り着いたのは、もうすぐ入相の鐘が鳴ろうという頃だった。日没過ぎの残光に照らされて、私たちは店の前に辿《たど》り着《つ》いた。大戸の庇《ひさし》に、奇怪な生物が彫られた看板が掲げられ、その下に夜間の営業を許されていることを示す箒《ほうき》が吊《つ》るされている。

「お嬢、この看板は」

朝から気になっていたことを訊《き》いた。

「わたしが彫ったんです」

アイカが自慢げに顎を上げた。

「ほんにお上手ですわ」

テラーニャに誉《ほ》められて、アイカは三白眼を細めて照れ臭そうににっと笑った。

「それで、この店の名はなんと申すのかな」

話を逸《そ》らそうと私は尋ねた。この店は古風にも屋号を掲げるような野暮はしていない。

「だから、この看板の通りですよ」

アイカが小首を傾《かし》げて不思議そうな顔をした。

「え」

私は返答に窮して黙り込んだ。暫《しばら》くして、私の沈黙に焦《じ》れたようにアイカが口を開いた。

「『あしか亭』ですよう」

沈黙は雄弁に優《まさ》るという。黙っていて本当によかった。膨れ上がった水死体にしか見えなかった

などとは口が裂けても言えない。

客の間は無人《ぶじん》で、私たちはアイカに連れられて台所に入った。中は狭い。竈《かまど》口にしゃがんで薪を焼《く》べていたロラが私たちに気づき、

「あら、お早いお戻りで」

「アイカ嬢には世話になり申した」

私はロラに向かって礼を述べて頭を下げた。つい視界の隅に、奥に蹲《うずくま》る黒々とした影を捉えた。目を向けると、ミノタウロスのバイラが巨体を折り曲げて、何事か熱中している。

「何をしている」

私はバイラに詰《なじ》るように声をかけた。

「胡瓜《きゅうり》の灰汁《あく》抜きでござる」

頭を上げたバイラが、悪びれるふうもなく答えた。籠に端《へた》を落とした胡瓜《きゅうり》が盛られている。

「それがし、胡瓜《きゅうり》の灰汁《あく》抜きなど、とんと知り申さなんだ。料理とは奥が深い」

御存知でござったか、と何故《なぜ》か得意げに言う。

「汝《なんじ》には自室に籠もるよう申しつけたはず」

「はあ。しかし、やつがれは何を仕出かしたのでござろうか」

バイラが納得のいかない顔をした。この男は、昨夜の乱行を覚えていないのだ。

「まあ、ゼキさん」

ロラが宥《なだ》めるような口調で割って入ってきた。

「申し訳ありません。何かと手が足りなくて、私からお手伝いをお願いしたのです」

私に向かって深々と頭を下げた。今度はバイラがロラを庇《かば》うように、

「部屋に籠もっておっては気が滅入《めい》るからと、ロラ殿が気を遣うてくれたのでござる」

お前は黙れ。これではまるで私が悪者ではないか。私は言葉に詰まった。そこに、

「はい、バイラさん、お土産です」

アイカが安っぽい折詰を両手で差しだした。バイラは恭《うやうや》しく受け取ると、

「ほう、何でござるか」

「千切《ちぎ》り餅です。東の通りで買ってきました」

「おお、それはそれは」

目鼻が滑り落ちる勢いでバイラの顔が笑み崩れた。それから計るように折詰を持ち上げ、

「しかし、これほどの大軍、それがし一人では手に余る。お嬢、餅退治に助太刀願えまいか」

「はい」

アイカが嬉《うれ》しそうに顔を綻ばせた。が、

「駄目よ。もうすぐお夕飯なのに」

ロラがぴしゃりと言った。見ると、水桶《みずおけ》に脂がのった大きな肉の塊が転がっている。

「牛かな」

「ええ、スウが一走りして郊外の亜人溜《あじんだま》りで贖《あがな》ってきましたの」

ロラは桶《おけ》を軽く揺すり、

「匂いが駄目って人も多いですけど、大丈夫ですか」

「いや、我ら野では草を枕とするのが慣《なら》い故、口に入るものは選ばぬが」

私の言葉にロラは切れ長の眼《め》を細めて柔らかく笑った。

「それでは、お鍋にしますね」

「ならば、餅は鍋の後に皆でやっつけることにいたそうか」

バイラとアイカが互いに目配せして笑みを交わした。

夕餉《ゆうげ》は牛鍋だった。二階で一番広い座敷《ざしき》の真ん中で、あかあかと燃える炭火に大きな鉄鍋が架けられ、小袖に襷《たすき》掛けしたスウが慣れた手つきで調理を始めた。すぐに味噌《みそ》が煮立ち、長葱《ながねぎ》が弾《はじ》け、牛肉の香ばしい匂いが漂ってきた。

「今日は二階にお客さんを上げないから、少しくらい騒いでもいいよ」

スウはそう言って皆の小皿に肉と長葱《ながねぎ》を取り分けた。私は受け取った皿を隣へ回しながら、

「いや、それは悪い。私たちは気にしないから、上げてもらって構わんぞ」

「気にするのはお客のほうなのよ。匂いが苦手な人が多くてね」

こんなにいい匂いなのにと言いながら、まだ赤身の残る牛肉を箸で摘まんで口に入れた。

「お肉はやっぱり半生だね」

スウがうっとりした顔で頬に手を当てた。それを合図に皆が箸を取った。火を使うから、さして広くもない座敷《ざしき》の中はたちまち熱気が籠もり、皆すぐに汗だくになった。額の汗を拭っていたテラ

ーニャが、私の視線に気づいて気恥ずかしそうに微笑《ほほえ》んだ。私は黙々と鍋に向き合うバイラに向かい、

「お主、牛の肉を食うのに抵抗はないのか」

ミノタウロスは牛肉を咀嚼《そしゃく》しながら、

「殿も猿《ましら》の肉を食らうでござろう。それと同じでござる」

「お、おう。なるほどのう」

そう答えたが、私は猿など見たことも食ったこともない。バイラはそんな私の気も知らず、

「ささ、お嬢、肉だけでなく葱《ねぎ》も召されよ。葱《ねぎ》は頭《つむり》の妙薬と申してな。食せば文殊《もんじゅ》に劣らぬ知恵がつくこと間違いなしじゃ」

太い指で箸を器用に使ってアイカの皿に葱《ねぎ》を載せ、彼女に微妙に嫌な顔をされた。

「それより、ロラに持っていかなくていいのか」

私は葱《ねぎ》を摘みながら訊《き》いた。ロラは下で店を一人切り盛りしている。

「平気よ。ロラ姉は、食べるより食べさせるほうが好きだから」

鍋に新しい肉を入れながら、スウが答えた。

「そうか。ロラは庖丁事《ほうちょうごと》がお好きなのだな」

「ちょっと違うかな。皆に美味《おい》しいって言われるのが好きみたいよ」

そうよね、と確かめるようにアイカの顔を見た。

「うん」

口を肉で一杯にしたアイカが頷《うなず》いた。

「だが、忙しそうだ。手伝わなくていいのか」

階下《かいか》から酔客が騒ぐ声がここまで聞こえてくる。

「大丈夫よう。それにね」

二階で牛鍋をしたのは、肉の匂いを口実に他の客を二階に上げぬための工夫だという。王国の町衆には、何故《なぜ》か四足の獣を食するのを忌避する習慣があるらしい。

「ところで、ニドはまだ戻らないのか」

いい加減腹が落ち着いてきたところで、私は箸を休めて訊《き》いた。

「大丈夫よ、もうすぐ帰ってくるはずだから。何か心配事でもあるの」

「いや、実はな」

私は昼間のボルガルとの一件を話した。

「どうせイビラスに会えば迷宮に戻る故、特に気にも留めてはいなかったが」

「ああ、あのボルガルね」

「存じているのか」

「有徳人《うとくにん》にお茶を教えるのが表の稼業みたいだけど、魔族の寄り合いでもちょっとした顔みたいよ。危なっかしいのを何人も飼って、荒事を引き受けているみたいね」

「危なっかしいの、とは」

「乱波崩れよ」

諸侯手飼いの乱波のうち、様々な事情で退転した者どもであるという。普通ならば誅殺《ちゅうさつ》の対象だが、他の諸侯に傭《やと》われぬことを条件に見逃されている。各地の乱波群は彼らと連絡《つなぎ》を絶やさず、この地方の情報を得ているらしい。

「それで、この町の魔族はどちらの味方であるのか」

「どちらって」

「無論、イビラス公かサーベラ王かだ」

スウは温《ぬる》くなった湯呑《ゆのみ》の茶を覗《のぞ》き込《こ》んで考え込んでいるようだったが、

「知らない」

ぽつりと言って、くいと茶を呷《あお》った。


ふと、肉に手もつけず酒ばかり嘗《な》めていたクルーガが、険しい目で襖《ふすま》を睨《にら》んだ。

「どうした」

「誰か来る」

クルーガの言葉を裏づけるように、一階の騒音に紛れて階段を上がってくる音がする。複数の足音だ。座敷《ざしき》に緊張が走り、皆が箸を置いて身構えた。シャドウ・デーモンのジニウが、皿と箸を持ったまますっと動いて私の影に沈む。やがて、座敷《ざしき》の前で気配が止まった。

「入るわよ」

言うなり襖《ふすま》が開き、ニドが入ってきて、呆気《あっけ》にとられた私たちを余所に、

「よかったあ。まだお肉は残っているみたいね」

嬉《うれ》しそうに声を上げた。が、すぐにしまったという顔をして膝を折ると、

「控えて。殿下のお成りよ」

私たちは慌てて平伏《ひれふ》した。まさか、イビラスほどの貴種がこんな安酒場を訪れるはずがない。畳の目を数えながら訝《いぶか》しんでいると、

「珍しく物堅いのう、ニドよ」

頭上から忍び笑いが聞こえた。

「よい、直答許す」

言われて即座に顔を上げてはいけない。もう一度言葉を掛けられるのを待つのが貴人への作法だ。私は畏れ入るように更に身を低くした。

「微行《しのび》故、作法は無用じゃ」

声の主はそのまま座敷《ざしき》に入り、どんと折敷く音がして畳が細かく揺れた。ゆっくりと顎を上げると、僅か三尺ほどの距離に男が胡坐《あぐら》をかいている。その背後に供の者が三人。いずれも銘仙《めいせん》の苧屑《おくそ》頭巾に覆面をし、いかにも身分のある者の微行姿だ。主らしい者は朽葉《くちば》色の羽織袴《はおりはかま》と地味な色だが、供の三人は若紫色の小袖に紅桔梗《べにききょう》の切袴《きりばかま》、刀は赤鞘《さや》という揃《そろ》いの派手な衣装。三人とも胸が張り、袴《はかま》の腰板が尻に乗っている。女だ。しかもひどく若い。

(話に聞く女騎士というものか)

刀腰婦《とうようふ》、または別式《べっしき》ともいう。貴人の屋敷《やしき》で、男の立ち入れぬ奥の警備に任じられる女武者だ。それが何故《なぜ》イビラスの他行の警護に。私が不審に思っていると、

「汝《なんじ》がゼキか」

坐《すわ》った男が頭巾を取って、空気が震えるような重い声で告げた。長く戦場を渡り歩き、大勢を指揮してきた者のみが出せる錆《さ》びた野太い声だった。

見たところ五十搦《がら》み、締まった体軀《たいく》に乱暴に刈り込んだ短い銀髪、削《そ》いだような深い皺《しわ》、太い眉の下の榛《はしばみ》色の目が灯を反射して硝子《ガラス》玉のように光っている。

「余がイビラスじゃ。よう見知りおけ」

男はがらがらと喉を震わせて笑った。困った、私の最も苦手な手合いだ。

「おう、牛鍋か。有難《ありがた》い」

空けた席に尻を落としたイビラスが嬉《うれ》しそうに言った。小皿と箸を渡そうとするアイカに向かって好々爺《こうこうや》じみた笑みを浮かべ、

「おお、アイカよ、息災であったか」

「はい」

「そうか」

太い指でアイカの頭を擦るように撫《な》で、アイカがきゃっと嬉《うれ》しそうに悲鳴を上げた。

三人の女騎士がイビラスの左右を固めるように腰を下ろし、頭巾を懐に入れた。三人とも眼許《めもと》に張りがあり、なかなかに凜々《りり》しく倒錯的な色気がある。が、惜しい。若い娘に男の衣装を着せ、刀を差させるなど悪趣味としか思えなかった。私の視線に気づいたのか、イビラスが、

「紹介しよう。奥に仕えるレネイア、アローネ、エレインじゃ。たまには外の空気を吸わせてやろうと、特に頼んで連れて参った」

三人が引き攣《ひ》《つ》った顔で用心深く頭を下げた。気持ちはわかる。ミノタウロスやヴァンパイアと同じ部屋にいるのだ。だが、イビラスは臆するふうもなく、

「そうじゃ、土産があるぞ」

手にした藁苞《わらづと》から玉子を取りだし、鉄鍋の上で割った。玉子で綴《と》じようというのだろう。

「さあ、遠慮は無用。皆食らうがいい」

まるで自分の鍋のように言って、イビラスが箸を入れた。


「ん、余の顔に何かついておるか」

汗を流しながら箸を使っていたイビラスが、私の視線を察して顔を上げた。

「まさか、公自らお越しなされるとは」

「探題府で会うのは障りがある。冒険者どもを蹴散らし、ゴルのゴブリンを鏖殺《おうさつ》した魔将を公けに引見するなど、イドの禁軍に攻め寄せる口実を与えるようなものじゃ」

「買《か》い被《かぶ》りでござる。それがしはただの地虫取りで」

「そのようだな、あまり強そうには見えぬ」

顔は笑っているが、目は油断なく私を値踏みしている。私はどう答えるべきか判じ得なかったが、癪《しゃく》なので太い笑みを浮かべることにした。重苦しい沈黙が流れた。いい齢《とし》した男が二人、笑顔で向き合っている。その不快さと不気味さに耐えきれず、私は切りだした。

「御用の向きとは何でござろうか。そう伺い、はるばるハクイまで参ったのでござるが」

イビラスは目を見開いて私の顔を見入っていたが、大きく息を吐き、

「ハクイに参ったことが、その答えだと思うていたが」

「確かに。私たちは同じ敵《かたき》を抱えてござる」

私は徳利《とっくり》を取ってイビラスの湯呑《ゆのみ》に酒を注いだ。

「だが、それだけで盟約するなど、とてもとても」

「前《さき》の国王マイラスの弟である余に向かい、盟を結ぶと申すか」

イビラスは面白そうな顔をした。だが、その目は冷たい光を湛《たた》えている。

「何が不足だ」

「何故《なぜ》、それがしを頼られる。前王の弟君が、魔族風情を相手にわざわざこのような場末の、失礼、辻《つじ》の料理屋にお越しなされるとは怪態《けたい》なこと」

イビラスは顔の中心に微妙に皺《しわ》を寄せた。どこか寂しさを感じさせる顔だ。

「兄は死の一月前に頭《つむり》を剃《そ》り上げて得度《とくど》しおったが、今ではその気持ちもわかる」

「何がわかったのでござるか」

「信じられるものが随分と少なくなってしまったのよ」

「そちらには、鼎《かなえ》の同盟の旗さえ信じればそれで十分という手合いが大勢おられるようだが」

「ふん、今更魔王国と争うて何とする。そのような暇があるなら、水路を一丁でも延ばし、田の一枚でも拓《ひら》けばよいものを、なんたる愚行」

喋《しゃべ》りすぎたと思ったのか、イビラスはばつの悪い顔で湯呑《ゆのみ》の酒を呷《あお》った。

「それで我らに声をかけられたか」

「その通りよ。汝《なんじ》は王国にしがらみがない。故に信じるに足ると思いたいのだ」

イビラスは酒で赤くなった首筋をぼりぼり掻《か》きむしった。それから湯呑《ゆのみ》の酒を一口含むと、私にぐいと差しだした。同じ器で同じものを飲むことで、一味神水を交わす作法の積りなのだ。私は両手を伸ばして湯呑《ゆのみ》を受け取り、

「こちらからひとつ、注文がござる」

「申せ」

「我が棲処《すみか》の縁《へり》に泉がござる」

「ふむ、荒野に出現した不思議の清泉と聞くが」

「そこを中心に五里の内側を賜りたい」

「知行を所望するか」

「然り。これ以上、我が棲処《すみか》で余所者《よそもの》が騒ぐのは御免蒙《こうむ》る」

イビラスは鼻で笑い、

「汝《なんじ》も余所者《よそもの》ではないか。まあ、あのような荒地、欲しくば呉《く》れてやっても一向に構わんぞ」

「ならば、地頭任命の勅許状《ちょっきょじょう》を認《したた》めていただきたい」

私の言葉に女騎士たちが僅かにどよめいた。だが、イビラスは顔色も変えず、

「そのような紙切れなど造作もない。明日にも使いを寄越そう」

「確かに聞き届け申した」

私は背筋を伸ばし、湯呑《ゆのみ》の酒を一息に呑《の》み干した。イビラスは膝を打ち、

「これでゴルの流匪《りゅうひ》を戮《りく》した戦上手が味方についた。目出度や」

両の頬に深々と皺《しわ》を寄せた。童が見たら泣きだしそうな顔だ。それが好意を示していると気づくまで、暫《しばら》く時間がかかった。

夜も更けて木戸番の拍子木が鳴り一階の客が引けたのを見計らって、私たちはイビラスを見送り

に階《きざはし》を下りた。酒肴《しゅこう》と煙草《たばこ》、客の饐《す》えた皮脂が渾然《こんぜん》となった生温《なまぬる》い空気が漂っている。

「あら、殿下、お帰りですか」

徳利《とっくり》を片付けていたロラが顔を上げて微笑《ほほえ》んだ。

「うむ、早う戻らねば皆が五月蠅《うるそ》うてな。味良き鍋であった。またいずれ馳走《ちそう》になろう」

「お口に合ってようございました」

ロラはにこりと笑い、台所の片付けがありますので、と奥へ消えた。

「わたしもお鍋の後片付けを」

アイカが殊勝にも階段を引き返した。

「ならば、それがしも助太刀いたそう」

バイラがどすどすと後を追った。その背中を苦笑しながら見送っていると、イビラスが、

「今日は良き日であったぞ。ゼキよ」

「恐れ入ってござる」

私は振り返って深々と頭を下げた。

「何にせよ、余に合力してくれるのは有難《ありがた》い。諸侯どももこう素直であればよいのだが」

「殿下の御威光で、いずれそのことも叶《かな》いましょう」

ニドが取り成すように言った。

「ふん、あ奴《やつ》らは己を高《たこ》う売りつけようと腐心しておるだけよ」

イビラスは鼻で笑うと、

「では、帰る」

戸口に向かって踵《きびす》を返《かえ》した。そのとき、

「殿下」

確かレネイアとかいう名の女騎士が戸口を睨《にら》みながら小さく声をかけた。

次の瞬間、三人の男が大戸を引いて入ってきた。いずれも錣《しころ》のついた兜《かぶと》頭巾を被《かぶ》り、柿色の羽《は》織《おり》に鎧《よろい》下《した》、白帯に黒鞘《さや》の脇差を差していて、装束から定火消の夜《よ》廻《まわり》のように見えた。

「ごめんなさい、もう店仕舞いなの」

ニドが声をかけたが、男たちは身動《みじろ》ぎもしない。やがて、

「イビラス公殿下でござるか」

一人が押し殺した声で問うた。

「無礼者め。何者か」

レネイアが一歩前に出た。と、中の一人が身を低くして跳んだ。

「あっ」

レネイアが柄に手をかけたが間に合わない。刺客は右手でレネイアの左肩を握り、逆手の刃で彼女の胸元を狙う。やられた、と思う間もなく、レネイアの身体《からだ》が後ろに投げだされた。素早く動いたミシャがレネイアの右肩を摑《つか》んで力任せに引き、入れ違いにイビラスと刺客の間に身を入れ、道中差で刺客の刃を払っていた。火花が飛び、鉄の焼ける臭いがした。

咄嗟《とっさ》に二人の女騎士、アローネとエレインが両手を広げてイビラスの盾となる。そのときには、他の刺客二人も抜刀してイビラスに殺到していた。

「クルーガ、イビラスを」

護《まも》れ、と言う暇はなかった。黒い霧がさっと走り、二の太刀を繰りだそうとした刺客の目の前に、全裸のクルーガが実体化した。そのまま流れるように右手の指が刺客の両の眼窩《がんか》に突き込まれた。悲鳴は上がらなかった。クルーガが指を無造作に引き抜く。血飛沫《ちしぶき》とともに小さな土器《かわらけ》の細片のようなものが土間に散らばった。赤黒く濡《ぬ》れたそれは土器ではない。目の奥の骨の欠片《かけら》だ。脳を抉《えぐ》られ声もなく崩れ落ちる男の前で、クルーガが陶然と血塗れた指を嘗《な》めた。

闘争はほとんど一瞬で終了した。惨劇に動きを止めた残る刺客二人を、龍牙兵とスウが押し詰め、何度も刺して首を獲《と》っていた。私はイビラスの無事を確かめ、安堵《あんど》の息を吐いた。

「殿」

声に振り向くと、バイラが鍋ではなく大身槍を手に階段を下りてくるところだった。バイラは土間に転がる死体を面白くもなさそうに一瞥《いちべつ》すると、

「この店、囲まれてござるぞ」

「何だと」

「二階の窓から見れば、辻々《つじつじ》に掛矢鳶口《とびぐち》を手にした不審の輩《やから》が蟠《わだかま》ってござるわい」

「アイカは」

ニドの声に、バイラの巨軀《きょく》の後ろからアイカが顔を出した。

「台所でロラと一緒にいて」

「うん」

アイカが小走りに台所へ向かう。

「仕寄道具まで持ちだすとは、この店を打ち毀《こぼ》す気か」

イビラスが唸《うな》るように言う。

「いや、そうではござらぬ。恐らくは、火責めに備えてのことでござろう」

夜討ちの焼き働きには心得がある。放火と同時に周囲の家屋を破壊して延焼を防ぐ。そうしないと火は熟れた肢体を持て余す年増の如《ごと》く無計画に燃え広がり、自らも煙に巻かれてしまう。

「念の入《い》ったことよ」

イビラスが嘲笑《あざわら》うように呟《つぶや》いた。そのとき、

「殿、あれを」

戸口から外を見張っていたウジンが私を呼んだ。外に幾筋もの光が揺らめいている。

「戦松明《いくさたいまつ》か」

私は皆に向かい、矢継ぎ早に下知を飛ばした。

「敵が来る。牙兵はイビラス公をお護《まも》りせよ」

「承って候」

「バイラは台所に入って裏口を固めよ」

「応よ」

「ジニウは私の影に控えておれ。敵が寄せてくれば、その後方を攪乱《かくらん》せよ」

「お任せを」

「クルーガ」

「うむ」

「服を着ろ」

「ねえ、店を燃やされたら困るわ」

ニドが格子の陰から路上を覗《のぞ》く私のところに這《は》い寄《よ》ってきた。

「恐らく、火は最後の手段だ」

「どうしてわかるの」

「やるならもう火をつけている」

曲者《くせもの》の狙いはイビラスの首級だ。焼け焦げて判別できなければ手柄にならない。

「それで、どうするの」

「声を立てるな」

松明《たいまつ》の灯の中、敵は正面に弩《いしゆみ》兵を数人ずつ三列に折敷かせている。その背後に薙刀《なぎなた》や槍を手にした人影が屯《たむろ》していた。

「なるほど」

私は後ろに這《は》い退がって低い声で皆に向かい、

「敵の策が読めた」

弩《いしゆみ》が正面から斉射し、こちらが驚いて飛びだすところを打ち物の衆が刺し殺す魂胆だ。

「雑な手だが、そうであるが故に厄介だ」

「裏口から逃れますか」

テラーニャが小声で囁《ささや》いた。

「いや、勝手口にも配兵して然《しか》るべし」

むしろそちらが本命かもしれない。

「どうするの」

ニドが尋《き》く。

「辻《つじ》合戦は立て籠もりに八分の利という。決して外に出るな。身を低くし机を倒して矢を避けろ。弩《いしゆみ》が罷《や》めば敵は必ず討ち入ってくる。そこを迎え討つ」

弩《いしゆみ》の強矢《すねや》だ。安普請の板壁など問題なく射貫《いぬ》いて中の者を殺傷する。

「薄くて悪うございましたわね」

ニドが眉を顰《ひそ》めて嫌味を言った。

「頼むから黙っていてくれ」

ニドが再び口を開こうとしたとき、

「放てえ」

声とともに、弦音がして格子が砕け、大戸に穴が開いた。

「伏せよ」

私の叫びを嘲笑《あざわら》うように、次の斉射がきた。片膝で外を覗《のぞ》こうとしていたレネイアを咄嗟《とっさ》に押し倒したミシャが、左肩を射貫《いぬ》かれた。

「ミシャ殿」

白金色の髪をミシャの血で汚したレネイアが、甲高い悲鳴のような声を上げた。

「レネイア殿、騒がれるな」

ミシャが倒れたまま苦しげに答えた。

「賊が入ってきたら、私たちに任せて」

矢の立った机の陰からニドが言う。その横でスウが石のような眼《め》を戸に向けている。

「何をする」

「説明は後。それより殿下を頼んだわよ」

イビラスは女騎士と龍牙兵に守られて、小上がりの段差の陰に伏せている。

「イビラス公、そこを動かれますな」

「敵の数は」

イビラスが、まるで手弁当で戦見物する百姓のような口調で聞いてきた。

「はて、まず百前後では」

「何故《なにゆえ》にそう判じた」

イビラスの顔を見返して私は慄然した。この男はこの状況を愉《たの》しんでいる。

「眼前の曲者《くせもの》の数は凡《およ》そ五十。取り籠もりならば、ほぼ同数を裏に回してござろう」

「ふむ、ならばどうする」

私はイビラスの飄々《ひょうひょう》とした態度に憮然《ぶぜん》としたが、緊張から逃れようと舌を動かした。

「多勢《たぜい》に囲まれたならば手はひとつだけ」

「ほう、では魔群の大将の策を聞こう」

「敵の最も厚い布陣を繰抜《くりぬ》くに如《し》かず」

私も精々不敵に笑うことにした。

次々に射込まれる太矢で店の中が針山のようになってやっと、弩《いしゆみ》の弦音が罷《や》んだ。

「もう、直すのが大変だわ」

ニドが怒ったように呟《つぶや》いた。そのとき、穴だらけの大戸の向こうで人の動く気配がした。

「殿下、お出《い》でなされよ。もはや逃れる術はござらぬ。このような破《や》れ家《や》で甲乙人の矢で果てるより、外に出て腹を召されよ」

胴間声が響いてきた。

「お頭、もう死んでいる」

別の声が聞こえた。

「黙れ、敵には魔性がおる。念には念を入れるべし」

迂闊《うかつ》にも話す声が筒抜けだ。優位を確信しているのだ。私だって逆の立場ならそう思う。

「殿下、呼ばれてますぞ」

「抜かしおる。あの程度の輩《やから》に呉《く》れてやるほど、我が首は安うないわ」

イビラスが歯を剥《む》いた。ほどなくして、再び声が響いた。

「もうよい。打ち物の衆よ、首を切り取って参れ」

「入ってくるぞ」

私は一同を見回した。机の陰からニドとスウが静かに這《は》いだした。その様を見ながら、

「テラーニャ、台所を見て参れ。裏からも敵が入ってくるかもしれぬ。バイラに加勢せよ」

「必要ないわ」

這《は》いながらニドが言う。私が怪訝《けげん》な目を向けると、

「ロラは台所じゃ負けないから」

ニドの言葉に、スウがにたりと唇を気味悪く歪《ゆが》めた。私たちは息を詰め、敵が戸を蹴破って入ってくるのを待ち受けた。鬨《とき》の声《こえ》が轟《とどろ》いたのはそのときだった。遠くから馬蹄《ばてい》の音が聞こえる。畜生、騎馬までいるとは。私は覚悟を決めて、脇差の柄を握りしめた。だが、いつまで待っても敵は入ってこない。外の気配が騒がしい。私は恐る恐る顔を上げた。

「殿」

テラーニャが止めようと声をかけるのを手で制し、私は砕けた格子の間から外を窺《うかが》った。闇から肥馬に打ち跨《またが》った巨漢の鎧《よろい》武者が水色地に半月を白抜きした差物を靡《なび》かせて姿を見せ、続いて騎馬の群れが蹄音《つまおと》を轟《とどろ》かせて湧くように現れた。日輪の前立をした頭成兜《ずなりかぶと》に黒塗りの桶《おけ》側胴で身を固めた先頭の武者が、馬を輪乗りしながら、

「曲者《くせもの》どもめ、ハクイ探題イビラス公殿下の御料地《ごりょうち》と知りながら乱妨狼藉《ろうぜき》を働くか。一人《いちにん》たりとも生かして帰さぬ」

手にした槍を振ると、半月紋の腹当をした徒歩《かち》の者たちが進み出て楯《たて》を並べた。

「放て」

楯《たて》の間から矢先が突きだされ、次々に矢が放たれた。夜討ちの者どもも射返そうとするが、こちらは楯《たて》がない。射竦《いすく》められるところに、追い被《かぶ》せるように日輪の武者が再び叫んだ。

「南の者どもは通りを押さえよ。西の者は楯《たて》を詰めよ。三方より押し包んで討ち取るべし」

遠くから応の声が上がり、数多《あまた》の怒号と足音が轟《とどろ》いた。夜討ちの勢は動揺したらしく、じりじり

と退がり始めていく。やがて、

「わあっ」

誰かの悲鳴を合図に、崩れるように逃走が始まった。兜《かぶと》を投げ捨て、得物を放り捨てて東へ逃げていく。その有り様を確かめた日輪の武者が、

「深追いするべからず。集まれ」

大音《だいおん》を発した。その様子を、私は店の戸口で阿呆《あほう》のように眺めていた。


日輪の武者がかつかつと店に馬を寄せてきて、

「馬上より失礼。汝《なんじ》がゼキ殿であるか」

怒鳴るように言った。雷鳴のような蛮声だが声色は若い。私が頷《うなず》く暇《いとま》も与えず、

「殿下は何処《いずこ》か」

「おう、ここじゃ」

私が答えるより早く、イビラスが私を押しのけて前に出た。武者はその巨体の重量を感じさせぬ動きでひらりと鞍《くら》から降りると、口取りに馬を預けて片膝をついた。

「父上、お怪我《けが》は」

「無事じゃ。それより、このゼキの手下《てか》が矢疵《きず》を負うた。薬師《くすし》を呼んで参れ」

下人が二人、イビラスの言葉を受けて小走りに駆けていった。

「ようやったの」

再びイビラスに声をかけられて、武者がのそりと立ち上がった。見たところ二十代半ば、太い首

に乗った頑丈そうな顎、太く筋の通った鼻梁《びりょう》。戦の余熱のせいか、細い目が鋭い眼光を放っている。だが目の奥に思慮深さがあり、狂暴そうな顔もよく見ると味があった。

「紹介しよう。倅《せがれ》のザルクスじゃ」

ザルクスが私を見下ろした。背が七尺近い。

「先ほどは戦陣の慣《なら》い故に御無礼仕《つかまつ》った。イビラスの次子、ザルクスでござる」

「ゼキでござる。危ないところをお救いいただき、礼の申しようもござらぬ」

その言葉に、若者はにっと歯を剝《む》いた。どうやら照れているようだった。

「何の、これ全て父の描いた絵図通りに動いたまで」

私はイビラスに顔を向けた。道理で手際が良すぎる。

「夜討ちのこと、御存知であられたか」

「うむ、牢人《ろうにん》どもには米など陰扶持《かげぶち》しておったからな。ここに来る前に怪しい動きを報《しら》せに参ったので、万一に備えて物見を放ち兵を備えさせておったのだ。情けは人の為《ため》ならずよ」

しれしれと笑った。

「それならそうと、予《あらかじ》めお教えしていただきとうございましたな」

あの余裕も、敵の動きを察していたせいだったのだ。

「許せ、敵を欺《あざむ》くにはまず味方と申すではないか」

イビラスは私の恨み言を軽く往《い》なし、ザルクスに向かいわざとらしく厳かに告げた。

「この者らの働きなくば、余は今頃首になっておった。ゆめゆめ粗略に扱うまいぞ」

店の大戸からは、皆が四周に目を配りながら路上に出ていた。その頃にはザルクスの手勢がぞろぞろと集まっていて、ミノタウロスのバイラが身を屈《かが》めて大戸の鴨居《かもい》を潜ったときは、兵の間に緊張が走った。

「騒ぐまいぞ。このミノタウロスは余の味方、余の恩人である。構えて手出し無用」

兵の動揺を抑えようと、イビラスがよく響く声で告げた。それから、兵《つわもの》どもを励ましてくると告げ、女騎士二人を引き具して松明《たいまつ》の光へ向かって歩いていった。

「若様」

ニドがザルクスの前で優雅に頭を下げた。

「お、おう、ニドか。無事で何より」

「天晴《あっぱ》れな武者振りでございました」

「うむ、そうか」

ザルクスから先ほどまでの若武者らしい潑溂《はつらつ》さが消え、たちまち困り顔になった。

「あまり狎《な》れてくれるな。兵が見ている」

「これはこれは、至りませんでした」

ニドが薄笑いを浮かべた。ザルクスは咳払《せきばら》いして威厳を取り繕い、視線を外すように店を眺めた。

「店が疵《きず》になってしもうたの。だが、火を出さなかったのは殊勝である」

「これでも店を預かる女将《おかみ》でございますから」

「夜が明ければ、人数を遣《つか》わして普請させよう」

「それは御過分な」

ニドが澄ました声で一礼した。

「知己《ちき》なのか」

私はニドに囁《ささや》いた。ニドは紅《あか》い眼《め》を細めて口角をにたりと上げ、

「抜き差しならない仲よ」

「え」「い」

私とザルクスの口から揃《そろ》って妙な声が出た。

「いや、奥がニドに世話になっただけ」

ザルクスが顔を赤らめ、慌てて太い腕を振る。

「そうね」

ニドが、獲物を嬲《なぶ》る猫のような眼《め》でザルクスを見上げ、

「奥方のマレイラ様はお可愛《かわい》い御方ですもの」

「うむ」

動揺を押し隠そうと、ザルクスが仏頂面を作った。

「でも、あれはお世話なんて程度で済むものじゃなかったわ」

「おい、止めよ。こんなところで」

ザルクスが面白いように取り乱した。だが、ニドは聞かぬ振りをして私に顔を向け、

「詳しく聞きたいかしら」

「いや、聞きたくない」

どうせ生臭い話なのだろう。そのとき、ザルクスの背後で悲鳴が上がった。

「どうした」

ザルクスの声に、水牛角の脇立の椎実成《しいのみなり》の兜《かぶと》に青染した洗革縅《あらいかわおどし》の腹巻の武者が寄ってきた。

「捕らえた賊を責問《せめとい》させてござる」

「お、おう。我も参ろう」

ザルクスは好都合とばかりに答え、それからニドに振り返った。

「店に戻っておれ。女子《おなご》には見せたくないのだ。頼む」

私はザルクスとともに悲鳴のするほうへ歩いた。そこでは男が数人に押さえつけられて忍び泣いている。血の滴る脇差を手にした小頭《こがしら》らしいエルフが、ザルクスに気づいて目礼した。

「左の耳を削《そ》いだところ、申しましたぞ」

「うむ、本人の口から聞こう」

ザルクスが捕虜の前にしゃがみ込んだ。一瞥《いちべつ》して、

「町に屯《たむろ》しておる傭《やと》われ武者だな。誰に頼まれた」

兵の一人が髪を摑《つか》んで賊の顔を上げた。賊は血と涙に濡《ぬ》れた顔を歪《ゆが》め、

「榎《えのき》通りの溜《たま》りで銭を積まれた。今宵《こよい》、南通りのあしか亭に貴人が微行する。その者の首を獲《と》れ。店に泊まっている円頂の魔族も併せて討ち取れば、更に銭を弾むと」

どうやら私も標的だったようだが、不思議と驚きはなかった。

「その者の名は」

賊は苦しそうに私に目を向け、

「名は知らねどその男と同じ魔族じゃ。芸事《げいごと》の宗匠のような恰好《なり》で肥えた蛇のような面《つら》だ」

「魔族か」

ザルクスは立ち上がり、

「殿下に矢を向けた大逆《たいぎゃく》なれど、死一等を減じて解き放ってやろう」

泣き声を背に、ザルクスは歩きだした。

「生かしておいてよろしいのか」

「捕囚を養う余裕などござらぬ故。ただし」

二度と得物を持てぬよう解き放つ際に両の親指を切り落とす、と平然と酷《ひど》いことを言った。

「それより、夜討ちを使嗾《しそう》した者はボルガルという名の魔族でござろう。魔族の顔役の一人で」

「あの茶頭人でござるか」

「ほう、あの男を存知寄りか」

私は、昼間ボルガルに脅されたことを語った。

「佞人《ねいじん》め、今まで泳《か》がせておったが、ついに馬脚を現したか」

ザルクスは苦虫を嚙み潰した顔をした。ボルガルは魔族の寄り合いでも王室派で、イドの第七師団のために様々に暗躍しているという。ザルクスは先程《さっき》の水牛角の兜《かぶと》の武者に向かい、

「ボルガルを追え。併せて探題府内に耳役を放って内応した者を探るべし」

武者が無言で頷《うなず》き、急ぎ足で何処《いずこ》へと去っていった。

ザルクスは暫《しば》し無言でいたが、私の視線に気づいて低い声で、

「それがし、このように後ろ暗い隠密《おんみつ》差配ばかりで、兵の進退など埒外《らちがい》でござってな。実を申せば今宵《こよい》が初陣でござる」

「それにしては、見事な采配振りとお見受けしたが」

「あれも父がつけてくれた介添が事細かに指南してくれたお陰で」

自嘲するように薄く笑った。

「ニドには借りができた」

初陣の高揚を誤魔化そうとするように、ザルクスは続けた。

「戦は恐ろしい。それがし、身の震えを抑えるのが精一杯で」

指先で鼻の頭を搔《か》き、

「それを察した彼の女《かめ》は、それがしの気持ちを解《ほぐ》さんとわざと柔らかい物言いをしてくれた」

私は、恥ずかしそうに微笑《ほほえ》むこの若者に好感を抱いた。

「ニドに懸想しておられるか」

「いや、まさか。それがしは奥一筋でござる。側女《そばめ》など以《もっ》ての外《ほか》」

ザルクスが慌てて丸太のような手を振る。それから声を潜め、

「が、いい女でござるな」

思わず二人して笑顔を見合わせた。

私はザルクスと別れて店の戸口まで来ると、待っていたようにテラーニャが顔を出した。手が血で汚れている。ミシャの手当てをしていたのだろう。

「ミシャの疵《きず》はどうだ」

「命に大事ございません。幸い矢も骨を逸《そ》れております。ただ、血を流しすぎたようで」

安堵《あんど》の溜息《ためいき》が出た。中に入ると、ミシャは座敷《ざしき》に仰向けに寝かされていた。上半身裸で左の肩口に固く晒《さらし》が巻かれ、女騎士のレネイアに優しく膝枕されている。まことに許し難《がた》い。

「ミシャよ、随分と男冥加《みょうが》な格好よな」

命が助かると知ったせいで、私は気安く声をかけた。

「殿」

「そのまま、そのまま」

身を起こそうとするのを制して、私は傍らに腰を下ろした。

「痛むか」

消毒に使ったのだろう。安酒の臭いが鼻についた。

「これしきの疵《きず》と申したいが、やはり痛《いと》うて堪《たま》りませぬな」

軽口を叩《たた》いて笑おうとした顔が痛みに引《ひ》き攣《つ》った。私はミシャの頭を両の手で抱えるように端座するレネイアに目を向けた。

「ミシャを看《み》ていただき痛み入る」

深く頭を下げた。が、レネイアはミシャよりもっと血の気の失《う》せた顔で、

「いえ、私の不覚のせいで手負われたのです。それに疵《きず》口を酒で洗い縫われたのはそちらの」

土間に突っ立っているテラーニャに顔を向けた。

「そうか、テラーニャよ、ようやってくれた」

「あい」

テラーニャが照れたように顔を伏せた。店内を見回すと、ニドらが机や柱に立った矢を一筋ずつ引き抜いている。ふとロラと目が合い、切れ長の眼《め》がにこりと微笑《ほほえ》むのが見えた。

「これほどの美女《たおやめ》に囲まれれば、治りも早かろう」

私は外に出ようと立ち上がった。

「敵はもう逃げ散った。ここはもう無事だ。暫《しばら》く寝ておれ」


その頃には探題府の兵も集結を終えたようだった。兵の多くが徒歩《かち》で、騎馬は十ほどしかいない。亜人の兵も多く、店を守るように折り敷いて、油断なく路上を見張っている。

「もう敵は逃げたのではないのか」

緊張を紛らわそうと、私は呟《つぶや》くように言った。が、傍らでバイラが小さく鼻を鳴らし、

「波が寄せるように攻めを繰り返すのが夜討ちの戦仕立て。油断は禁物でござる」

バイラの言葉を裏づけるように、東の空が白々して鶏が刻を告げるまで、探題府の兵たちは篝《かがり》を焚《た》いてまんじりともせずに過ごした。明るくなって見回せば、路上には昨夜の戦の跡があり、点々と死骸が転がっていた。普段なら担ぎ売りの商人が見世の支度に忙しく往来しているはずだが、今朝ばかりは皆不安そうな顔で遠巻きにこちらを眺めている。

敵の逆襲がないと確かめたイビラスは、やっと兵に勝鬨《かちどき》を上げさせ、隊伍《たいご》を組ませて探題府へ進んだ。イビラスはどこかで見つけてきた粗末な板輿《いたこし》に乗り、私たちはその後ろを進むよう言い渡された。これも、異形のバイラが町衆に怪しまれぬための気遣いだろう。

「それがしが列に入ってよろしいのでござろうか」

珍しくバイラが不安そうに周りを見回している。衆目に晒《さら》されて居心地が悪いのだろう。

「私たちはイビラス公と盟約したのだ。何を隠すことがあろうか。もそっと胸を張れ」

「お、おう」

バイラが槍を担ぎ直して分厚い胸を反らした。私は満足して頷《うなず》いた。このミノタウロスには、こういう仕草が最も似合っている。


「一緒に来ないのか」

私は見送りに立つニドに訊《き》いた。

「無茶言わないで。お店をこのままにしておけないじゃない」

それから私がなおも言い募ろうとするのを手で制し、

「私たち姉妹のことは心配いらないわ。こういうのは諸事手慣れてるから」

「アイカもそう申していたが、姉妹なのか」

私は確かめるように問うた。だいたいニドはダークエルフだ。種族が違う。

「ええ、血は繫《つな》がってないけど。経緯《いきさつ》は長くなるから言わないわよ」

私は大きく溜息《ためいき》をついた。

「そうか、ではくれぐれも気をつけてな」

「気をつけるのはあなたのほうよ」

ニドの言う通りだ。思わず苦笑が漏れた。

「次来るときは、大勢連れてくる」

「まあ、お料理が大変」

ロラが楽しそうに微笑《ほほえ》んだ。

「何かあれば、シャドウ・デーモンを連絡《つなぎ》に寄越す」

「こちらもスウを行かせるわ」

「そういえば、スウとアイカはどうした」

「店の中で後片付けよ」

「そなたらはいいのか」

「よくないわよ。だからさっさと行って」

イビラスの輿《こし》が動きだした。

「そうだな、行かねばならん。では」

私はニドとロラを見回し、それから踵《きびす》を返《かえ》した。

「あなたに運命の女神の御加護がありますように」

ニドの声に、私は再び振り返った。

「運命の女神は敵《かたき》の神ではなかったか」

「そうだったかしら、まあいいわ」

私は思わず噴きだした。

「ああ、そなたら姉妹と店にも運命の女神の加護があらんことを」

私の言葉に、ニドがにんまり微笑《ほほえ》んだ。

第十二章　愚か者東へ帰る

探題府に入った私たちは、案内されるまま邸《やしき》の離れに入り、残敵の掃討が了《おわ》るまで留まるよう告げられた。

それから三日、私は相変わらず離れの部屋に寝転がって天井を眺めている。待遇は悪くない。部屋はきちんと掃除されている。食事も足のついた折敷《おしき》で出るし、寝具も贅沢《ぜいたく》だ。貴人を泊めるための離れなので茶室があり、風呂まで備えられていて、頼めば下人が焚《た》いてくれる。離れの中を歩き回るのも自由だ。しかし、離れから出ると必ず人がついた。見張りなのだろう。これでは体のいい押し籠めだった。

天井の木目を無心に眺めていると、襖《ふすま》が開いてテラーニャが入ってきた。

「主様、そのように転がってばかりいては、気が滅入《めい》る因《もと》でございます。今日もよいお天気。庭見物に参りましょう」

「飽いたわ」

「もう、妾《わたし》はまだ飽きておりませせぬ」

私の手を取って強引に引き上げた。

「わっ、これ、引っ張るな。肩が抜ける」

「ならば、迅《と》くお立ちなされませ」

探題府の空堀の内側は、典雅な光景が広がっているばかりだった。柵も木戸もなく、見張り台すらなかった。庭の緩慢な起伏は防御のためではなく、明らかに造園のためであり、見る者を慰めるために加工されたものだ。無粋な私には、木石の配置にも意味を見出《みいだ》せなかった。しかしテラーニャは違うようで、私の手を取って植木や庭石の間を歩きながら、満足そうに目を細めて景色を満喫しているように見えた。彼女は化生だ。私とは違う景色が見えているのだろうか。今日の付き添い役の老僕が離れた木々を指さし、

「あれは『虎之背』と申しまして、弥生を過ぎて咲き誇る桜を御屋敷《やしき》から望めば、まるで飛びかからんと背を撓《たわ》める虎のようで」

(それは昨日も聞いた。一昨日《おととい》もだ)

私は心の中で溜息《ためいき》をついた。だが、テラーニャは眼《め》を輝かせ、

「まあ、では春にまた参りましょう」

などと調子のいいことを言う。

「ええ、是非お越しなされませ。それはもう見事なものでございますよ」

私たちが庭の中に設《しつら》えられた休息所で坐《すわ》って泉水を眺めていると、

「こちらにおられたか」

声がして、深藍色の肩衣《かたぎぬ》の士分らしい男が駆け寄ってきた。先日の夜討ち騒ぎでザルクスの脇に控えていた水牛角の兜《かぶと》の男だ。

「おお、グラウス殿か。いや、雅《みやび》な庭とは何度見ても見飽きぬものでござるな」

私はにこやかに声をかけた。私だってこれくらいの世辞は言える。テラーニャが、ぷっと噴きだしたが気にしない。グラウスは、詰まらなそうに庭に目を向けて苦笑し、

「やつがれは無風流故、とんと疎《うと》うござってな」

恥じ入るように言う横顔を、私は黙って見つめた。齢《よわい》の頃は四十前、肩まで伸びた黒い総髪、低く細い鼻梁《びりょう》の下に貼りつけたように薄い鼻髭《ひげ》を生やしていて、騎士より辻占《つじうら》の易者が似合うのっぺりした古鼠《ねずみ》のような面相をしている。表向きは右筆《ゆうひつ》ということになっているが、陰ではイビラスが飼っている細作の一方を束ねる油断ならない男だ。この男も毎日私を訪ねているので、すっかり顔馴染《かおなじ》みになった。

「ミシャ殿の怪我《けが》の具合は如何《いかが》でござるか」

グラウスは顔を合わすたびに同じことを尋《き》く。

「昨夜より一人で厠《かわや》に立てるようになり申した。これも、殿下の御慈悲のお陰でござる」

「いや、テラーニャ殿が用いた膏薬《こうやく》の効用でござろう。薬師も舌を巻いてござったわ」

突然名を呼ばれたテラーニャが、戸惑うように微笑《ほほえ》んだ。

「聞けばゴブリンの秘薬であるという。差し障りなくば、お教えいただきたいが」

「羊の尿《ゆばり》でござるよ」

私の言葉に、グラウスが嫌そうに口をへの字に曲げた。

「あれを煮詰めて羊の脂と混ぜたものでござる。余っておる故、幾らかお譲りいたそう」

「あ、いや、結構でござる」

グラウスが慌てて手を振った。遠慮せずともよいのに。

「それで、如何《いか》なる御用でござる」

私の問いに、グラウスが途端に笑顔を収めた。

「ここでは人目がござる。離れまで御足労願えまいか」

確かに庭の随所で庭師が芝の手入れをしている。私は頷《うなず》いて立ち上がった。グラウスは離れて控えていた老爺《ろうや》を横目で見やり、冷え冷えとした声で、

「ここはもう良《い》い」

と告げた。老僕が静かに一礼して立ち去っていく。この老人もグラウスの配下なのだ。

「さあ、参りまするか」

グラウスが顔に人の好《よ》さそうな笑みを貼りつけて私に言った。


離れに近づくと、香ばしい匂いが漂ってきた。見ると匂いの元はすぐに知れた。バイラと龍牙兵のゴズリとウジンが、芝で車座に坐《すわ》って何事かに熱中している。少し離れた濡縁《ぬれえん》で、クルーガが湯呑《のみ》を傾けながらそれを眺めていた。近寄って覗《のぞ》き込《こ》むと、車座の中心に鍋が載った銅《あかがね》の風炉《ふろ》が置かれ、身を小さく屈《かが》めたバイラが、太い手で熱心に破れ団扇《うちわ》を使って炭火を熾《おこ》していた。

「何をやっておるのだ」

バイラが僅かに顔を上げて私を見た。

「よい頃合いに戻られましたな」

「だから、何をやっておるのだ」

苛立《いらだ》たしく問い直す私に、バイラが御覧の通りと笑顔を返した。風炉の脇に油徳利《とっくり》が置かれ、その横の水桶《みずおけ》に三、四寸ほどの魚が溢《あふ》れんばかりに盛られている。

「沙魚《はぜ》か」

「左様、上等の菜種油が手に入り、バイラ殿が揚げて食うと申しましてな」

ゴズリが庖丁《ほうちょう》で器用に魚を捌《さば》きながら、申し開きするように答えた。それを受けて、バイラが団扇《うちわ》を細かく使いながら、

「ここでは中食《なかじき》が出ぬ故に、夕餉《ゆうげ》まで空《す》きっ腹《ぱら》を抱える始末」

確かに殿上人《てんじょうびと》は昼餉《ひるげ》を取る習慣がない。一方、地下《じげ》の間では、朝昼夕と一日三食が定着している。それは迷宮も同じで、バイラたちの腹も一日三度の飯に慣れきっていた。

「それで御勝手口出入りの商人《あきんど》に雑喉《ざこ》など頼んだところ、山と持ってまいりましてな」

まったく加減を知らぬことよ、とわざとらしく溜息《ためいき》をひとつくれ、

「それで、斯《か》くなる上は是非に及ばず。油で揚げねばなるまい、と相成《あいな》り申した」

何が是非に及ばずだ。私は呆《あき》れて桶《おけ》の沙魚《はぜ》を覗《のぞ》き込《こ》んだ。どうにも姿形《なり》が悪い。

「美味《うま》いのか」

私の問いに、バイラは軽く鼻を鳴らし、

「揚げたてに塩を振って頭から喰《く》らう。これはもう堪《たま》らぬ味でござるぞ」

にんまり笑顔を浮かべてぶるりと身を震わせた。うむ、全然可愛《かわい》くない。ウジンが捌《さば》いた沙魚《はぜ》を箸を使ってじゅっと煮えた油に潜らせ、小皿に取って塩をかけて私に差しだした。

「ささ、殿、熱いので御用心を」

私は暫《しば》し沙魚《はぜ》を気味悪く見つめていたが、思いきって口に入れた。

「うむ、確かに美味なものだ」

「当然でござるわ」

バイラは自慢げに鼻を鳴らすと、テラーニャとグラウスに向かい、

「ささ、そちらの騎士殿も、テラーニャ殿もござれ。今日は漢《おとこ》料理を御堪能《たんのう》あれ」

と団扇《うちわ》で手招きした。


「ところで」

私は沙魚《はぜ》を齧《かじ》りながら、

「ミシャにも食わせなくてよいのか」

「それは後ほどに。今は我らが参っても邪魔なだけ」

ゴズリが額の汗を拭いながら答えた。

「あの女騎士、また参っているのか」

レネイアは暇に飽かせて砂糖水やら水菓子《くだもの》などを持参し、ミシャの手当てを手伝い、更に長尻して物語に興じている。

「ミシャは命の恩人でござるからな」

「まったく、沙魚《はぜ》などより余程養生でござろうよ」

牙兵らが冗談めかして言い合った。バイラも口一杯の沙魚《はぜ》を茶で押し流して、

「先ほども廊下ですれ違うたが、頰が瘦《こ》けて元来の美形に凄味《すごみ》が乗り、ぞくりとする色気でござっ

たわい。あれではミシャも堪《たま》るまい」

何せ男と女が部屋に二人きりじゃ、などと下世話なことを言いだした。

「わ主ら、女人《にょにん》の前ぞ。言葉を弁《わきま》えよ」

このままでは目も当てられぬ猥談《わいだん》に発展すると危ぶんだ私は声を強めた。そのテラーニャは膝を揃《そろ》えて端座し、仏頂面で沙魚《はぜ》をばりぼり頭から齧《かじ》っている。

「これはしたり。粗忽《そこつ》な物言いをしてしもうた。許されい」

バイラが頭を低くするのを、

「いいえ、殿方はそういうお話がお好《この》みでございましょう」

テラーニャが錆々《さびさび》した声で答えた。私は、苦笑しながら眺めているグラウスに目を向けた。

「そろそろ御用の向きをお聞かせ願えるかな」

「おお、そうでござった」

グラウスは箸を置いて茶の湯呑《ゆのみ》を取り、

「先日の夜討ちを指図したボルガルめが見つかった由にござる」

「ほう」

「今朝方、西の大路に死骸が転がっているのを、辻《つじ》の芥拾《ごみひろ》いが篝《かがり》屋に報《しら》せに参りましてな。全身を膾《なます》に刻まれておったそうな。相当に恨まれておったようでござるな」

まるで他人事《ひとごと》のように言う。戯言《ざれ》を申すわ。私は内心せせら笑った。差し詰め手を下したのはお前の配下であろうが。

「それにしても、それほどの刃傷《にんじょう》沙汰で、よう町の者どもが気づきませせなんだな」

バイラが首を傾けて不思議そうな顔をした。

「恐らく別の場所で斬られ、西の辻《つじ》に運ばれたのでござろう。検視の者が申すには、血はそれほど流れておらなんだようで」

平然と言って、冷めた茶を呷《あお》った。いつの間にか沙魚《はぜ》を摘まんで眺めていたクルーガが、

「噂《うわさ》にするために、目立つところに置いたのだろうな」

ぼそりと零《こぼ》した。グラウスの目が一瞬光を放った気がした。

「はて、下手人の考えなどわかるはずもなく」

グラウスが素知らぬ顔で揚げたての沙魚《はぜ》に手を伸ばした。

「ならば、もはや我らも探題府より退出勝手でござるか」

私は確かめるようにグラウスに訊《き》いた。

「左様、賊の大将が討たれたとなれば、もはや籠もっておられる必要もござらぬ」

「てっきり、居食いのまま飼い殺されるかと懸念しておったが」

私は冗談めかして言った。

「まさか、殿下の恩人にそのような無体をするはずが」

「ほう」

「町の者どもの間では、皆様は大層な評判でござるよ」

「はて、初耳でござるな」

「殿下が賊に襲われて吐嗟《あわや》というところを、風を巻いて現れた魔物がお救い申し上げた。これも殿下の御人徳。また、殿下の御威徳に触れて賊からお守りした魔物も殊勝などと好き勝手に噂《うわさ》してお

るようで」

どうせその噂《うわさ》を流したのもこいつの手の者に違いない。

「それでは、私たちは明日にも探題府を退散いたすとしよう」

私は沙魚《はぜ》で満ちた腹を撫《な》でながら言った。

「幸い、ミシャも歩けるまで恢復《かいふく》した。そろそろ泉に戻らねばと思うておったところ」

「戻る手立てはござるのか」

「あしか亭に戻り、ニドと対面して戻る方策を考えるといたそう」

私の答えにグラウスが眉を寄せて困った顔をした。

「何か障《さわ》りがござるか」

「いや、そうではござらん。ただ、ニド女らは店におりませぬ」

「どういうことでござるか」

「店の修繕が終わるまで他所に行くと言ったきり姿を見せぬのでござる。御存知なかったか」

御存知なわけがあるか。

「賊の残党の報復を恐れて身を隠したのでござろう」

それは困る。私は思わず心中で呻《うめ》いた。早く帰らねば、私の迷宮に。そんな私の苦渋を見て取ったのか、グラウスがぽんと膝を叩《たた》いた。

「泉へ戻られる手立て、それがしが思案いたそう」

皆が訝《いぶか》しげにグラウスを見た。

「お任せあれ。沙魚《はぜ》の礼でござる。これでも殿下の右筆、多少の無理は通せる身分でござる」

軽く笑って立ち上がり、悠々と去っていった。その背を眺めながら、

「大丈夫でござるか」

バイラが低い声で訊《き》いた。

「護衛と称して軍兵《ぐんぴょう》を迷宮に入れる口実にするかもしれぬな」

クルーガが、眩《まぶ》しそうに空を睨《にら》みながら口を開いた。

「ふん、イビラスにそこまで兵を割く余裕があるものか」

私は魚臭い口を袖で拭い、憮然《ぶぜん》と答えた。イビラス公の動員兵力はどれほど多く見積もっても六千、一方、敵は第七師団のみで一万三千を数え、更に近隣の諸侯軍が加わる。

「如何《いかが》なさる」

「わからん。だが、今は迷宮に無事戻ることが肝要。ここはグラウスの話に乗ってみよう」

「うむう」

バイラは不満そうに鼻を鳴らし、沙魚《はぜ》を口に押し込んだ。

「ジニウよ」

私は揚げた沙魚《はぜ》を盛った皿を足許《あしもと》に置いた。影から音もなくシャドウ・デーモンのジニウの手が伸び、皿を取るやすっと沈んだ。

「聞いての通りだ。我らは明日にも出立する。汝《なんじ》は先行して迷宮へ向かえ」

「蔭供《かげとも》はよろしいので」

地中からジニウが訊《き》く。それも当然だ。身辺警護が本来の彼の役目なのだ。

「イビラスと手を組んだことを早急に迷宮のギランに報《しら》せるが大事。備えを厳にし、たとえイビラ

スの手の者であっても私が戻るまでは堀の内に一歩も入れるべからず」

私が言い終わらないうちに気配が消え、見下ろすと空皿《あきざら》が置かれていた。シャドウ・デーモンは影を伝《つた》い一昼夜で軽々と三十里を駆ける。明日の日が沈む前に迷宮に着くだろう。


翌朝、朝餉《あさげ》を終えた私たちは、グラウスに促されて屋敷《やしき》脇の車宿に連れられた。そこには私たちがハクイに入るのに乗った六輪馬車が引きだされていて、六頭の見事な巨馬が繋《つな》がれている。グラウスが馬車の側板を叩《たた》き、

「殿下がゼキ殿困窮と聞き、これを下げ渡すよう申されましてな」

「なんと、このような高価なものを」

「何の、お気遣いなされるな」

グラウスはからからと笑い、それから顔を寄せて低い声で、

「実は昨夜、魔族の寄合衆が忍んで参りましてな。死んだボルガルと我ら一切の関わりなし、と見舞いの鳥目《ちょうもく》を山のように献じた由《よし》。殿下も御機嫌麗しく、これも一等働いたゼキ殿の手柄と申されて」

「なるほど、仔細《しさい》承知いたしました」

イビラスが喜ぶのも無理はない。ハクイの災いの芽がひとつ摘まれたのだ。

「有難《ありがた》く頂戴いたそう。殿下にはゼキが礼を申していたとお伝えあれ」

私はグラウスに向かい、丁寧に頭を下げた。

「彼奴《あやつ》ら、随分と震え上がっておったようで。死骸が置かれた辺りは魔族も多く住む辻《つじ》でございま

したからな」

しれしれと言う。私は呆《あき》れるのを隠すのに苦労した。そこに置かせたのはお前だろうが。

探題府の下人たちが私たちの荷と土産の米俵や味噌樽《みそだる》などを馬車に積み込んでいるのを眺めていると、背後に大勢の気配を感じた。振り向くと、二十人ばかりが馬を引いてこちらへ向かってくるのが見えた。全員が武装している。私たちが黙って見つめる中、三つの人影が手綱を下人に預けて進み出た。三人とも顔馴染《かおなじ》み。イビラスの家に仕える女騎士のレネイア、アローネ、エレインだ。いずれも小振りな鍬形《くわがた》前立の星兜《ほしかぶと》に鮮やかな猩々緋《しょうじょうひ》の小札を嚇《おど》した腹巻をし、梨地柄の槍を手にした凛々《りり》しい出《い》で立《た》ちをしている。

レネイアが私の前で槍を立て、鎧《よろい》の金具を鳴らして一礼した。

「ゼキ様御出立と伺い、参上いたしました」

私も礼を返し、

「これはレネイア殿、お見送りかたじけない。色々と世話を受け、礼の言い様もござらん」

言いながらさっと目を走らせた。後ろの者どもも腹当に畳兜《たたみかぶと》や鉢金兜《はちがねかぶと》を被《かぶ》り、弓や手槍《てやり》を携えている。

「これはまた物々しい出《い》で立《た》ちでござるな。これより町廻《まわ》りでござるか」

あの騒ぎ以来、探題府は兵の巡回を強化していると聞いていた。が、レネイアは首を振り、

「道中不穏なればゼキ様を御守《おまも》りせよと殿下より下知を受け、斯《か》く馳《は》せ参《さん》じました次第」

「え」

見ると、宿営道具らしい荷を背に載せた駄馬が何頭も混じっている。私はグラウスに目を向けた。だが、グラウスはわざとらしく驚いた顔をして、

「これは粗忽《そこつ》。申し遅れておりました」

柔々《やわやわ》と笑ってレネイアと頷《うなず》き合い、

「未《いま》だボルガルの手の者が潜伏しておるやにしれず。ゼキ殿に危害が及ぶようなことにでもなれば、一大事でござる」

抜け抜けと真面目な顔で言った。それからレネイアらの後ろに控えている連中を指さし、

「それに、あれらは探題府で作事方を務める者どもにて」

黒鍬《くろくわ》者ともいう。杭打《くいうち》や櫓《やぐら》立《たて》、芝貼などをする者で、平たく言えば野戦土木の技術者だ。

「ゼキ殿の御邸《やしき》はクマンの襲撃で焼け落ち、諸事御不便と聞き及んでござる。殿下より、微力なりともお手伝いせよと下知を受けまして」

私は心の中で露骨に嫌な顔をしたが、これ以上、断り続けるのは非礼だ。

「殿下の御厚情、重ね重ね痛み入り申した。御助力有難《ありがた》く受け取るといたそう」

テラーニャたちがはっとする気配を感じたが、私は笑顔でレネイアに向かって頭を下げた。

「それで、あの、ゼキ様」

レネイアが物怖《ものお》じするように、口を開いた。

「様など御勘弁いただこう。何でござるかな」

「あの、ゼキ、殿。ミシャ殿は」

女を捨てたはずの女騎士が、一瞬女の顔になった。

「ああ、既に馬車に乗せてござる。お会いなされるか」

「いえ、そんな、結構でございます」

レネイアが慌てて首を振る。

「これは余計な物言いでござったか」

私は言い繕ったが、レネイアは顔を真っ赤にして俯《うつむ》いた。その背後で、アローネとエレインが眼《め》を見合わせて含み笑いを交わしている。私は、ミシャをこの場に置き捨てれば、レネイアたちも同行を諦めてくれるかと真剣に悩んだ。


御者台にゴズリとウジンが坐《すわ》っていて荷台の人数は減ったが、土産の米俵などを積んだせいで馬車の中は往路より狭苦しい。格子窓から外を望めば空は高く、周りは蜻蛉《とんぼ》の群れが行き交い、遠くで焼く枯草の臭いが馬車の中まで漂ってくる。

「もうすぐ冬か」

「帰ったら冬支度をしませんと」

私の呟《つぶや》きを受けてテラーニャが言う。

「屋形はできておるだろうか」

「御懸念には及ばず。もうほとんど出来上がってござろうよ」

バイラが肩を揺すりながら答えた。

「ふむ、しかし、客人のための小屋も掛けねばならぬからな」

レネイアらハクイの衆たちのことだ。彼らは馬車の前後を守るように馬を走らせている。クルー

ガがだらしなく側板に上体を預けた姿勢で、

「本気で連中を迷宮まで連れていくのか。あの作事人ども、明らかに乱波だぞ」

「うむ、私たちがハクイと手を切る素振りを見せたら、討手の引込役になるのだろう」

作事普請は乱波が得意とする戦場技能のひとつだ。

「ならば、迷宮に着く前に討ち平らげねば」

バイラが声を荒らげた。

「声を立てるな。気取られたらどうする。汝《なんじ》は厄介事を殺して解決しようとする癖を直せ」

私に詰《なじ》られて、バイラは不機嫌そうに鼻息を漏らした。

「無下に断るわけにもいくまい。それに作事人と申しておった故、精々こき使えばよかろう」

「普請の手伝いと申しても、柵の内側を闊歩《かっぽ》させるは如何《いかが》でござろうか」

なおもバイラが言い募った。

「構わぬ。常に監視をつけ、要所を任せなければ問題あるまい」

「しかし」

「料簡《りょうけん》せよ。いざとなれば、お主の申す通り押し包んで討ち取ればよいのだ」

「むしろ、今討ち果たしてしまえば面倒がないのでは」

バイラが納得しきれていない顔で私を覗《のぞ》き込《こ》んだ。

「バイラよ」

私は心を鬼にしてミノタウロスを見やった。

「何でござるか」

「くどい」

緑地に戻るのに三日かかった。三日目の昼過ぎ、はるか地平線の向こうに緑の靄《もや》が見えた。

「あれが我が緑地にござる」

私は御者台から身を乗りだしてレネイアに声をかけた。私の言葉に、おおとレネイアの一行の間から嘆声が上がった。三日も旅し、彼らとも随分と気安くなっていた。話してみれば、皆物腰も柔らかく、魔族魔物に対する蔑視を微塵《みじん》も感じさせない。昨夜は僅かながら酒が出て、細《ささ》やかな宴《うたげ》が開かれた。和やかな空気のうちに唄が出て、女騎士のうち大柄なアローネが小柄なエレインを人形に見立てて傀儡《くぐつ》芝居を見せ、おおいに喝采を受けた。

「遠《と》うございますね」

馬上で背筋を伸ばして見つめていたレネイアが問うた。

「うむ、凡《およ》そ一里はあろうか」

私は上機嫌に答えた。やっと、自分の家に帰り着いた気がした。

やがて、小さな黒い点がこちらへ向かってくるのが見えた。素晴らしい速度だ。陽光を受けて輝く半月の前立を除けば黒ずくめのスフィンクス襲撃騎兵が、こちらへ駆けているのだ。

「あれは」

レネイアが叫ぶように訊《き》いてきた。

「ああ、我が家中の者にござる。御安心あれ」

漆黒のスフィンクスは、私の前で脚を止めると槍を立てて御者台の私を見上げた。

「殿様、御帰着祝着にございますわ」

「うむ、ミレネスよ、出迎え苦労」

私は上機嫌で答えた。総面の奥の紫の瞳が嬉《うれ》しそうに歪《ゆが》んだ。彼女はレネイアらを見回し、

「この方々は」

値踏みするような、舌舐《したな》めずりするような視線を投げた。

「客人だ。先行してギランらに伝えよ」

私の言葉で、レネイアたちから興味を失ったふうに私に顔を向け、

「畏《かしこ》まりましたわ」

優雅に一礼してしなやかに背を撓《たわ》めるや、あっという間に駆け去ってしまった。

「御家中には、あのような者が大勢おられるのですか」

遠ざかるミレネスの背中を息詰めて見送りながら、レネイアが掠《かす》れた声で尋《き》く。

「いや、あれはまだ一騎のみでござる。が、いずれ増えることになるであろう」

私はそう言って、安心させるようにできるだけ優しく笑った。だが、私の努力も空《むな》しくレネイアは顔を強張《こわば》らせた。怖がらせる積りはなかったのだが。

緑地に入ると、主だった者たちが再建された大手門の前で揃《そろ》って待っているのが見えた。

(迂闊《うかつ》、ミレネスに出迎え無用と申しつけるのを忘れた)

あまりの仰々しさに、私は僅かに倦厭《けんえん》を覚えた。

ゴブリンの野営地からも人が出て、私たちに向かって手を振っている。その中に、ゴブリンの娘に支えられた男の姿が見えた。ハマヌだ。もう外を歩けるまで恢復《かいふく》したようだ。彼は私と目が合うと、深々と頭を下げた。

レネイアたち一行は、険しい顔で周りを見回している。気持ちはわかる。土塁にも櫓《やぐら》にも物具つけたナーガとミュルミドンが立ち、表情もわからぬ顔でこちらを見つめているのだ。

出迎えの人集《ひとだか》りからザラマンダーのギランが進み出て、馬車から飛び降りた私に一礼した。

「御帰還、祝着至極でござる」

「うむ、留守中大儀だった」

私はレネイアらハクイの衆を顎で示し、

「イビラス公御家中の方々である。客として遇するぞ」

「ならば御挨拶せねば」

ギランがレネイアらに向かい、上体を折って一礼した。

「留守居を務めるギランでござる。お見知りおき願いたい」

レネイアは慌てて下馬するや、一同を代表して兜《かぶと》を脱いだ。

「イビラスの近習《きんじゅ》、レネイアと申します。念の入《い》った御挨拶、恐れ入ります」

私の異形の部下たちに囲まれて気丈に返したのは流石《さすが》だ。

「レネイア殿と申されるか、いや、天晴《あっぱ》れな武者振りでござる」

ギランが笑った。が、レネイアの凍りついた視線は、ギランの背後に控えるリッチのサイアスとアルゴスのモラスに注がれている。背丈十尺のモラスが一歩前に出て、

「モラスと申します。以後、御昵懇《じっこん》に」

微笑《ほほえ》みながら、丁重に一礼した。口調は柔らかく、見下ろすその目も優しげだ。だが、全身に蠢《うごめ》く無数の魔法眼が優しい巨人の好感度をぶち壊していた。

「は、はひ」

レネイアの声が裏返る。モラスは僅かに怪訝《けげん》な顔をしたが、笑顔が足りないと思ったのか、更に身を乗りだして顔を近づけた。魔法眼がびくびく痙攣《けいれん》しながらレネイアに注がれる。レネイアの碧眼《へきがん》がぐるんと裏返り、腰から崩れ落ちそうになるのを、サイアスが素早く動いて上体を支えた。サイアスはモラスに首を巡らせ、

「モラス、下がっておれ。レネイア殿がお困りだ」

それからレネイアに向き直ると、

「さあ、もはや化け物は去った。お気を確かに」

右手を優しくレネイアの腰に回し、左手で女騎士の手を取った。

「は、はい、かたじけのうございます」

なんとか意識を取り戻して眼《め》を開けたレネイアは、至近距離でリッチの虚無の眼窩《がんか》を覗《のぞ》き込《こ》んで今度こそ本当に失神した。

「何をやっておるのだ、お主らは」

私は慌ててレネイアの身柄を引き剝がし、同輩の女騎士たちに引き渡した。

「テラーニャよ、お客人には屋形の居間と次の間を使うてもらおう。馬は屋形裏の厩《うまや》へ」

「あい、仰せの通りに」

テラーニャはレネイアを両側から支えるアローネとエレインの前に立って頭を下げると、

「お疲れでございましょう。中で足を濯《すす》ぎ鎧《よろい》など解いて、ゆるりとお過ごしなさいませ」

にこりと微笑《ほほえ》みを浮かべた。

「これは御丁寧に。かたじけのうございます」

アローネたちはほっとした顔でテラーニャに笑い返したが、彼女の背後に従うラミアたちを見て、ひっと顔を強張《こわば》らせた。だが、テラーニャは意にも介さず、

「さあ、こちらへ」

すたすたと屋形へ進む。その後を慌ててついていく一行らを見送りながら、

「よいのか、随分と怖がらせてしまったようだが」

クルーガが呟《つぶや》いた。

「なに、すぐに馴《な》れるであろう」

本音を言えば、逃げだしてくれれば有難《ありがた》いのだが。

私はレネイアらの姿が見えなくなるのを確かめて、ギランに向き直った。

「ギランよ、よう屋形を建て直した」

「間取りは以前のままでござる。それに建てたのはインプたち。それがしは見ておっただけで」

「ふん、程よい物言いをするわ」

私は思わず微笑《ほほえ》んだ。照れたのか、ギランの全身から炎が勢いよく噴きだした。

「救護小屋は取り払ったか」

「皆、順調に恢復《かいふく》し、ゴブリンも野営地に戻ってござる」

「そうか」

満足して頷《うなず》いた私に、サイアスが近寄ってきた。

「我が主よ」

「何だ」

「引き合わせたい者どもがいる」

「ふむ。会おう」

サイアスが手を上げると、物陰から具足を軋《きし》ませて数人の人影が歩み出て、私に跪《ひざまず》いた。

「これは」

「屍者《ししゃ》の坑《あな》より出《い》でたるスケルトンだ」

サイアスがどこか得意げに告げた。私はスケルトンらに向かい、

「立て。私の前で膝を折るは、我が陣法に非《あら》ず」

その声に、スケルトンたちが一斉に立ち上がった。

「新編した突撃中隊と弓兵中隊の其々《それぞれ》の中隊長だ」

いずれも錣《しころ》深く三角帽のような極端な突盔形《とっぱいなり》の兜《かぶと》に二枚板の桶《おけ》側胴、板金の広袖に膝下までの草摺《くさずり》、その下の佩楯《はいだて》も鎖仕立てで、半頬の奥の眼窩《がんか》からは何の感情も窺《うかが》えない。

「名を申せ」

「第一突撃中隊長、ウフドに候」、「二中隊長、ロバン」、「三中隊長、タイラ」、「四中隊長、ワッグ」、「弓兵中隊長、ラズロ」

スケルトンは舌もない口で明瞭に答えた。

「兵はどれくらい揃《そろ》えた」

私はサイアスに訊《き》いた。

「五割ほど、定数までにはあと十日」

「時間がかかるな」

「主の注文通りに作っている。全て気合の入《い》ったオールド・スケルトンだ。手を抜かねばこれくらいは当然のこと」

リッチが不機嫌そうに首を傾けた。

「いや、責めておるわけではない」

私は慌てて言い繕った。

「それにしても、大した具足だな。ギランよ」

スケルトンの甲冑《かっちゅう》が少々異様だったので、私はザラマンダーに声をかけた。我が意を得たりとギランは肩を揺すり、

「先の戦では頭上から降る矢でいかい苦労いたした故、頭上からの矢を弾くよう兜《かぶと》と袖の形に工夫を凝らし、特に重う鍛えてござる」

「うむ、よくぞ揃《そろ》えた。これからも頼むぞ。他のスケルトンはどこだ」

「客人が参るというので伏せさせている」

サイアスが答えた。

「これからは隠すことなどない。ここは我らが砦《とりで》、誰に憚《はばか》ることがあろうか」

それから、スケルトンらに向き直り、

「汝《なんじ》らは我が軍の基幹である。頼りにしているぞ」

スケルトンたちが具足を軋《きし》ませて一斉に頭を下げた。


「それでは、屋形に入って暫《しばら》く休む」

皆に告げて歩きだそうとしたとき、

「殿」

まだ何かあるのか、と振り返ると、ミレネスが仏頂面で私を見下ろしている。

「おお、先ほどは苦労だった」

「それより、私の中隊のことです」

「あ」

咄嗟《とっさ》のことで間抜けな声が出た。ミレネスが少しむっとした顔をして、

「お忘れですか。仰せの通り要石を運び、お帰りを一日千秋で待ち侘《わ》びておりましたのに」

「おう、そうであった、忘れておらぬ。うん、忘れてなどおらぬぞ」

「それでは、迅く召喚の儀を」

「う、うむ。早速に仕《つかまつ》ろうぞ。だが、旅の埃《ほこり》を落としてからだ。暫《しば》し待て」

ミレネスは私の言葉に僅かに頰を膨らませたが、

「そう仰せならお待ちいたしますわ。よろしくお願いいたします」

「うむ、騎兵中隊の件、寸暇も忘れてはおらぬぞ」

そう言い訳して、私は逃げるように屋形に入った。

屋形の奥で旅装を解き、久し振りに甚平に替えていると、板戸が開く音がした。

「おお、テラーニャか」

「あい」

「ハクイの衆の様子はどうだ」

「皆様、既に居間で鎧《よろい》を解いてお休みに。レネイア殿も目を覚ましてございます」

「そうか、苦労をかけた。少し休もう」

「あい」

私はテラーニャが差しだした湯呑《ゆのみ》の白湯《さゆ》を啜《すす》り、

「あの女騎士たちの供には注意を払うよう、皆によく言い聞かせておいてくれ。作事方と申しているが、間違いなく黒鍬《くろくわ》乱波であろうからな」

「ジニウ殿も心得て、一個分隊で結界を張り、龍牙兵も寝所の隠し坑を固めております」

「そうか、私が案じるまでもなかったか、だが」

そこで私は言葉に詰まった。このようなことを言うてもよいものか。

「どうなされました」

テラーニャが小首を傾《かし》げて不思議そうな眼《め》をした。

「う、うむ。あの娘たちのことだ。あれらは恐らく美人計《びじんけい》であろう」

美男美女を送り込んで色仕掛けで敵を籠絡《ろうらく》する。手垢《てあか》のついた月並みな手ではあるが、それはこ

の策が効果的なことの証左でもある。テラーニャは赤面した私を見て、

「あい、殿方にはようく言いつけておきましょう」

「男のみではない。奥向の警護を任される女騎士は十一八一《といちはいち》も嗜《たしな》むという」

奥に仕える女官といえば美形揃《ぞろ》いでその上世間知らず。籠の鳥の身に倦《う》んで外部の者と接触し、とんでもない間違いを犯さぬよう、女騎士は同性愛が黙認されている。

「故に、女騎士も命じられれば誰とでも慰め合うという話だ」

私は昨夜のアローネとエレインの傀儡《くぐつ》舞を思いだした。あの眼《め》の運び、手の動き。間違いなくあの二人はできている。

「まあ、武芸以外の御奉公も大事とは、大変な御勤めでございますね」

テラーニャが澄ました顔で答えた。

「う、うむ。故に、お前たち女衆も気をつけよ」

「ほほ、お戯れを」

「戯れなどであろうか。あの女どもの毒牙にかからぬよう、ようく皆に言い聞かせよ」

だが、テラーニャは平然としている。

「御懸念には及びませぬ。毒なら妾もラミアたちも牙に仕込んでおりますれば。それに、ミレネス殿の牙ならば骨まで容易《たやす》く砕きましょう」

いやそういう問題ではないと言いかけたが、徒労を感じて私はこれ以上話すのをやめた。

屋形を出ると、スケルトンが柵の要所に立ち、その向こうでは、インプとストーン・ゴーレムら

が堀を掻《か》き上《あ》げていた。普請は順調に進んでいるようで、私は満足感を覚えた。が、肝心のミレネスがいない。インプらと資材の相談をしていたナーガを捕まえて訊《き》くと、

「ミレネス殿であればきっと泉のほうに」

面白そうに笑った。どこか引っかかるものを感じたが、私は礼を言って大手に向かった。

大手門では、立ち尽くすモラスの背が私を待っていた。背中一面の魔法眼が気色悪く蠢《うごめ》き、

「殿」

と声をかけてきた。死角のないこの男は振り返る必要がない。

「おう、モラスか、苦労」

モラスはゆっくりと振り向くと、

「話はバイラ殿より聞き及び申した。よう無事にお帰りで」

「うむ。お主にも苦労をかけたな」

言われて百眼《ひゃくがん》の巨人が含羞《はにか》むように笑った。

「それで、如何《いかが》なされましたか」

「うむ、ミレネスを探している」

「ああ、ミレネス殿ならあそこに」

モラスが泉を指さした。泉の向こうの草地で、黒一色のスフィンクスが一直線に駆けているのが見えた。彼女は槍を構えて三丁ほど駆けるとそのまま振り返り、また来た道を駆け戻る動作を何度も繰り返している。

「あの娘、何をやっておるのだ」

「槍の稽古でござる」

いつの間にか横に立ったバイラが答えた。

「よう御覧《ごろう》じろ。あの速さで駆けて、槍の穂先は些《いささ》かも揺れておりませぬわ」

感じ入った声で言う。

「それで、何故《なぜ》同じところを行き来しておるのか」

「ああ、あれは」

地面に撒《ま》いた一寸ばかりの木片を刺し貫いているのだ、とバイラは言った。確かにミレネスが槍《やり》先《さき》を下げるたび、見物しているゴブリンの子供たちが歓声を上げている。

「なんとも優れた手並みでござる」

モラスも感心したように言ったが、私には曲芸にしか見えなかった。

「実際、あの娘が要石を運んでくれたお陰で迷宮の魔力も増え、資材も潤沢になり申した」

「そうか、うまくいったか」

「はい、予想以上でございました」

「ふむ、ではミレネスに改めて礼を申さねばならぬな」

「そうなされませ。新参ではあれど、いかい働き者でござる」

「それでは早速、礼を申してこよう」

そう言って、私は泉へ歩を進めた。近寄る私を認めたミレネスが足を止めると、ゴブリンの子らがわっと寄ってきて、ミレネスをやんやと囃《はや》し立《た》てた。

「随分と童《わらべ》に人気があるな」

「危ないから離れるよう言い聞かせているのですが」

ミレネスは槍《やり》を置いて兜《かぶと》を脱ぐと、言葉とは裏腹に楽しそうに子供たちの頭を撫《な》でた。

「それにしても、大した腕前よな」

「じっとしていると、腕が鈍ります故」

ふと見下ろすと、白い綿毛と見紛《みまが》う仔犬《こいぬ》がミレネスの前脚に盛んに顔を擦《こす》りつけている。

「それは」

「ああ、これは」

先日、ゴブリンの犬が産んだ仔《こ》の一疋で、最も体が小さく食も細かったために間引かれようとしたところを、ミレネスが引き取って育てているという。震える体を抱いて暖め、粥《かゆ》などを口移しで与え、やがてミレネスだけでなく迷宮の者どもも餌を持ち寄るなど世話を焼き、

「今ではすっかり元気になりましたわ」

「ほう」

私が腰を屈《かが》めると、途端に仔犬《こいぬ》が私を睨《ね》め上げて一人前に歯を剝《む》き、唸《うな》り声を発した。

「むう、嫌われたか」

「これ、ハティ。殿様に無礼ですわよ」

ミレネスは片手で器用に仔犬《こいぬ》を抱き上げて、愛おしそうに頰擦りした。

「名をつけたか」

「ええ、きっとよい犬に育ちますわ」

「そうか、では、ハティが汝《なんじ》の中隊の一番手だな」

「まさか」

ミレネスが真面目な顔をして、

「戦に連れていくなど、とんでもない」

「ならば、今から汝《なんじ》の中隊を呼ぶとしようか」

「はい」

そっとハティを地に下ろし、

「兄弟と遊んでらっしゃい。夕餉《ゆうげ》までには帰ってくるのですよ」

白い仔犬《こいぬ》が尻尾を振りながら走り去るのを見届けると、今度はゴブリンの子らに向かい、

「さあ、あなたたちもお家《うち》のお仕事を手伝わないと、またご飯抜きですわよ」

手を打ち鳴らして追い散らした。

「よう馴《な》らしたものだ」

私の言葉にミレネスは一頻《ひとしき》り照れるように笑い、それから溌剌《はつらつ》とした顔で胸を張ると、

「さあ、それでは召喚の儀をお願いしますわ」

まるで閲兵式に臨む将軍のような態度で言い放った。


「主様、よろしゅうございますか」

やっと本陣での召喚の儀を終えて屋形に上がった私は、テラーニャに呼び止められた。

「どうした」

「レネイア殿たちがお話ししたいと、客間でお待ちです」

「なんと、いつから待っている」

「かれこれ一時間ほど」

「これはしたり、すぐ参ろう」

漏れだすように溜息《ためいき》が出た。やることが多すぎる。板戸を開くと、敷物《しきもの》を敷いた客間の円座で、レネイアらが行儀よく端座している。私は三人と向かい合って坐《すわ》り、

「お待たせして申し訳ない。留守の間に仕事が溜《た》まっておりましてな」

「いえ、先ほどは見苦しい様をお見せして詫《わ》びの言い様もございませぬ」

私は大袈裟《おおげさ》に手を振り、

「いや、お気になされるな。ここは魑魅魍魎《ちみもうりょう》の巣でござるからな。私もまったく怖くないと言えば嘘《うそ》になる。いずれ慣れるでござろう」

レネイアがほっとした顔をして小さく微笑《ほほえ》んだ。

「何か御不便はござらぬか。鄙《ひな》な土地故、色々と不自由なされるかもしれぬが」

だが、レネイアは背を伸ばし、

「いえ、我ら戦陣にては野宿も厭《いと》わぬ身でございます。天井と壁があれば極楽」

と気丈に言う。

「この屋形は夜も何かと騒がしうござる。御三方の役宅と、お供衆の長屋を建てましょう」

「いえ、そこまでしていただかなくとも」

とレネイアが答えたとき、廊下の板床を軋《きし》ませてどすどす進む大勢の重い足音が轟《とどろ》いた。きっと

ミレネスと彼女の部下たちだ。

「ほれ、この通りでござる」

私は苦笑いを浮かべた。

「明日の朝から仕《つかまつ》りましょうぞ」

レネイアは小さく点頭すると、

「我らの供は、探題府で作事を務める者どもにございます。お手伝いいたしましょう」

私はわざと考える仕草をしてから、

「それは心強い。ならば、こちらこそお願い申し上げよう」


「さて、レネイア殿」

一息ついたところで、私は切りだした。

「我ら、御覧の通り異形の者どもであれど、イビラス公と盟を結び、公に一味同心いたした。当分、この地から離れることはござらぬが、イビラス公の絵図にそぐわぬことあらば、遠慮のう申し出てもらいたい」

私はわざと下世話な物言いをした。三人の女騎士の顔に僅かに緊張が走った。

「また、我ら、僻陬《へきすう》に棲《す》まうが故に、王国の事情にとんと疎うござる。答えられる範囲でよいので、教えていただけると有難《ありがた》いが」

「それはもう、仰《おっしゃ》る通りでございます」

「それと、この緑地のどこを歩くのも勝手。泉のゴブリンらを訪れても一向に構いませぬ。何か訊《き》きたいことがあれば、私でも誰でも尋ねられて苦しからず。ただし」

わけあり顔で三人を見回し、

「この屋形の寝所には入られぬよう。それと、要所に立つ我が兵に止められたなら、そこから奥には立ち入らぬよう、ようくお心得られたい」

「もし、奥に入れば」

小柄なエレインがぼそりと言った。レネイアとアローネがはっとした顔で朋輩《ほうばい》を見た。

「それは言わぬが分別でござろう」

私は太々《ふてぶて》しく歯を見せた。三人の顔から一瞬血の気が失《う》せたように見えた。迂闊《うかつ》、脅しすぎたか。もう少し彼女たちと話していたかったが、この辺りが潮時だ。私はぱんと膝を打ち、

「それでは、まだやるべきことが残っているので、これで失礼いたそう」

「テラーニャ、お客人をお送りしてくれ」

「あい」

では、普請の検分があるのでと言い残し、逃げるように部屋を出た。女の扱いは難しい。

ゴブリンのハマヌが、姪《めい》のメイミに支えられて屋形を訪れたのは、日も沈んで夜の冷気が沁《し》み始める頃だった。

「米や味噌《みそ》など山のようにいただき、痛み入り申す」

ハマヌは開口一番、私に向かって平伏《ひれふ》した。イビラス邸で貰《もら》った土産は、全てゴブリンの野営地に置いてきた。どうせ私たちで食ってもすぐ底を突く。それならば、ゴブリンに贈ったほうが喜ば

れる。ハマヌはまだ腹の疵《きず》が染みるのだろう。押し殺した声だった。

「いや、ゴブリンの皆様には世話になった。これくらいは当然でござる」

だが、ハマヌは項垂《うなだ》れたまま、

「この御恩、いかにしてお返しすればよいか思いもつかず」

疵《きず》のせいか、随分と精気が薄い顔をしている。私は気遣う振りをして、

「疵《きず》の具合は如何《いかが》でござるか」

「日に日によくなっております。近いうちに馬にも乗れましょう」

ハマヌに代わってメイミが答え、ラミアらが手当てしてくれたお陰、と頭を下げた。

「ふむ、御快癒なされたら、どうなさるお積りか」

問われてハマヌの顔が僅かに曇った。

「一族の後を追うことも思案いたしたが、荒野を渡るには人数も馬も足りぬ有り様でござる」

「いつまでもここにいてもらって、当方は一向に構わぬが」

「居候の身も、なかなか肩身が狭いものでござるよ」

ハマヌが自嘲するように小さく笑った。

「ならば」

私はわざとらしく膝を叩《たた》き、

「御存知の通り、ハクイにて馬を六頭、連れて参ったのだが」

「拝見いたした。良き駒でござるな」

「しかし、我ら馬の世話はとんと不調法でござってな。そこで、この馬どもの世話を頼みたい。つ

いでと申しては何だが、客人の馬も」

「というと」

「我が屋形の厩《うまや》番をお願いしたいと思っている。無論、カゲイ殿らが戻られるまでで結構」

ハマヌがぴくりと眉を上げた。ゴルで強勢を誇ったクマン族が消え、草原に覇を唱えんとしている今、カゲイがこんな僻地《へきち》までハマヌらを迎えにくる公算は極めて小さい。ハマヌも薄々気づいているのだ。

「我らが使わぬときは、羊を追うのに乗るのも苦しからず。承知していただきたい」

身を乗りだして、ハマヌの目を覗《のぞ》き込《こ》んだ。

「それくらいなら、造作もないことでござるが」

私は近寄ってハマヌの手を取った。

「嬉《うれ》しや。馬使いに長《た》けたヌバキ族ならば、我らの馬も安心して預けられるというもの」

「は、はあ」

気弱になっているハマヌは曖昧な返事をした。

「寒《かん》が訪れる前に、我が家人どもに命じて泉の傍《そば》に馬小屋を作り、埒《らち》を巡らせよう。よろしく頼みましたぞ、ハマヌ殿」

私はできるだけ素敵な笑顔を作った。

翌朝、朝餉《あさげ》を終えた私は、テラーニャを連れて本丸の鍛冶場に入った。ザラマンダーらと挨拶を交わしながら奥へ進むと、ギランが私に気づいて寄ってきた。

「殿、ようお越しなされた」

「調子はどうだ。今日はミュルミドンを六十ばかり召喚する。具足と得物の在庫は十分か」

スケルトン重槍兵《じゅうそうへい》の配備に伴い、ミュルミドンの得物を長柄槍《やり》から薙刀《なぎなた》に替えた。ミュルミドンは小隊単位でスケルトン中隊に配備され、スケルトン重槍兵《じゅうそうへい》の隊列の側背の掩護《えんご》を担う。

「御安心を。数は十二分に」

「それとな」

私はギランに向いて声を低めた。

「いずれ、黒鍬《くろくわ》者を召喚する。コボルトだ」

狗人《くじん》とも呼ばれる狗頭《くとう》の魔物。全身を体毛で覆われ、直立した犬のような姿をしている。

「普請ならインプで十分ではござらぬのか」

ギランが首を捻《ひね》った。

「イビラスと盟を結んだことは存じておろう」

「無論」

「今後は、この地での防御戦のみならず、野戦軍として動くこともあろう」

ギランは相変わらず要領を得ない面《つら》をしている。

「戦旅にインプどもを連れては行けぬ。突撃工兵が必要なのだ」

コボルトは特に土工に優れ、魔王軍でも補助軍の陣夫として多く傭《やと》われている。

「具足は軽いほうがよい。腹当に押付、畳 兜《たたみかぶと》でよかろう。四個小隊分揃《そろ》えてくれ」

ギランは腕を組んで考え込んだ。

「ただでさえ忙《せわ》しない最中《さなか》なれど、よろしく頼む」

「いや、御気遣いは無用」

ザラマンダーは腕を解いて私に向き直り、

「御役目なれば是非もない。鎧《よろい》は揃《そろ》え申そう。ただ」

「何だ」

「昨日は重騎兵中隊、今日はミュルミドン突撃兵、そして今度は工兵中隊。それがしには、殿が風《ふ》呂《ろ》敷《しき》を広げすぎておるように思えてならぬ」

「ふむ」

「本来、外では野《の》伏《ぶせり》戦《いくさ》を展開し、大敵至らば迷宮によってこれを阻止するのが戦術迷宮の常道でござる。殿のやり様は、あまりにも」

そこでギランは言葉を途切らせた。これ以上は越権《おっけん》と思ったのだろう。私は改めてギランを見上げた。

「汝《なんじ》の言いたいことはわかる。心に留めておこう。これが我らが生き残る最善策と思うたが、放逸《ほういつ》な振る舞いだったかもしれぬ。今後はよくよく考え、汝《なんじ》らともよく諮《はか》ることにしよう」

ギランはほっとしたように肩の力を抜き、

「いや、こちらこそ僭上《せんじょう》の沙汰でござった。お許しあれ」

「もうよい。風通しのよい気風こそ我が迷宮の強みだ。これからも頼りにしている」

「かたじけのうござる」

ギランが大きく頭を下げた。

「では、クルーガを訪ねてくる。何かあれば報《しら》せてくれい」

私はそう言って奥へ進んだ。


「主様」

歩を進める私に、テラーニャが小さく囁《ささや》いた。私が振り返ると、

「ギラン殿はよかれと思って申しているのです。お気を悪くなされませぬよう」

「如何《いか》で不快に思おうか。ギランは私の身を案じてくれているのだ」

確かにギランの言うように、迷宮を離れて独立的に行動するなど戦術迷宮の分を越えている。だが、そうしなければ生き残れないのも事実だ。この地にしがみついているだけでは、いずれ消耗して押し潰される。

「テラーニャよ」

「あい」

「この迷宮は捨て石かもしれぬが、私は黙って蹴飛ばされる気はない。精々、足掻《あが》いてみせる積りだ」

私は不敵に笑おうと口を曲げた。

「あい」

そんな私を励まそうとしてくれているのか、テラーニャがにこりと微笑《ほほえ》んだ。

研究室では待機姿勢のストーン・ゴーレムが二名鎮座し、ヴァンパイアたちが取りついて、あれ

これと作業していた。クルーガが私を認め、

「もうすぐ最終点検だ。この二名で、ストーン・ゴーレムの新造も完了する」

「そうか、なんとかなったな」

「ニキラが棺《ひつぎ》から出てきたお陰だ」

クルーガが顔を向けた先を見ると、蹲《うずくま》るストーン・ゴーレムの首の後ろで、ニキラが数本の鍼《はり》を操って魔石の調整をしている。

「さて、これから本陣でミュルミドンを呼ぶ。お主も付き合え」

「そうか。御一緒しよう」

クルーガは配下のヴァンパイアたちに軽く手を上げると、私の隣を歩きだした。

「これで、召喚も一息つくのか」

「いや、魔導兵大隊を揃《そろ》えねばならぬ」

「ほう」

興を唆《そそ》られたような顔で私を見た。

「直掩《ちょくえん》の二等魔導兵だ」

「何を呼ぶ積りだ」

「木葉《こっぱ》よ」

「あ奴《やつ》らか」

クルーガは考え込む顔をした。

「木葉《こっぱ》は軽躁《けいそう》で悍《かん》が強い。大丈夫か」

「うむ、故に烏《からす》も呼んで差配させる」

「サイアスに命じてスケルトン・メイジをもう一個大隊新編したほうがよくないだろうか」

「それも考えたが」

クルーガの言うように、法撃力も射程もメイジのほうが優れている。

「メイジには対空法撃は無理だ。正規軍を相手にするからには、防空戦も想定せねばならぬ」

「ほう」

「対地法撃力の不足は、いずれリッチを追加召喚して補おう」

「要石を置いたせいで魔力の供給は安定している。できぬ話ではないが」

クルーガは思案顔で目を宙に遊ばせていたが、やがて私に視線を戻し、

「まさしく、殿が前に言ったような大型大隊戦闘団だな」

「それだけではない。工兵中隊も作るぞ。コボルトだ」

クルーガが呆《あき》れ顔《がお》で私を見た。

「国盗《と》りでも企《たくら》んでいるのか」

「まさか、この程度で国を盗《と》れたら苦労はいらぬわ」

私は呵々《かか》と笑った。が、ヴァンパイアは微妙な顔で私を見つめていた。


屋形の東では、ハクイの衆のための長屋の縄張りが始まっていた。インプに混じり、探題府の作事人たちも立ち働いていて、少し離れてバイラと鎧下《よろいした》姿の女騎士たちがその有り様を見守っている。バイラが私とテラーニャを見つけて手を上げ、続いて女騎士三人が私に頭を下げた。

「やあ、御三方、昨夜はよくお寝みになれたでござろうか」

「はい、お陰さまで」

レネイアが頭を下げた。

「このように住居《すまい》まで御用意していただけるとは、礼の申しようもございません」

「気になされるな。皆様は大事な客人であられる。これくらいは当然でござる」

私は軽く手を振り、笑いかけた。それからバイラに顔を向け、

「どれくらいでできそうだ」

「板床にする故に、まずは三日」

「そんなに早く」

アローネが驚いた顔をした。

「規格品でござる故、縄張りさえ決まれば、後は材を運び組み立てるだけでござる」

バイラが得意そうに鼻を鳴らした。

長屋は魔王軍で冬営や包囲戦など長期の野営に使われる陣屋を転用している。柱は僅か三寸の角材で壁は薄い下見板、屋根は柿葺《こけらぶき》と粗末で簡素だが迅速な構築が可能で、しかも簡単に撤去できる構造になっている。土台も置かぬ土間でよいなら一日で釣りがくる。

「長屋が終われば御三人方の邸宅、更に井戸から樋《とい》を引いて風呂場も作りましょうぞ」

バイラの台詞《せりふ》を聞いて、女騎士たちに喜色が浮かんだ。男の振る舞いをしていても、やはり根は若い娘であるようだった。

「あの、ゼキ殿」

エレインが恐る恐る私に声をかけた。

「如何《いかが》なされた」

エレインはちらと横目で長屋の材を運ぶインプを見て、

「あのインプと申す者たちは」

「ああ、あれは我が屋形の普請作事を担う者どもでござる。外見《そとみ》は怪しげだが、小心者揃《ぞろ》い故、柔らかに接してもらいたい」

インプは人語を解するが、発声器官が人と大きく異なるため人語を喋《しゃべ》ることはできない。今も、ナーガ兵の通訳を介してハクイの作事人らと何事か話し合っている。その様がどこか微笑《ほほえ》ましくて、思わず笑みが漏れた。

「そちらの作事の衆とは、もうすっかり打ち解けた様子でござるな」

「職人同士、話が合うのでありましょうなあ」

バイラもしたり顔で大きく何度も頷《うなず》いた。彼らの働く様を見るのはどこか楽しく、私は暫《しばら》くインプと作事人らを眺めていたが、ふいに、

「あの、ゼキ殿」

レネイアがおずおずと話しかけてきた。

「ミシャ殿のお加減はどうでありましょうか」

私はテラーニャに顔を向けた。テラーニャが小さく頷《うなず》いて、

「大事ございません。肩も日を置かず自在に動けるようになりましょう」

ミシャは屋形の一室で起居させて、ラミアが世話している。

「しかし、臥《ふ》せっているだけでは体も鈍《なま》り、気鬱にもなろう」

突然、バイラが誰に言うとでもなく呟《つぶや》いた。

「誰かが連れだしてやればよいのだが、ラミアらはゴブリンの怪我人《けがにん》も看《み》なければならず、我らも御覧の通り忙しうて、ミシャに付き添うなどとてもとても」

わざと困った顔をして、横目で女騎士たちを見やった。レネイアがぱっと顔を輝かせ、

「そ、それでは、私がミシャ殿の介添をいたしましょうか」

きらきらした眼《め》で私を見た。

「お、おう。そうしていただけると有難《ありがた》いが」

「ならば早速に」

レネイアは再び私に一礼し、大股で跳ねるように歩き去ってしまった。同輩のアローネとエレインも、目引き袖引きし無言で笑い合って後を追っていった。

「痴《し》れ者《もの》め。何故《なぜ》、焚《た》きつけるようなことを申した」

私はバイラを詰《なじ》った。が、バイラは何処《どこ》吹く風というふうに首を鳴らし、

「ああして女子《おなご》に付き添われれば、治りも早まるでござろうよ」

退屈したように大きく欠伸《あくび》をくれた。

「テラーニャから聞いておるだろう。あの女騎士たちは三十一計ぞ」

私の言葉に、テラーニャが静かに頷《うなず》いた。

「用心せねばならぬのに」

「ならば、それがしも色仕掛けの犠牲になるということでござるか」

バイラが突然とんでもないことを言いだした。

いいや、お前は大丈夫、心底大丈夫だ。だが、このミノタウロスには私の心の声が届かないようだった。バイラは思案を巡《めぐ》らす顔をしていたが、

「それがしは、あのアローネなる胸の巨きな女《め》がよろしうござるのう」

人間の女子《おなご》にしては逞《たくま》しき肉置《ししお》き、特にあの腰が堪《たま》らぬなどと言い、それから私を凝視し、

「殿、一大事でござる。既にそれがしにはロラ殿がおるのに。ああ、どうすればよいのか」

ミノタウロスの妄想が暴走している。

「もうよい、黙れ」

馬鹿らしくなった私は堀の掻《か》き上《あ》げを検分するため、バイラを残して歩きだした。

「バイラめ、本気か冗談かわからぬ」

やれやれと振り返ると、テラーニャが冷たい顔で私を見つめている。

「一番用心せねばならぬのは主様でありましょう」

「へ、私がか。私の如《ごと》きしゃっ面《つら》が、女子《おなご》に引っかかるわけがあるまい」

「いいえ、そのような御面相が故に、一度女子に優しい顔をされれば、まさに猫に木天蓼《またたび》」

テラーニャが理不尽に決めつけた。

「ええい、私はあのような武張《ぶば》った娘どもに興味などないわ」

だが、テラーニャはぶすりとした顔で疑わしげな眼《め》を向け、

「どうだか、口ではなんとでも言えましょう」

「あんな男女に唆《そそ》られると思うか。私はな、清楚《せいそ》で柔々《やわやわ》したほうが好みなのだ。例えば」

お前のような、と言いかけて言葉に詰まった。何故《なぜ》か後が続かない。嫌な沈黙が流れた。

「まことですか」

テラーニャがまじまじと私を覗《のぞ》き込《こ》んだ。

「お、おう。まこと、まこと」

急にテラーニャの顔が和らいだ。眼《め》の端に赤みが差し、

「ならば、よろしうございます。さあ、参りましょう」

私の手を握り、跳ねるような足取りで歩きだした。

「おい、皆が見ている」

「レネイア殿たちにも見せつけねばなりません。さあ」

浮き浮きした声で言い放った。アラクネの腕力に抗《あらが》う術もなく、私は力なく引きずられた。

第十三章　The Wyvern Has Landed（翼竜は舞いおりた）

北から吹いてくる冬の風がびゅうと一声唸《うな》り、顔面を勢いよく打った。

「うう、寒《さ》ぶ」

巻き上げられそうになった毛皮の頭巾を被《かぶ》り直し、私は呻《うめ》き声を上げた。ゴブリンたちが私のために作ってくれたものだ。

「やはり股引《ももひき》を穿《は》くべきだったか」

荒野を吹き抜ける風が剝《む》きだしの空脛《からすね》を叩《たた》き、土埃《つちぼこり》を巻き上げた。先刻私の頭巾を奪い損ねた風が柵に当たって力強く無慈悲な音を立て、私は思わず首を竦《すく》めた。

「だから妾が申しました通りでありましょう」

打掛を重ね着したテラーニャが、髪を押さえながら仏頂面をした。

「股引《ももひき》はどうも据わりが良くないのだ」

私は背を丸めて綿入れの襟を搔《か》き合わせた。

「皆が見ております。もう少し、しゃんとなされませ」

向こうではストーン・ゴーレムとインプが外堀を搔《か》いていて、それを守るようにスケルトンらが歩哨《ほしょう》に立っている。私は、屋形を囲む四つの陣地を繫《つな》いだ塹壕《ざんごう》線の更に外側に十二の堡塁《ほうるい》を築き、そこを新たな外周防御陣地としていた。完成すれば、屋形は三重の堀と陣地線で囲まれることになる。

「皆、よう働いてくれる」

私は感心したように言って、風に立ち向かうべく胸を張った。

「さて、参ろうか」

「あい」

大手を抜けると、大手脇の詰所から龍牙兵が顔を出し、

「殿、どちらへ」

「普請場に参る」

「ならば、我らも供を」

肩の矢疵《きず》が癒えたミシャと三名の龍牙兵が、物見槍を手に飛びだしてきた。

「よい、中で控えておれ」

私は追い払うように手を振ったが、

「否。これが我らの役儀《やくぎ》でござれば」

とミシャらも折れない。言い争っても詮ないことなので、私は苦笑して歩きだした。かつての小隊陣地を囲む二の堀では、コボルトらがハクイの作事人たちと、法面《のりめん》の芝貼《しばはり》をしている。私に気づいて、黒毛のコボルトと中年の作事人が歩いてきた。

「アツラか、どうだ、具合は」

私は工兵中隊長のコボルトに声をかけた。

「順調でござる。この」

ハクイの作事頭に首を振り、

「ヘイグ殿ら作事衆の御指図は大したもの。我ら、芝貼といえば草の種を蒔《ま》き、後は自然に任せるだけでござった。まさかこのような方法は存じなんだ」

心底感心した口調で誉《ほ》めた。草地から一尺四方の草を土ごと剝ぎ取り、それを並べて六寸ばかりの木串で留めるという。ヘイグと呼ばれたハクイの作事頭が照れたように顔を綻ばせ、

「それもこれも、冬でもこの地が草深いお陰でござる」

確かに寒風の中でも泉の周囲は草が茂り、黄変も少ない。魔素を多く含む泉水がこの辺りの地熱を高く保っているせいなのだが、こうして改めて見ると異様でもあった。

「きっと春を待たず根付きましょう」

私の気も知らず、ヘイグが貼られた芝を眺めながら呟《つぶや》くように言った。

盛土の土塁はどうしても経年による劣化崩落を免れない。ここまで規模が大きくなってしまうと、その補修に要する手間も馬鹿にならない。ハクイの作事人たちの指導による芝貼は、その労力を大きく減じる効果があるはずだ。

「ヘイグ殿らの御助力、感謝に堪えぬ」

私がヘイグの手を取ろうとすると、彼は慌てて掌《てのひら》を小袖で拭いて泥を落とし、

「恐れ多いことでござる」

と私の手を握った。硬く太い職人の指だ。泥に汚れた顔が誇らしげに綻んでいる。イビラスの寄越した乱波であることは承知していても、どうにも憎めなかった。

「これも、あの神泉の利生《りしょう》でございましょう」

ヘイグが泉に目を向けた。そちらを見ると、ミレネス以下騎兵中隊のスフィンクス三十人ばかりが、具足を脱いで晒《さらし》一枚になり、この寒空の下で水浴びをしている。

「あ奴《やつ》ら、寒くないのか」

私は思わず呻《うめ》いた。見ているこちらが震えてくる。

「ああ、ミレネス殿らは払暁から駆け通しでござったからな」

身体《からだ》が火照って仕方がないのでござろう、とアツラが呆《あき》れたように言った。

「よう毎日駆け続けるものだ」

「スフィンクスは駆けるのが好きなのでございますよ」

テラーニャが髪を手で押さえながら微笑《ほほえ》んだ。

「ああして毎日駆けておらねば、気鬱になると申しておりましたな」

とミシャも手を翳《かざ》して言う。見ると、まだ幼さの残る白い若犬が濡《ぬ》れるのが怖いのか、水辺でひゃんひゃん吼《ほ》えている。その頭を、水から上がったミレネスが優しく撫《な》でた。

「ハティも大きくなったものだ」

「ええ、あの子が生まれて二月半、まこと逞《たくま》しく育ちました。いずれ殿様の番犬も立派に務まりましょう」

テラーニャが眩《まぶ》しそうに細い眼《め》を一層細めた。

「いや、あれはミレネスを慕《した》うているからな。私が寝取るのも無粋」

私の言葉に、皆が笑い声を上げた。そのとき、突然板を連打する音がした。

「どうした」

私は屋形北の物見櫓《やぐら》を見上げた。この物見櫓《やぐら》は、クマンとの戦の後に建て直した組上櫓《くみあげやぐら》で、敵が迫れば簡単に撤去できるようになっている。その櫓台《やぐらだい》で、歩哨《ほしょう》のミュルミドンが盛んに板木《ばんぎ》を打っていた。櫓《やぐら》の屋根の上で、幾つもの影が蠢《うごめ》くのが見えた。アルゴスのモラスが台上から私に向かって盛んに手を振っている。私が振り返すと、ミュルミドンが木槌《きづち》を持つ手を止めて、右手を大きく上下させた。敵ではないことを示す手信号だ。

「案ずることはないとモラスが申しておる」

それから、ざわめく周囲の者たちに向かい、

「大事ない。皆、持ち場に戻れ。非番の者は出るに及ばず」

大声で呼びかけた。私の言葉は次々に逓伝《ていでん》され、騒ぎは急速に収まっていった。そのとき、北の櫓《やぐら》の屋根からひとつの影が翼を広げてこちらへ向かって飛び降りた。その影は、空を叩《たた》くように羽音を鳴らして空を滑り、静かに私の前に降り立った。

「殿様」

影が立ち上がり、赤く丸い大きな目が私を見た。モスマンだ。五尺半ほどの暗灰色の羽毛に覆われた身体《からだ》、肩と頭部がなだらかに連なり、鋭く尖《とが》った嘴《くちばし》のせいで梟《ふくろう》のように見える。

「モラス殿が、こちらへ向かう人影を見たと」

背の翼を畳みながら、

「人数は一人、痩せ馬に打ち跨《また》がり、更に荷馬を一頭連れてござる」

「一人か」

確かめるように呟《つぶや》いた。単身、この荒野を渡ってきたというのか。が、モスマンは聞いていてない

ようで、片脚を上げ、鉤爪《かぎ》でしきりに耳の辺りを掻《か》いている。もともと気分に叢《むら》のある種族なのだ。モスマンは心地よさそうに目を細めていたが、突然はっとして脚を戻し、

「殿もよく御存知の方故、心配には及ばぬとモラス殿は申しておりました」

「ふむ、承知した。苦労だったな」

「やれやれ、風が辛《つろ》うて堪《たま》りませぬわ」

愚痴りながら、モスマンは再び羽根を広げ、北の櫓《やぐら》目指して飛び立った。そこには彼の同輩が何人も蹲《うずくま》り、身を寄せ合って寒さを避けている。

「風が強《き》ついなら、何も櫓《やぐら》の屋根に止まることもありませぬのに」

櫓台《やぐらだい》の楯《たて》で風を避ければ幾許《いくばく》かは暖かいでしょうに、とテラーニャがその背を見送った。

「そう申されるな。あ奴《やつ》らは高いところから下界を眺めるのを何よりも好むのでな」

声に振り向くと、山伏装束に兜巾《ときん》を乗せた烏頭《うとう》の魔物が立っていた。

「マテルか」

「さん候、板木の音がした故、こうして罷《まか》り越した」

「大事ないと申したではないか。さては、手下《てか》の働き振りを目付しておったな」

マテルはガルダ、またの名を烏天狗《からすてんぐ》と呼ばれる中級兵魔だ。二等魔導兵であるモスマンどもの束ねとして召喚した。ガルダという種族は、モスマンが木葉天狗《こっぱてんぐ》と呼ばれていた頃から、これを使役する立場にあるという。

「はて、そのようなことは存じ上げぬ」

マテルが首を回して惚《とぼ》けてみせた。

「モスマンに対する汝《なんじ》の仕置きは大したもの。私も心丈夫に思っている」

「ふむ」

マテルは気のない返事をした。が、誉《ほ》められて余程嬉《うれ》しかったのか、濡羽色《ぬればいろ》の羽毛が膨らんだ。わかりやすい奴《やつ》だ。

「まあよい、客人を出迎えよう。お主も付き合え」

私はマテルに告げて、コボルトと作事人たちに手を振って歩きだした。


橋桁に古楯《ふるたて》を並べただけの仮橋に差しかかったとき、

「ゼキ殿」

小具足に羊毛の胴服を羽織ったレネイアら女騎士三人が、声をかけてきた。

「先ほどの板木は」

「ああ、大事ない。どうやら客人のようだ」

「客人でございますか」

「今こちらへ向かっている者は我らの友どちでござる」

私は安心させようとレネイアににこやかに笑いかけ、一の堀に架けられた仮橋に向かった。やがて、馬が立てる砂埃《すなぼこり》が見えてきた。槍《やり》を天秤棒《てんびんぼう》のように肩にした馬上の者が私を認めて大きく手を振る。私が振り返すと、馬が足を早めてこちらへ一直線に向かってきた。

「おう、あれは」

いつの間にか、隣に立ったバイラが手を翳《かざ》している。

「いつぞやの狒々《ひひ》娘でござるな。ハクイで何かあったのでござろうか」

「わからぬ。しかし、この寒空をわざわざ参ったのだ」

「時候の挨拶、ではござらぬでしょうな」

バイラが落胆したように首を鳴らし、

「どうせなら、ロラ女が来てくれればようござったのに」


「お久し振り」

顔を覆う埃《ほこり》避けの布を取って編み笠《がさ》を脱いだスウは、毛皮の胴衣をぱんぱん叩《たた》いて埃《ほこり》を散らし、私に向かって笑いかけた。

「よう参った」

スウが荷馬の葛籠《つづら》を下ろすと、ゴブリンが小走りに寄ってきて、スウの馬たちの轡《くつわ》を取った。そのまま、泉端の馬小屋へ引いていく。

「へえ、随分と立派になったねえ」

周りをぐるりと見回したスウが、感心したように呟《つぶや》いた。

「ハクイから参ったからには、滅法冷えたろう。燗酒《かんざけ》がある。どうだ、炉端で」

途端にスウはにんまりと埃《ほこり》に汚れた顔を歪《ゆが》めた。

「へへ、悪いね」

この寒い季節、スウのような娘でも火と酒の誘惑に抗《あらが》うのは難しい。二間柄の鉤槍《かぎやり》を肩に担ぎ、荷を提げたスウは、跳ねるように橋板を渡った。

「なんと、イドの王国軍が動いたか」

私は思わず声を上げた。

「まだ動いていないよ。でも、時間の問題みたいね」

そう言って、火鉢の前でスウは湯呑《ゆのみ》の燗酒《かんざけ》を啜《すす》り、湯気で鼻の頭を濡《ぬ》らした。眼許《めもと》に朱が入っているが、その口調は確かだった。広間には、スウを囲むように迷宮の役付きの者たちが詰めていて、全ての視線がスウに注がれている。

「何故《なぜ》、そう言いきれる」

「王宮から勅令が下ったみたい。イビラス公を追討せよって」

「信じられませぬ。幾ら奸臣《かんしん》ナステルとはいえ、先王の弟君を弑《しい》し奉《たてまつ》らんと企《たくら》むとは」

レネイアが声を荒らげた。だが、有り得ない話ではない。

前《さき》の戦で焦土と化した王国北部に比べ、魔軍との戦禍を免れたここ南部は長く諸侯の支配がなされ、領地の実質的な経営は下部組織である地頭や国人に任されている。地方行政が崩壊した北部の多くが復興に伴い王宮を頂点に集権化されるのに対し、旧態な政治形態を踏襲する南部では、今も地頭国人同士の私《わたくしいくさ》戦が繰り広げられ、目も当てられぬ有り様になっている。イビラス公討伐を名目に軍事的な統帥権《とうすいけん》を振るうことで、南部に一挙に王室の仕置きを及ぼさんと企《たくら》むのも、無理のないことであった。

「その話、まことなのか」

「ニド姉の見立ては確かだよ。王都から各地の諸侯に催促状が出てるって」

「ならば、我らも出陣せねばならぬかもしれぬな」

私は一同を見回した。

「イビラス公から軍勢催促の使者が参れば、出兵せぬわけにはいかぬ」

「本当だって」

スウが口を尖《とが》らせたが、私は無視することにして先を続けた。

「主力をもって野戦軍を編成する」

一同がやにわに緊張した。

「まず、コセイよ」

私は第五突撃中隊長であるナーガの名を呼んだ。

「汝《なんじ》の中隊には留守を命じる。ストーン・ゴーレム一個大隊を預ける。我らが出征する間、堀を深くし、矢来《やらい》を」

「お待ちを」

コセイが私の言葉を遮った。

「我らが留守居とは解《げ》せぬこと」

ナーガのみで編成された第五突撃中隊は、後詰めとして我が軍勢の作戦行動の要を担っている。残置されるとは思ってもみなかったのだろう。

「ここが奪われたら、我らは帰る場所を失う。汝《なんじ》らにしか頼めぬことだ。料簡《りょうけん》せよ」

コセイが無理矢理納得したような顔をして平伏《ひれふ》した。続いて私はギランに向かい、

「ザラマンダーを三名残せ。うち、一人は汝《なんじ》だ」

「うむ、殿がそう仰せならば、精々励むといたそう」

「頼むぞ、時折は硝子玉《ガラス》でも拵《こしら》えてヤマタを慰めてやれ」

それから、私はクルーガに顔を向けた。

「クルーガよ、残すストーン・ゴーレムの世話にヴァンパイアを二名残せ」

吸血鬼が静かに頷《うなず》いた。

「ラミアは三名が残れ。他は全て連れていくぞ」

私はもう一度全員を見回した。

「部隊を三段に分ける。規定通り三個梯隊《ていたい》編成だ。詳細は後ほど示す。テラーニャ、バイラ」

「あい」「は」

「陣立てを詰めるのを手伝え」

二人が頭を下げた。私は満足して頷《うなず》き、力を込めて膝を叩《たた》いた。

「よいか、馬揃《ぞろ》えは三日後の未明。その頃には、ハクイの状況も明らかになるであろう。よいか、急《せ》くことはない。万全の態勢で臨むべし」


結論から言うと、三日は猶予があるといった私の目算は見事に外れた。次の日の明け方、テラーニャと差し向かいで朝餉《あさげ》を取っていた私は、板木を連打する音に顔を上げた。聞き慣れない拍子の繰り返し。私は湯呑《ゆのみ》に手を伸ばしながら、

「テラーニャ」

「あい」

「あれは何の合図だ」

何気なくテラーニャに顔を向けた私は少し驚いた。彼女の顔が僅かに引《ひ》き攣《つ》っている。

「主様、あれは防空警報です」

「ああ、そうか。なら安心」

私は悠然と湯呑《ゆのみ》の白湯《さゆ》に口をつけ、それから盛大に噴きだした。火鉢がじっと音を立てた。

「安心なわけがあるか、防空警報だぞ」

私は血相を変えて喚《わめ》いた。

「だからそう申しました」

冷たく返された。私は慌てて起《た》ち上がり、危うく膳を蹴飛ばしそうになった。

「テラーニャ、付いて参れ。ああ、火鉢を消しておいてくれ」

ばつが悪すぎて、思わず語気が荒くなる。

「あい」

テラーニャが苦笑しながら私の後に続いた。


玄関から飛びだす頃には板木の音は止《や》み、周囲は気味悪いくらい沈黙していた。皆は既に待避壕《ごう》に入っていて息を潜めている。時折遠くから響く犬の咆《ほ》え声が煩《わずら》わしい。

「殿」

静寂を突き破るようにバイラの胴間声が響いた。大身槍《やり》を担いだミノタウロスが私とテラーニャ目がけて走り寄ってきた。盛んに噴きだす鼻息が白くて、酷《ひど》く奇妙に見えた。

「飛竜でござる」

見上げると、一頭の軽飛竜が悠々と屋形の上空を旋回し、その背に二つの人影が見えた。

「何をしているのだ」

「どこから攻めるか、品定めしているのでござろう」

音もなく隣に立ったマテルが言った。そして、私が問う前に、

「魔導大隊のモスマン二十四名、全て射点についてござる」

いつでも始められる、とマテルは黒い嘴《くちばし》を擦り合わせるように舌舐《したな》めずりした。

「撃ち落とせるか」

私は飛竜を眺めながら訊《き》いた。マテルは空を見上げて悔しそうに顔を歪《ゆが》め、

「手練《てだ》れでござるな。法撃高度の際《きわ》を飛んでおる。なれど、あれが対地機動に入れば我が防空火網の餌食に」

「うむ、では我らも退避壕《ごう》に入ろう」

真っ先に狙われては堪《たま》らない。そのとき、

「ゼキ殿」

レネイアら女騎士三名がこちらに駆けながら手を振っている。

「レネイア殿、危ない。早う物陰に入られよ」

私は慌てて声をかけた。が、レネイアは落ち着いた声で、

「あれは御味方。ハクイの航空竜騎兵でございます」

「何だと」

「あゝして旋回しているのは、敵意がないことを示すため」

レネイアの同輩のアローネとエレインが、飛竜に向かって飛び跳ねるように両手を振っている。それに応えて、飛竜の人影がこちらへ手を振った。

「殿、如何《いかが》いたそう」

マテルが訊《き》く。

「私が合図するまで待て。ただし、警戒は解くべからず」


やがて、レネイアらを認めたのだろう。飛竜が緩やかに屋形の前庭に降り立った。蒼《あお》く輝く鱗《うろこ》、太く鋭い鉤《かぎ》爪、頭から細く長く流麗な曲線を描いた俊敏そうな胴体の、素晴らしく美しい軽飛竜だった。竜は私に一瞥《いちべつ》をくれたが、すぐ横を向いて翼を畳み、頭《こうべ》を垂れた。

「バイラ、警報解除だ。皆を持ち場に戻せ」

それから、マテルに向かい、

「モスマンは待機だ。私の合図があれば問答無用で撃て。私が傍《そば》にいても手加減するな」

「承った」

マテルが羽を揺らして飛び去った。

警報の解除を告げるバイラの大音《だいおん》が響いて、そこかしこに掘られた退避壕《ごう》から皆が這《は》い出《で》てきた。だが、どこか及び腰だ。さもあろう。飛竜一騎でこの屋形を焼き尽くせるだけの火力がある。番所詰の龍牙兵とナーガらが無駄のない動きで遠巻きに飛竜を囲んだ。

皆の見つめる中、一人の男が飛竜から降り立った。鞍上《あんじょう》に残る一人は竜騎士なのだろう。自信に満ちた態度で悠然と周囲に視線を巡らせている。降りた武者は鹿の毛皮の胴服に、見覚えのある水牛角の脇立の兜《かぶと》が見えた。地に足をつけて緊張が解けたのか、大きく嚔《くさめ》をひとつくれて鼻を啜《すす》り上《あ》げ、それからやっと自分が異形に囲まれているのに気づいたのか、面頰から覗《のぞ》く目が不安そうに泳いだ。が、それも束《つか》の間《ま》、私の姿を認めると背を伸ばして歩み寄り、

「ゼキ殿、お久し振りでござる」

「グラウス殿、この寒さの中、ようお越しなされた」

「上空から拝見いたしたが、大層な堅城でござるな」

グラウスは面頰を外して改めて周りを見渡し、感心した顔で世辞を言った。

「如何《いかが》なされたのか」

私は下手な空世辞に取り合わなかった。

「おお、そうでござった」

グラウスは頭を上げて昂然《こうぜん》と胸を張った。

「上意でござる」

私はグラウスを広間の上座に誘《いざな》った。彼はイビラスの名代だ。グラウスも当然のように上座の床几《しょうぎ》に腰を落とした。上座といっても薄縁《うすべり》を一枚敷いただけなのだが。

「驚かしてしもうたようで、申し訳ござらぬ」

グラウスは恐縮の態で頭を下げた。

「飛竜を駆っての火急の御使者。ハクイで陣触れでもござったか」

私が冗談めかして問うと、グラウスは首を縦に振り、

「まさしく戦でござる」

姿勢を正し、口上を述べるように話しだした。

「此度《こたび》、王国禁軍第七師団長バトラなる者、四方に偽勅《ぎちょく》を発して兵を催し、ハクイを狙うて軍を発してござる。殿下におかれてはこれをタムタの関にて迎え撃たんと御決断、同心する地頭国人に軍勢催促の御触《おふ》れを出し、御自身も本日、軍勢を率いて探題府を御出陣なされた」

スウが伝えた通りだったか。だが、知らぬ振りをしなければならない。

「ゼキ殿におかれても、軍兵を率いて速やかに殿下に合流なされよとの御下知にござる」

言い終わると、懐に仕舞っていた書状を差しだした。読まずともわかる。軍勢催促状だ。私は一瞥《いちべつ》して読んだ振りをして、書状をテラーニャに渡した。

「承った。用意整い次第、兵を率いて出立いたすでござろう」

グラウスがほっとした顔で点頭した。私はそんなグラウスに向かい、

「して、イビラス公の軍勢は、幾《いか》ほどでござるか」

「御子息ザルクス様を含め騎馬五百に徒歩《かち》四千、他にタムタの関に二千。それと、近隣の国人衆が、さて、三千ほどでありましょうか」

タムタの関とは、ハクイから征東街道を西へ三里に位置する関塞《せきさい》で、今はイビラスの嫡男ハブレスが手勢を率いて籠もっている。南北を丘陵に挟まれた節所《せっしょ》で、今は関所の左右に空堀を掻《か》いて柵を振り、馬が登れぬよう丘陵の裾を削り落として、南北十五町に及ぶ長大な陣地線が築かれている

という。

「さて、ゼキ殿、人数及び時期を御返答願いたい」

「数は千、出立は本日」

「おお、よう申された」

グラウスは膝を打って軽々しく喜色を露《あらわ》にした。

「流石《さすが》は『不帰の関』の御支配でござるな」

と如才なく世辞まで使った。あまり呼んで欲しくない名だ。

「それでは早速復命し、殿下に御注進　奉《たてまつ》らねば」


着陣の細々した取り決めの後、グラウスは、休息の勧めを断って飛竜に乗った。

「それでは御免」

短い挨拶の後、魔法の風が巻き起こり、軽飛竜の巨体が宙に浮いたと思うや矢のように天空に駆け上った。強風に煽《あお》られたバイラが忌々しげに罵声を飛ばした。

私は飛竜が見えなくなると、一人で三の丸に降りて黒龍の洞に入った。

「相変わらず酷《ひど》い臭いよな」

だがヤマタは気にするふうも見せず、凝《じ》っと私を見下ろした。

「何やら我が敵《かたき》の臭いがしたが」

「ああ、飛竜か。もう去ったぞ」

ヤマタがほんの僅か首を傾けた。

「やはりな。次来たときは真っ先に報《しら》せてくれ。締め殺してくれる」

「烏滸《おこ》を申すな。あの飛竜は味方だ」

「ふん」

ヤマタは不満げにちらと舌を出した。腹の下には大小様々な硝子《ガラス》玉が綺麗《きれい》に並んでいる。

「何の用で来たのだ」

「軍勢催促だ。兵を率いて出陣する」

「ほう、また迷宮を離れるか」

「ギランを城代に残すが、大半は連れていく」

「それはまた大袈裟《おおげさ》な」

「イビラスは六頭の飛竜を擁している。そのうち一頭を使いわざわざ私に助勢を頼んできた」

「つまり、どういうことだ」

「小競り合いじゃすまないということだ。決戦だよ」

「勝てるのか」

珍しくヤマタが心配そうな口調で問うた。

「負ける積りはない。負ければ亜人に穏健で、魔王国との戦争に懐疑的なイビラス公はどこかに吹っ飛び、王国は鼎《かなえ》の同盟に与《くみ》する主戦派のサーベラ王の天下だ」

私はヤマタの反応を窺《うかが》ったが、何の応答も返ってこなかったので仕方なく話を続けた。

「イビラスが負ければ、人間、エルフ、ドワーフの三族を除く亜人の衆は苛政《かせい》に喘《あえ》ぎ、更に魔軍との戦いに駆りだされて血を流し、永遠に奴隷の人生を生きることになる」

ヤマタの頸《くび》が伸び、地面すれすれに私の目の前まできた。凄《すさ》まじい臭気が私の顔面を嬲《なぶ》る。

「それを大義として戦うか、我が主よ。とんでもないことを考えたものだ。だいたい、イビラスが魔王との宥和《ゆうわ》を企《たくら》んでおるなどまことなのか」

「知らん」

「知らん、て」

ヤマタが絶句した。

「そういう事実を作るために、我らは奴《やつ》の旗下で戦うのだ。奴《やつ》の意向など知ったことか」

「ふむ」

「王国が鼎《かなえ》の同盟から離脱すれば、三族神聖連合の軍勢は征東街道を東に進むことができなくなる。私の任務は達成だ。私はそのために作られた軍事精霊だからな」

「ふむ、愉《たの》しそうだな、我が主よ」

ヤマタがにたりと笑った気がした。

「おうよ、愉《たの》しくて震えが止まらぬ」

私も負けずに口端を歪《ゆが》めた。うまく笑えただろうか。


その夜、私たちは打ち揃《そろ》って緑地を出た。ただギランとコセイ、それに白犬のハティが見送るばかりの、出陣というにはあまりに物寂しい光景だった。既にレネイア以下ハクイの者たちは、我が軍の先触れとして先行している。魔物の群れがハクイの大路を行軍するのだ。無用な騒ぎは起こしたくなかった。

行軍は敵の遊撃の跳梁《ちょうりょう》を考慮し、攻撃前進時の戦闘編成をとった。まず、前衛のミレネス指揮する騎兵中隊がシャドウ・デーモンらとともに音もなく滑るように出立した。それから馬車を牽《ひ》いてきた巨馬に跨《また》がるバイラ率いる第一梯隊《ていたい》が出立した。第一梯隊《ていたい》は第一突撃中隊、弓兵中隊、リッチとスケルトン・メイジの二個法兵大隊からなり、強力な前衛を構成している。

十分間隔で第二、第三梯隊《ていたい》が歩きだした。私は第二梯隊《ていたい》で前後を第二、第三突撃中隊に守られて驢馬《ろば》に揺られた。わざわざゴブリンから借りてきた驢馬《ろば》だ。左右をスウとミシャら六名の龍牙兵が騎乗して固めている。まるで虜《とりこ》にされた捕囚の気分だ。

「テラーニャは大丈夫であろうか」

私は後ろを見た。テラーニャは、ラミア六名とともに第三梯隊《ていたい》でゴーレムの牽《ひ》く荷車に揺られているはずだが、火を禁じているため見えるはずもなかった。

「第四中隊がついており申す。まず、大事ないかと」

第三中隊長のタイラが気を利かせて小声で言うが、私は未練がましく再び振り返った。鉄の小札が擦れて驚くほど大きな音が出た。ギランめ。あ奴《やつ》は鎧《よろい》を修繕するだけでは飽き足らず、更に頑丈に重く鍛え直していた。しかし、やはり視線の先には闇が広がるばかりだ。

「テラーニャは夜目が利く。そう振り返ってばかりいては、後から小言を言われるぞ」

クルーガの言葉に、私の前後で低く笑い声が起こった。

「ええい、汝《なんじ》ら、行軍中は雑言《ぞうごん》無用の軍法を忘れたか」

私が叱りつけてやっと、スケルトンらは笑うのを止めた。スケルトンがこれほど軽々しい性格だとは知らなかった。

「ハクイまで歩き通しぞ。落伍《らくご》は許さぬからな」

私は小声で言い渡した。もっとも、アンデッドであるスケルトンにその懸念は無用だ。むしろ、徒歩《かち》のミュルミドンとコボルトらの疲労が心配だった。だが、一刻も早く着陣しなければならない。戦闘準備に刻をかけすぎることはないのだ。


ハクイの東の関に着いたのは、二日目の未明のことだった。既にレネイアらが連絡してくれていたのだろう。関門ではグラウスが彼の郎党数名とともに待っていた。

「遅参したかな」

私の言葉に、グラウスは手を振り、

「いやいや、いかい早い御着きで恐縮でござる」

「後から小荷駄が参る」

「その方々は拙者の手の者に案内《あない》させましょう。まずはこちらへ」

と連れられて、私たちは関所西の溜《たま》りに入った。驢馬《ろば》から降りたところで、バイラとミレネスが連れ立ってやってきた。

「殿様」

「おお、ミレネスよ、先駆け大儀。大事ないか」

「ええ、何の問題もございませんわ」

「うむ、そうか。流石《さすが》はスフィンクス騎兵よな」

ミレネスが疲れも感じさせぬ顔で微笑《ほほえ》んだ。

「すまぬが、ちと用を足して参る。バイラ、付き合え」

私はバイラとともに溜《たま》りの隅に移動し、柵の根元で四股を踏むように足を広げて草摺《くさずり》を持ち上げ袴《はかま》の股を割った。そこから一物《いちもつ》を引きだして勢いよく放尿しながら、

「バイラよ、シャドウ・デーモンは」

小声で問うた。シャドウ・デーモンは一個分隊六名を泉に残し、三個分隊を連れてきている。その存在は味方であるハクイの衆にも伏せたままだ。

「ジニウはミレネスの影に潜ませてござる。他の者は既に経路上の斥候に」

「ふむ、気取られてはおらぬな」

「それは心配ないかと」

「そうか」

やっと私は安心して、排泄《はいせつ》の快感に身を委ねた。


小用を終えた私を待ち構えていたように、グラウスが話しかけてきた。

「今日はここでお休みあれ。レネイア殿の報《しら》せで粥《かゆ》など用意してござる。また、旗と合印をお渡しいたそう」

大きな葛籠《つづら》を背負った小者がぞろぞろと溜《たま》りに入ってきて、鮮やかな臙脂《えんじ》色の袖印を地に並べ始めた。

「臙脂《えんじ》でござるか」

「殿下も王族といえども、敵と同じ水色地の合印を使うわけにもいかず」

グラウスは苦笑いを浮かべ、

「幸いこの地は染物職も多く、容易《たやす》く用意できましたわ」

私は手にした袖印を見つめた。上物の布を使っていて、前から用意していたことが窺《うかが》えた。

「旗もすぐ届けさせましょう。しかし、まことに差物は無用にござるか」

幾旒《いくりゅう》か用意はしている、とグラウスが尋《き》いたが、私は丁重に断った。

「我ら背旗《せばた》を差す流儀がござらぬ故、合足《がったり》も受筒《うけづつ》も用意しておらぬ」

「しかし、旗なき者は寸法者《ずんぼうもの》と侮られまするぞ」

「構わぬ。旗など戦場《いくさば》では邪魔。我らの働きを見れば、皆も黙るでござろうよ」

私は強がってみせた。

やがて小者たちが袖印を配り始めた。が、やはり恐ろしいのか、明らかに腰が引けている。

「別に取って喰《く》らうわけでもないのだが」

思わず呟《つぶや》いた私の言葉に、グラウスが申し訳なさそうに、

「この地に魔物が入るのは初めてのこと。御容赦願いたい」

私は彼の顔をまじまじと見つめた。

「グラウス殿は違うと」

「殿下に付き従い、北部戦線にて」

この男も、あの戦線で辛酸を舐《な》めてきたのだ。

「あの頃は、こうして肩を並べて戦うなどとは夢にも思わず」

「魔物が憎くはござらぬのか」

「とても口にすること能《あた》わず。知性と品性がござる故」

グラウスがにたりと笑みを浮かべた。


そうこうしているうちに第三梯《てい》隊《たい》が溜《たま》りに入ってきた。最低限の休息を除き夜を日に継いでの強行軍で、コボルトのうち数名が着くなり昏倒《こんとう》した。ゴーレムが牽《ひ》く荷車から括《くく》り袴《ばかま》のテラーニャが飛び降り、第四中隊長のワッグと工兵中隊長アッラとともに寄ってきて一礼した。

「殿様」

「大儀。大事はないか」

「大きな怪我《けが》もなく落伍《らくご》は出ておりませぬ。しかし」

アッラが、倒れたコボルトが同輩に抱え起こされるのを忌々しげに眺めた。彼の自慢の黒毛も、荒野の埃《ほこり》を被《かぶ》って灰を吹いたようになっている。

「うむ、合印を受け取り、草鞋《わらじ》を替えよ。それが済めば粥《かゆ》を食わせて大休止だ。それと」

私はテラーニャに顔を向け、

「中隊長以上を集めよ。タムタへの着陣を評定する」

「あい」

やがて主立つ者どもが私の周りに集まってきて、私とグラウスを取り囲んで立ち尽くした。グラウスと郎党たちに狼狽《ろうばい》の色が浮かぶ。だが、私も疲労していて気遣う余裕はなかった。

「さて、グラウス殿、状況を説明していただこう」

私は皆を代表して口を開いた。

グラウスは観念したように大きく深呼吸し、

「細作の報《しら》せによれば、敵の主力は禁軍第七師団一万三千のうち、三個歩兵連隊九千を先手としてタムタの前面に布陣、師団長バトラは残る一個連隊と騎兵連隊を率いてタムタの西三里のカヤバルなる小城に入り、諸侯軍の着到を待っておる由にござる」

「諸侯軍の数は」

「定法通りなら第七師団と同数以上、一万三千を下らぬかと」

禁軍と同数かそれ以上の兵数を諸侯から動員するのが王国軍の軍法だという。

「諸侯軍の着到は何時頃でござろうや」

「三日のうちには揃《そろ》いましょう」

増援を待って数で一挙に攻め寄せる肚《はら》であろう、と述べた。

「して、敵《かたき》の先手との距離は」

「一の柵から凡《およ》そ半里」

「近い」

バイラが呻《うめ》くように言った。

「ふむ、それで御味方は」

「殿下の譜代衆六千五百に加え、国人衆が四千五百、その数はまだ増えましょう」

「ほう、我らを入れて一万二千か。予想以上の数でござるな」

私の言葉にグラウスは微妙な顔つきをした。

「如何《いかが》された」

「馳《は》せ参《さん》じたる者の多くが倅者《かせもの》青葉者でござる」

武者としては半端者か、兵具も満足に揃《そろ》わぬ雑兵であるという。給される飯と手柄を目当てに馳《は》せ寄ってきた者どもで、旗色が悪いと見れば軽々と逃げだすことも厭《いと》わない。

「殿下の無辺な御広量に甘え、欠落者《かけおちもの》までもが争うて馳《は》せ参《さん》じておる始末」

あんなものは兵糧の無駄、と吐き捨てるように言った。

「ふむ、ならば急ぎ着陣いたさねばならぬな」

私は部下たちを見回した。

「出立は一時間後、臙脂《えんじ》の旗を先に立ててハクイを押し通り、午前《ひるまえ》にはタムタの関に着く。歩行に障りある者は第三梯隊《ていたい》の荷車に乗せよ。道中、構えて落伍《らくご》を出すべからず」

「お待ちを、せめて今はここでゆるゆると行軍の疲れを癒《いや》し、御出立は入相《いりあい》になってから」

私が言い放つのとほとんど同時にグラウスが口を挟んだ。彼の言いたいことも理解できる。白昼堂々と異形の軍勢が町を通るのは穏やかではない。が、私は肯《がえ》んじなかった。

「いや、休息はタムタに着いてから。今は一刻も早う陣に入り、殿下に着到を告げたい」

「むう」

グラウスが呻《うめ》いた。イビラスの名を出されては、ぐうの音も出ない。

「無論、町衆を騒がすのは私の本意ではない」

私はもう一度部下を睨《ね》め回《まわ》し、

「申すまでもないが、ハクイを通過する際に雑言狼藉《ろうぜき》は一切これを禁じる。よう心得よ」

皆が具足を軋《きし》ませて一斉に頭を下げた。

「無論のこと、町の衆との諍《いさか》いも厳禁だ」

「もし喧嘩《けんか》を売られたら」

バイラが訊《き》いた。買いたくて仕方のない面《つら》で。

「そのときは皆殺しにすべし。禍根を残すべからず」

「待たれよ、ゼキ殿」

慌ててグラウスが抗議の声を上げた。

「それは些《いささ》か不穏でござる」

ハクイはイビラスの膝下にある。いたずらに殺傷して民心が乱れることを危惧しているのだ。だが、私もいい加減気が短くなっていた。意味ありげに薄笑いを浮かべ、

「我ら、殿下に御味方　仕《つかまつ》る者である。その行く手を遮る者は全て殿下の敵に他ならず」

少し離れて聞いていたスウが噴きだした。

「それは仰《おっしゃ》る通りでござるが」

グラウスは何事か考えているようだったが、意を決したように顔を向け、

「いや、粗忽《そこつ》な物言いをいたした。確かにゼキ殿の申される通り、軍勢の前を塞ぐ者はこれを斬るが法でござる。ならば我らが列の先触れに立ち、慮外者あらばこれを斬り捨てん」

「それはかたじけない」

グラウスが郎党らを見返して小さく頷《うなず》き、たちまち三人が脱兎《だっと》の如《ごと》く駆けだした。町へ走らせたのだろう。決断の早さと手際のよさに私は感心した。

「では、一時間後に出立し我ら戦場に入る。それまでにここ一月で一番上等な糞《くそ》をしておけ」

タムタの関門を訪れた私は、早速イビラスに差し招かれた。

「おお、よう参った」

関所の大番所に構えられた本陣で、小具足姿のイビラスは上機嫌に私を迎えた。私が仰々しく平《ひれ》伏《ふ》して着到を告げると、

「魔群の大将が参った。これで我ら万人力である」

と嬉《うれ》しそうに左右の者たちの膝を叩《たた》いた。それから私に向かって、根小屋を用意していること、兵糧をすぐ届けさせること、水場は使用勝手であることなどを告げ、

「陣場は左手の奥じゃ。グラウスに案内《あない》させよう。それと兵五百を預ける。好きに使え」

私が平伏《ひれふ》して本陣を出ると、グラウスが待ち構えていて、

「既に御家来衆は陣屋に」

と告げて、先に立って歩きだした。稲の切り株の残る田の間を抜けながら、

「レネイア殿らは如何《いかが》なされているか」

私は問うとでもなく呟《つぶや》いた。

「ああ、女騎士殿らでござるか」

「うむ、泉を先行して以来会ってないので、些《いささ》か気になってしもうてな」

無事復命できただろうか。

「無事に帰着いたしましたぞ。今、彼の女《かめ》らはハクイの探題府にて奥の警備に」

「そうか、それは重畳」

「重畳、とは」

「女子《おなご》は鉄火場に出すものではござらぬからのう」

グラウスは怪訝《けげん》な顔をし、

「卒爾《そつじ》ながら、ゼキ殿の陣中にも女性《にょしょう》がおられるのでは」

「あれらは女怪《にょかい》、種族に男子《おのこ》がおらぬ。外見《そとみ》は女子《おなご》なれど、中身は人に非《あら》ず」

グラウスがふと立ち止まった。私もつられて足を止めた。彼は怪訝《けげん》な面《つら》の私に向かい、

「それはそれで、因果でござるな」

そう言って顔を歪《ゆが》めた。その目の奥に哀《かな》しみを見て私は言葉に詰まった。が、やがて私は気を取り直して遣る瀬《やせ》なく笑い、

「御存知なかったか。我ら皆、因果者でござる」

割り当てられた根小屋に入ると、私は軍勢の段列となる地積を眺めた。どうやら杣人《そまびと》の集落のようで、製材のための作業小屋や杣木《そまぎ》を並べるための広場まであるが、全て築城のために持ち去られたようで、垂木《たるき》の一本も残されていなかった。板葺《いたぶ》きの四阿《あずまや》で炊場を作っているラミアらが、私を認めて笑顔で頭を下げた。

既に広場では小荷駄役の軍夫どもが忙《せわ》しなく出入りしていて、クルーガの指図でゴーレムらとと

もに荷卸しをしている。糧秣《りょうまつ》の大半は関所の蔵から運び込まれたものらしく、米俵が半分、残り半分が叺《かます》に詰められた干飯《ほしい》だった。まずは米を炊き、戦が始まれば干飯《ほしい》を喰《く》えということだろう。とすると、イビラスは本格的な戦端までまだ日数があると考えているのだ。

「それでは、それがしは牢人衆《ろうにんしゅう》を呼んで参る」

とグラウスは足早に去ってしまった。一人残った私が、さて私の小屋はと見回していると、

「殿様」

テラーニャが、ミレネスとスウを連れて落ち着いた足取りでやってきて、私に一礼した。

「テラーニャか。どうだ、皆は寝《やす》めておるか」

警備はアンデッドに任せ、他の者どもは小屋で休ませるように命じていた。

「あい、それが」

微妙な笑顔を浮かべてミレネスを横目で見た。

「どうした。休息せよと命じたぞ」

私はミレネスを見上げた。

「じっとしておれません。私も陣場の検分に参りますわ」

ミレネスが槍《やり》を立てて胸を反らした。

「ならぬ、ずっと駆け通しだったではないか。休めるときに休むのも大事な務《つと》めぞ」

「けれど」

まるでぐずる赤子のように首を傾けた。

「更闌《こうた》ければ、汝《なんじ》ら騎兵には一働きしてもらわねばならぬ。分別せよ」

「まことですか」

「うむ。夕餉《ゆうげ》まで黙って寝ておれ」

漆黒のスフィンクスは頭を垂れて引き退いていった。その背を見ながら、

「よう寝かしつけてやってくれ。お前の役目ではないが、よろしく頼む」

「あい」

テラーニャが柔らかく笑って立ち去った。

「大将も大変だね」

テラーニャを見送りながら、スウが笑った。黒毛の総髪兜《そうはつかぶと》に鉄錆《てつさび》地の五枚胴、長大な野太刀を背負い、二間柄の鉤槍《かぎやり》を担いでいる。上帯に腰刀を四本も差しているが、これは乱戦で刺し捨てるためだろう。

「ハクイの姉君のところに戻ってもいいのだぞ」

だが、スウは私の言葉に太々《ふてぶて》しく白い歯を剝《む》き、

「駄目だよ。見届けずに帰ったらニド姉に怒られちゃう」

「しかし、汝《なんじ》に怪我《けが》などさせれば、私がニドに叱られる」

「へえ、心配してくれるんだ。優しいんだね」

揶揄《からか》うように言うので、私も些《いささ》かむっとした。

「当然だ。私の手下《てか》ではないのだから」

「ふうん、でも、私の頭はそれほど器用にできてないんだ」

やがて、バイラとミシャが、スケルトン兵を三十ばかり引き具して近寄ってきた。

「おう、バイラ、馬はどうした」

「馬留に繋《つな》いでおり申す。替え馬もござらぬので大事に使わねば」

具足の肩を揺すって鼻を鳴らした。

「うむ。いずれ馬も増やさねばならぬな」

私の言にミシャが小さく頷《うなず》いた。馬上で行軍したミシャら六名を除き、他の龍牙兵らも休ませている。皆、顔には出さないが、龍牙兵であっても重い具足を着けての徒歩の強行軍の疲労は無視できないはずだ。部下たちの士気は高いが、それだけに疲労の蓄積は無視できない。突然、糸が切れて倒れられては困る。いずれ、物具を載せて運ぶための荷車も増やさねばならないだろう。そこで私は頭を振って考えを払った。今やるべきことをやらねばならない。

「これより、持ち場の検分に参る。よいか、夫丸らが作事しておるだろう。決して脅すような真似《まね》はならぬぞ。特にバイラ」

私はミノタウロスを見上げた。バイラが心外そうに顔を歪《ゆが》めて私を見返した。

私の気配りは無用だったようだ。より正しく言えば無駄だった。既に、陣場にはリッチとスケルトン・メイジの二個大隊合わせて三十六名の骸骨が入っていた。陣夫らが手を止め、恐怖に満ちた表情で遠巻きに息を詰めている。

「何をしているのだ」

「地形を見にきたのだ。我が主よ」

サイアスは事もなげに答えた。そうしている間にも、リッチとメイジらは眼窩《がんか》を周囲に向け、虚無の視線を向けられた陣夫らが小さな悲鳴を上げた。

「陣夫どもが怯《おび》えている。何故《なぜ》ここに参った」

「予《あらかじ》め地形を確認するは、法撃兵として当然のこと」

確かにこいつの言う通りだ。その通りなのだが、もう少し待って欲しかった。私が陣夫たちに事前に説明するまで。

「脅かす積りなどない。怯《おび》えるのは向こうの勝手であろう」

そこにモラスが腰を屈《かが》めて割って入り、

「殿様が関所の本陣より戻られるまで待つよう申したのですが」

言い訳めいた繰り言を並べた。いや、お前も十分に怖がらせてる、と言いそうになるのをなんとか呑《の》み込《こ》んだ。正直に言ってしまうと、この優しい巨人はきっと深く悲しむだろう。私は陣夫らのほうに踏みだして、臙脂《えんじ》の袖印を見えるように示し、

「皆の衆、大事ござらん。我らは殿下の御手勢と肩を並べて戦う者でござるぞ。さあ、作事を続けなされ」

声高に呼ばわった。やがて、年嵩《としかさ》の小商人《こあきんど》風の男が離れた場所から、

「それはまことでございますか。厄神《やくじん》ではござらぬのか」

皆を代表するように大声で訊《き》いてきた。どうやらここの夫丸を宰領する棟梁《とうりょう》らしい。

「厄神なれば昼日中《ひるひなか》に出ることがあろうか。探題府より銭で請け合《お》うておられるのだろう。作業を厭《いと》うて普請が遅れれば、殿下はどう思うであろうか」

私の言葉で、棟梁《とうりょう》の頭の中の恐怖が銭の重さに負けたようだ。

「弓矢の沙汰を目の前にして何を恐れることがあろうか。皆の者、仕事に戻れや」

声を励まして陣夫の間を歩き回り、皆を持ち場に戻し始めた。陣夫らも目の前の仕事に熱中することで恐怖を紛らわそうと決めたようで、鍬《くわ》を振るい、柵を結び始めた。やがて景気づけの唄が出て、破れかぶれの唄声が普請場に響き渡った。

「やれやれ、これでは先が思いやられる」

その様にサイアスがぼそりと呟《つぶや》いた。お前が言うな。


「暫《しばら》く、暫《しばら》く」

遠くから野太い声が響いた。目を向けると、騒ぎを聞いて駆けつけたのか、士分の者が鎧《よろい》を揺らして駆け寄ってくるのが見えた。私は一瞬我が目を疑った。人間にしては異様に大柄で、背がバイラほどもある。初めは緑色に塗った総面をつけているかと思ったが、よく眺めれば地肌だ。緑肌のオークが巨体を上下に揺らし、息を切らせて駆けている。

オークは法輪《ほうりん》の前立の古頭成《こずなり》に黒漆の素掛縅《すがけおどし》という立派な武者姿で、私の前で両手を膝について息を整えていたが、やっと顔を上げ、

「ゼキ殿でございますな。それがし、陣場方のエギンと申す」

巨体を折り曲げて深々と頭を下げ、

「御陣屋に参れば、既に陣地の御検分に出られたと聞き及んでこうして駆けて参った」

などと詫《わ》び言を並べた。案内役を申しつかっていたのだろう。この男がいれば無用の騒ぎも起こ

さずに済んだはずだと思うと、つい視線も冷たくなった。だが、この寒い最中《さなか》に全身から湯気を立てて駆けてきたのを見てしまうと、どうにも憎めなかった。どうせ、今更このオークを詰《なじ》ってもどうにもならない。

「いや、気になさるな。戦場で行き違いなどよくあること」

私が慰めるように言うと、やっとエギンはほっとしたように笑顔を見せた。それから私の険しい視線を誤解したのか、

「ああ、オーク風情がこのような形《なり》をしておるのが御不審でござろう」

御不審ですと言いそうになって、私は慌てて口を閉じた。人間の軍勢に亜人の足白や陣夫が数多く打ち混じっているのは珍しくない。しかし、亜人の士分は皆無に近い。

「殿下は、三族の他の種族からも多く召し抱えておられるのでござるわ」

功あれば、士分に取り立てるのも珍しくござらぬ、と笑いながら顎を掻《か》いた。

「ほう、では、エギン殿も武功の士でござるのだな」

私の世辞に、エギンは両手を突きだして大きく振り、

「あ、いや、それがしはただ読み書きができる故、取り立てられたに過ぎませせぬ」

そう言って、緑色の顔を赤らめて照れるように笑った。私はこのオークを気に入ってきた。

「ではエギン殿、縄張りの案内《あない》をお願い申し上げよう」

そう言うと、エギンは嬉《うれ》しそうにごきりと首を鳴らした。

私たちの持ち場は第二線の最左翼、地元の者がヂシュと呼ぶ南北に延びる小高い丘だった。中腹

に柵が一列振られ、その向こうに布陣している友軍が見えた。

「あの柵までがゼキ殿の持ち場と心得られたい。その先はクタール殿の陣でござる」

丘上《おかうえ》でエギンが青竹を振った。そのクタールとやらの陣地は、二重の柵と空堀に守られていかにも堅固に見えた。だが、

「突出している」

呟《つぶや》きが漏れた。高所から見れば攻撃が集中するのは瞭然としている。エギンも心得ていて、

「あそこはハヤギという名の村にて、常より堀を掻《か》き、柵を巡らせた惣村《そうそん》でござる」

平時から砦《とりで》の態をなしていて、みすみす奪われるわけにはいかないと言う。

「それに、左翼は縦深が浅うござる。この丘を第一線にするのは心細い」

東に目を転じれば、言われた通り後背は深い森に覆われている。それに、この丘を奪われれば、北に見下ろす関所を直撃されてしまう。

「クタール殿が固く禦《ふせ》ぎ申す。ゼキ殿は迂回《うかい》浸透してくる敵を台上で迎え撃たれたい」

私は関所の更に北側、陣地戦の右翼に目を向けた。

「関所の北側の前面は湿地帯のようだが」

私は目を細めて聞いた。

「川の水を引き込んでおり申す」

騎兵が軽々と進退できる地形ではないということか。ならば、

「敵はこの丘を奪って関所を衝《つ》くか、翼《よく》を延ばして包囲する心算《しんざん》ならん」

「本陣もそう考えて」

エギンは重々しく頷《うなず》き、

「ハヤギ村に奉公衆の半数を割いてござる」

確かに他の陣地に比べても兵が充満し、塹壕《ざんごう》の密度も高い。対してこのヂシュの丘には稜線《りょうせん》に柵が一重、壕《ごう》も一線しか掘られていない。エギンも私の表情から察したのか、

「作事の衆に何なりと申しつけられよ」

その分の銭は弾んでいると言い、資材も幾らでも都合いたそうと請け負った。

「ふむ、それは有難《ありがた》いが」

言いながら私は西の敵に目を凝らした。確かにグラウスが言った通り、街道を挟む南北の林縁を繋《つな》ぐ土塁が一線、その向こうに色鮮やかな陣幕が張られて水色地の幟旗《のぼりばた》が林立している。奥に天幕に交じって陣屋が多く立ち、長期戦の構えであることが見て取れた。

「三個連隊九千を横一列に並べてござる」

私の視線に気づいたエギンが言った。私たちは暫《しばら》く無言で敵陣を眺めていたが、

「モラスよ、どう見る」

百眼《ひゃくがん》の巨人は目を凝らし、

「赤気の中、薄いが太い黄気《おうき》が立っておりますな」

「どういう意味だ」

「戦意は盛んなれど、どこか軽躁《けいそう》が見えまする」

「主力が着陣すれば片がつくと見込んで、浮かれておるのでは」

バイラが横から口を挟んだ。

「ならば、その間にこちらも堀を深く切り、壕《ごう》を掘り進めるべきであろうな」

私の言葉に一同が深く頷《うなず》いた。私はエギンに顔を向けた。

「御案内痛み入った。後は我らが陣を受け取り、普請を宰領いたそう」

私の謝意にエギンは安心した顔をし、

「それでは、それがしは本陣に戻り申す。不足のものがあれば関所の普請方へ」

言い残すと、足音も重く去っていった。


エギンの背が十分に遠ざかったのを見計らい、私は低い声で、

「ジニウよ」

シャドウ・デーモンを呼んだ。足許《あしもと》の影から黒い人の貌が浮かび上がった。

「周囲に我らを窺《うかが》う耳目はあるか」

「ござらぬ」

「どうなされた」

バイラが不審な顔で訊《き》いてきた。ミシャも何事かと私の顔を見た。

「今宵《こよい》、夜討ちするぞ」

「え」

ミノタウロスが目を丸くした。

「日を置けば、敵は三万近くに膨れ上がる。対して我は一万二千、今のうちに、眼前の三個連隊を除かねばならぬ」

それでも敵は二万近い軍勢が無傷で控えているのだ。

「敵は主力の到来を待っておる。そうだな」

私はモラスを仰ぎ見て確かめるように尋《き》いた。

「恐らくは」

どこか自信なさげにモラスが答えた。

「敵は我らが攻めてこぬと高を括《くく》っておるのだ。その弛《ゆる》みを突く」

「正気でござるか、殿。そもそも、見知らぬ土地で夜襲など」

「バイラよ、声が大きい」

ミノタウロスがむっとして言葉を呑《の》み込《こ》んだ。

「我らは夜目が利く」

私以外は、だが。

「薄暮のうちに主立つ者どもに戦場を見せよ。攻撃方向は」

私は敵陣を睨《にら》み、正面の敵に向かって右手を挙げた。

「敵の右翼を抜き、それから北に転じて敵陣を横撃する。併せて、イビラスの第一線の部隊が連中を圧迫する。うまくいけば三個連隊が袋の鼠《ねずみ》よ」

「鼠《ねずみ》でござるか」

バイラは私の顔をまじまじと見つめて思案するようだった。その牛面に向かって、

「美味そうであろうが」

にやりと笑ってみせた。

「まことでござるな」

バイラも楽しそうに鼻を鳴らし、長い舌で唇を舐《な》め上げた。

「まあ、そこまでうまうまと事は運ぶまい。追い落とすだけでも上々と思わねば」

これで今宵《こよい》、我が部隊は夜襲に決した。

「入相に本陣で軍議がある。私はそこで夜討ちを具申する。容《い》れられたならば、断固として成功させねばならぬ。バイラよ、汝《なんじ》はその積りで部隊の手配りをせよ。無停止突破攻撃だ」

「承った」

「サイアスよ」

呼ばれてリッチが首を傾けた。

「汝《なんじ》ら法兵群は第一梯隊《ていたい》の攻撃を掩護《えんご》せよ。夜間の漸進攻勢法撃だ、できるか」

「他に誰ができると申すのか」

珍しく軽口を叩《たた》いた。その背後で、リッチとスケルトン・メイジらが不気味に顎を鳴らす。

「うむ」

私は満足して頷《うなず》き、

「我らの企《たくら》みを隠し通さねばならぬ。陣夫どもにもだ」

そして、台端まで広がる南の林に目をやり、

「敵の乱波が浸透してくるとすれば、あの林からだ。ジニウよ、三個分隊で結界を張れ。林に入る者は敵味方区別せず悉《ことごと》く討ち取るべし」

「承知」

「よいか、兵どもは十分に休ませよ。ただし、夕餉《ゆうげ》は腹一杯食わせるな」

それから黙って聞いていたスウに向かい、

「お主に付き合う義理はない。根小屋で待ち、私が帰らねばハクイのニド殿に報《しら》せてくれ」

が、スウは狩の予感に震える大型肉食獣のように歯を剝《む》いた。

「駄目だよ、一緒に行くからね。久し振りに濡《ぬ》れちゃったから」

赤い瞳が歪《いびつ》に笑う。どこが濡《ぬ》れたか訊《き》きたかったが、黙っておくことにした。


陣屋に戻ると、既にグラウスが加勢の陣借り衆を連れて私を待っていた。軍夫も含めて八百余りが杣《そま》小屋《ごや》の空地に屯《たむろ》している。様々な種族の者が私に無愛想な視線を向けた。多くが亜人で、エルフやドワーフまでいた。気後れしそうになる気持ちを抑え、私も太々《ふてぶて》しく連中に目を向けた。具足が整い、薙刀《なぎなた》や槍、弓弩《きゅうど》を勇ましく携えている者は数えるほどで、多くは腰刀一振りに半具足の怪しげな格好をしている。

「なんだこれは。山賊のほうがまだましな武具をつけておるぞ」

バイラが小声で呻《うめ》いた。確かに彼らの装備は酷《ひど》い。胴のみで袖も草摺《くさずり》もない者、籠手も脛当《すねあて》もなく襤褸《ぼろ》布を巻いている者、多くは兜《かぶと》もなく、破れ笠《がさ》を被《かぶ》っているのはまだましなほうで、頭に布のみ巻いているばかりの者も多い。大半が、給される粟粥《あわがゆ》と戦場での略奪や手柄を餌に掻《か》き集《あつ》められた欠落者だ。イビラスもまともな手兵《しゅへい》を与えるほどお人好《ひとよ》しではないということか。私は皮肉に唇を歪《ゆが》めた。

「これは」

つい私はグラウスに詰《なじ》るような視線を投げた。が、グラウスもびくとも動じない。

「兵の強弱は物具の如何《いかん》によらず。その者の働き次第でござる」

傲然と言い放った。

「むう」

私は言葉に詰まって、改めて一同を見やった。予《あらかじ》め伝えられていたのだろう。我ら異形の群れを見ても動揺も見せない。皆、戦慣れだけはしているのか、冷えきった目をしている。私は改めて向き直り、

「汝《うぬ》らの束ねは誰だ」

大声で呼ばわった。だが、連中は迷い犬のように互いの顔を見合わせている。私は秘《ひそ》かに失望を覚えた。こ奴《やつ》らはただの烏合《うごう》の衆だ。そのとき、

「儂《わし》じゃ」

後ろのほうで声が上がった。それまで坐《すわ》っていたのか、分厚い長身がのっそりと起き上がり、野《の》伏《ぶせり》同然の者たちを悠々と掻《か》き分《わ》けて私の前に立った。

バイラよりやや細身だが背は高い。青黒い肌、埃《ほこり》と脂の浮いた黒い乱髪、細く鈍く光る目。前額から天を衝《つ》く一対の角が、オウガであることを示している。一枚物の腹当に鉄面を平紐《ひらひも》で首から提げ、足は板金を連ねた深い草摺《くさずり》、鎖の佩楯《はいだて》に大立挙《おおたてあげ》の膝当、右手に柄が六尺、身は五尺の大長巻という凄《すさ》まじい出《い》で立《た》ちだ。まさかこのような者が、私は舌を巻いた。オウガは眦《まなじり》の跳ね上がった目を向け、

「儂《わし》が束ねじゃ。今決まった」

それから首を回し、確かめるように周りを睨《ね》め回《まわ》した。怖気《おじけ》づいた端武者《はむしゃ》どもが一様に首を縦に振るのを噴《ふん》と一瞥《いちべつ》し、私のほうに面を向けた。オウガの巨体がぐらりと揺れた。まるで山が動いたように。頭を下げたようだが、とてもそう見えなかった。

「ヴリトだ」

ぼそりと言った。名を告げたのだ。

「ゼキだ。此度《こたび》の戦で汝《うぬ》らを采配する者よ。ようく見知りおけ」

私も負けじと応じた。舌が縺《もつ》れそうだ。本音を言えば逃げだしたかった。

「ほう」

ヴリトは面白そうに目を細めて私を眺めていたが、やがて顎を掻《か》きながら、

「不帰の関の主である魔族とは、まことか」

「そう呼ばれているのは存じている」

「クマンのゴブリンどもを根切りしたと聞き及んだが」

「そうだ」

「ゲイガンなる者を知っておるか。クマン・ゴブリンの一党に合力して汝《なんじ》の砦《とりで》を攻め、儚《はかの》うなったオウガよ」

あのオウガのことだ。たった一人で迷宮に立ち向かい、法兵の全力法撃に斃《たお》れたオウガだ。

「おう、その者ならよく存じておる」

「どうやって死んだ」

「手勢を率いて我が出丸の柵を越えたところを討ち取った」

「見苦しくなかったか」

「味方全てを打ち斃《たお》されても背も見せず、我らを痛罵《つうば》しておった。天晴《あっぱ》れな武者振りであった」

「そうか」

ヴリトは感慨深げに瞑目《めいもく》した。

「知り合いであるか」

ヴリトがゆっくりと目を開けた。その目に感情が宿るのを私は見た。悲哀といってもいい。

「あれは我が弟よ」

その瞬間、胃の中身が逆流するかと思った。次の瞬間、バイラとスウが私を庇《かば》うように前に出た。離れてやり取りを眺めていたテラーニャとクルーガが、飛びかかるように身を屈《かが》めるのが見えた。背後でリッチとスケルトン・メイジらが静かに念を練る気配がする。ミシャが私の鎧《よろい》の綿嚙《わたがみ》に手をかけた。何かあればすぐ私を後ろに引き倒す積りなのを、握力を通して感じた。が、私は注意深くミシャの手を払った。様子がおかしい。

ヴリトは左の掌《てのひら》で顔を覆った。その凶々しい指の間から、涙が溢《あふ》れだした。その固く引き結ばれた口から嗚咽《おえつ》が漏れた。オウガが静かに哭泣《こっきゅう》している。私は呆気《あっけ》にとられてその有り様を見ていた。やがてヴリトは左手を下ろし、拭いもしない目《まなこ》を私に向けた。

「礼を述べねばならぬ。そうか、あれは勇ましく死ねたか」

「あれの形見か」

それからバイラの大身槍に目を向け、

「いかにも弟御《おとうとご》の得物でござる。それがしが譲り受け申した」

バイラが目を細めて僅かに踵《かかと》を浮かし、用心深く告げた。が、ヴリトは悲しげに微笑《ほほえ》み、

「いや、返せなどとは言わぬ。それが戦場の慣いである」

それから、さばさばした顔で再び私に視線を移し、

「見苦しいところを見せた。許されい」

「あ、いや、それは構わぬが」

「安心せい。戦場での生死に遺恨を残さぬのが我らの仕来《しきたり》である」

安心できるか。戦場を持つ手首を返すだけで、この男は私の首を易々《やすやす》と刎《は》ね飛ばすことができるのだ。私の怯《おび》えを察したのか、ヴリトは長巻の峰を左手で握って石突を立てた。

「あれが死んだと聞き、その死に様を確かめんと里に下りてきたのだ。こうしてその最期を敵手より告げられることこそ僥倖《ぎょうこう》ならん」

ヴリトは寂しげに笑った。

「そうか、不肖の弟なれど我が一族の名に恥じぬ死に方をしたか」

さばさばした表情で呟《つぶや》き、じろりと私を見た。

「この戦、汝《なんじ》のためにおおいに働こう。それがオウガの流儀である」

「お、応。期待しているぞ」

私はできるだけ気張って答えた。本音を言えば、これで満足して帰って欲しかった。ヴリトはそうかそうか見事に死んだかと呟《つぶや》きながら、水場へ歩き去っていった。バイラがその背を見送りながら、感じ入ったように言った。

「滅多に見れぬものを見ましたな。あれが『鬼の目にも涙』でござる」

第十四章　Run by Night（夜に駆ける）

日が西に傾き、私はグラウスとともに黄昏《たそがれ》の中を関所に赴いた。陣屋では既に篝火《かがりび》が焚《た》かれ、夜番の兵がそこかしこに立っている。

「弛《ゆる》んでいる」

私は呻《うめ》くように漏らした。陣中を酒や菓子を売り歩く商人が往来し、時折遊女らしい嬌音《きょうおん》まで聞こえてくる。

「はて、そうでござろうか」

グラウスが眉を寄せた。

「うむ、まだ本格の戦には日数があると思うておるのだ」

「常に張り詰めておっては肝心なときに糸も切れましょう」

「ふむ、そういうものでござるか」

イビラスらも同じような気分であれば、夜襲を提案しても誰も乗らぬかもしれぬ。そう考えただけで私は気が重くなってきた。

陣幕を捲《めく》って中へ入ると、中は面番所だった。そこの畳を上げ、板間にして指揮所を構えている。大きな盤台に作戦図が広げられ、赤や青や緑の駒が置かれている。盤台を取り囲むように主だった者たちが床几《しょうぎ》に腰を下ろしていた。中央に坐《すわ》るイビラスは、金糸で刺繍《ししゅう》された黒い鎧下《よろいした》を着ていて、いかにも金をかけたように見えた。イビラスの左右には、それぞれの備《そなえ》の大将や重役が並んでいる。籠手や佩楯《はいだて》をつけた小具足姿も稀《まれ》で、大半は鎧下《よろいした》のみの気安い格好をしている。重く具足をつけているのは私とグラウスしかいない。

(敵陣は僅か半里先というのに、この気安さは何だ)

唾を吐きそうになるのを堪えていると、小姓が寄ってきて兜《かぶと》を受け取り、私を席へ促した。

「おお、ゼキよ、参ったか」

イビラスが景気のいい声で私の名を呼んだ。射手《いて》に次男のザルクスが坐《すわ》っている。とすると、馬手《めて》に坐《すわ》る痩せた男が長男のハブレスか。茶色の髪を短く刈《か》り揃《そろ》えたなかなかの美中年だ。三十過ぎと聞いていたが、関の守備を任されていただけあって油断のない目つきで私を値踏みしている。私は鷹揚《おうよう》に頭を下げた。

「参陣が遅れ、申し訳ござらぬ」

「なんの、まるで風を巻くが如《ごと》く素早い着到。流石《さすが》は魔群よと皆驚いておったわ」

なあ、と左右を見回す。何人かが苦笑いしながら頷《うなず》いた。

「汝《なんじ》の軍勢を見たぞ。二年前の嶺北《れいほく》を思いだして思わず肝が冷えたわ。まさか我が旗の下で戦うことになろうとは、奇なることよ」

上機嫌に土器《かわらけ》の酒を傾け、

「皆の者もよう見知りおけ。我らに合力する魔群の大将よ。今日からは皆と一味同心し、鐙《あぶみ》を並べて戦う味方じゃ。間違えて矢を射かけること勿《なか》れ」

面白くもない自分の冗談に声を上げて笑った。つられて何人かが白い歯を見せた。だが、多くは気味悪そうな視線を送ってくる。中には明白《あからさま》な憎悪に顔を歪《ゆが》める者もいる。彼らはただイビラスの手前だから大人しくしているのだ。戦闘の混乱に乗じて、私や私の部下に危害を加えるかもしれない。予想はしていたがいい気分ではなかった。気の利いた挨拶の口上でも述べようと思っていたが何も思い浮かばなかったので、かわりに太々《ふてぶて》しく笑うことにした。思った通り、作戦所の空気が一層悪くなるのを感じた。

そんな雰囲気を紛らわそうとしたのか、確か探題府でカルドと呼ばれていた白髪の老人が、大きく咳払《せきばら》いして待ちかねたようにイビラスに顔を向け、

「殿下、皆打ち揃《そろ》いましてございます。それでは軍議を」

「おう、始めよ」

既に何度も詮議を尽くしていたのだろう。私以外の全員が承知していることを再確認しているように、軍議は整然と進んだ。グラウスが横から小声で色々と知恵をつけてくれたが、どうにも理解できなかったので、私は軽く聞き流すことにした。やがて話すべきことも尽きたのだろう。進行役のカルドが私に向かい、

「ゼキ殿、何かござるかな」

指揮所中の視線が私を田楽刺しにした。イビラスまで面白そうに私を眺めている。私は背を伸ばし、低く息を吐いた。下手なことを言って物笑いの種《きず》になることは避けたかった。

私は勿体《もったい》ぶった仕草で左手の親指で右頬の疵《きず》を撫《な》で、

「今宵《こよい》、夜討ちは如何《いかが》でござろうか」

わざと素っ気なく言った。案の定、ざわめきが起こった。隣のグラウスが馬鹿みたいな顔で私を見つめている。それも仕方ない。彼にも告げていないのだから。余計なことをと私を睨《にら》む者もいる。彼らの気持ちは痛いほど理解できた。

「いや、既に我が軍の方針は固守に決しておる。夜討ちなどは却《かえ》って混乱の因《もと》になる」

カルドが窘《たしな》めるように言う。私はうんざりした顔をして、

「今なら敵は三個連隊九千、叩《たた》くならば、兵力で上回る今を措《お》いて他にござらぬ」

カルドは言葉に詰まった。皆、嫌そうな顔で私を見ている。正論を言う者は常に嫌われるものだ。私は秘《ひそ》かに自分を慰めた。

「我が兵《つわもの》どもは夜戦《よるいくさ》に長《た》けてござる。我らが先陣仕《つかまつ》り申そう」

我ら闇に棲《す》む者故、と私は薄気味悪く笑ってみせて、立ち上がって盤台の地図を見下ろした。意外と大きい。指揮棒もないので、仕方なく私は盤台に身を投げだすように上体を屈《かが》め、地図に手をついた。鎧《よろい》の金具が擦れる耳障りな音がした。地図上の駒が幾つか転がったが、気にしないことにした。私は苦労して右手を伸ばし、ハヤギ村を指さした。

「我が手勢がハヤギ村の陣を超越して正面の敵に夜襲をかけ申す。それから」

右手を大きく動かしたせいで、危うく地図の上に倒れそうになった。察したグラウスが帯を持ってくれなければ、地図を駄目にしていたかもしれない。畜生、青竹の一本も持ってくればよかった。あのオークが持っていたような。

「北の敵陣を横撃いたす。各々方は、我が夜討ち勢に合わせて正面の敵に攻め懸かられよ」

それからグラウスに顔を向けて頷《うなず》いた。グラウスも心得ていて、ぐいと私の身体《からだ》を起こしてくれ

た。私は息を整え、席に戻ると一同をぐるりと見回し、

「如何《いかが》でござるかな」

皆、憮然《ぶぜん》とした顔で地図を眺めている。と、大声が上がった。

「この戦は殿下直々の合戦である。野伏《のぶせり》同然の振る舞いはどうであろうか」

声の主を見れば、四角い顔の男が腕を組んでいる。グラウスが小声で、あれがクタール殿と教えてくれた。この男も要所を任せられている自負があるのだろう。

「そのような下賤《げせん》な戦など、殿下の名折れである」

それから、ここは白昼堂々と正面決戦で敵を打ち破りたい、みたいなことを言った。彼に同調する何人かが、したり顔で何度も首を上下させている。どうだと見返すクタールを、私は冷ややかに嗤《わら》った。

「愚かなことを申される御仁かな」

クタールの顔色が変わった。が、私は構わず、

「家柄で戦に勝てるとは御目出度《おめでた》い頭《つむり》をしておられる。それで勝てるなら苦労はござらぬわ」

「何だと、魔族ずれが」

実に騒々しい。白状すると、私はこの男に好感を抱き始めていた。私はカルドに顔を向け、

「殿下は我ら一味同心と申されたが、この大きい声のたわけ者も御味方の内でござるか」

たちまち顔を朱に染めたクタールが勢いよく盤台を叩《たた》き、まだ踏《ふ》み止《とど》まっていた駒を紙の戦場から吹き飛ばした。敵もあのように簡単に除《よ》けられればよいのになどと私は真剣に思った。だが、そんな私の思いも知らず、クタールは口角から泡を飛ばしながら、

「おのれ下郎、その悪口《あっこう》許し難し」

憤然と立ち上がり、勢いで床几《しょうぎ》が派手に後ろに倒れた。

「その素っ首、斬り落としてくれん」

脇差の柄巻に手をかけるのを、

「控えよ、クタール」

カルドが一喝した。それから大きく溜息《ためいき》をついて困り果てた顔で上座を見た。そこにイビラスが坐《すわ》っている。私もできるだけ落ち着いた動作でイビラスに顔を向けた。全員の目が上座に注がれた。ザルクスは理解しているのかいないのか、申し訳なさそうな顔で口を噤《つぐ》み、一方ハブレスは、厳しい顔で地図に目を走らせている。当のイビラスといえば、采配の紐《ひも》を弄びながら茫洋《ぼうよう》とした顔をしていた。決断を迫られて何事か考えているのだろう。もしかしたら何も考えていないのでは、と私は危惧した。

全員が息を殺してイビラスの決断を待っている。皆の思いを代表してカルドが探るように、

「殿下、如何《いかが》いたしましょう」

「うむ」

イビラスが鷹揚《おうよう》に口を開こうとしたその瞬間、低く鈍い轟音《ごうおん》が響いた。

連続した爆発音が聞こえてくる。それで私は統制法撃だと知った。天井から細かい埃《ほこり》が舞った。私は耳を澄ませた。法弾独特の飛翔《ひしょう》音が聞こえてくる。私はわざとらしく肩を鳴らし、

「敵もそれがしと同じ考えのようで」

世間噺《ばなし》でもするように言って、取《と》り敢《あ》えず太く笑ってみせることにした。

「いや、待て。事故ではないのか。我が軍の魔導兵の不始末では」

現実を認めたくない誰かが言った。言った本人も信じていない口振りだった。三度目の爆発音が響いた直後、使番らしい鎧《よろい》武者が駆け込んできて崩れるように膝をつき、

「夜襲でございます」

叩《たた》きつけるように喚《わめ》き声を上げた。

「敵が我が陣を全線にわたって法撃」

指揮所の全員が凍りついたように動きを止めた。

「擾乱《じょうらん》法撃ではないのか」

別の誰かが言った。私は顔を横に向けた。グラウスが青い顔を横に振る。今まで敵にそのような動きはなかったということだ。ならばなすべきことはひとつ。私はゆっくりと起《た》ち上がり、

「我が持ち場に戻り申す。ヂシュの丘を奪われるわけにはまいらぬ故」

上座のイビラスに顔を向けた。イビラスが口許《くちもと》を曲げて頷《うなず》いた。私はおおいに満足し、

「皆々方も御自分の陣場に戻られたほうがよろしかろう」

言い捨てて小姓から兜《かぶと》を受け取ると、緒もそのままに指揮所を後にした。

一同が慌ただしく席を立つ気配を背に感じ、思わず顔がにやけた。振り返りもせず陣幕を上げて外に出ると、もうすっかり日も落ちて空には幾多の星が瞬《またた》いている。だが、今は見入っている暇はない。周囲は慌てふためく人影で溢《あふ》れていた。中には髪を乱した裸形《らぎょう》の男や、派手な小袖の女もいる。きっとハクイから稼ぎに来た遊女だろう。

法撃は本陣には及んでいない。全て第一線に集中している。

「盲弾《もうだん》ではなさそうだ」

着弾の間隔に迷いがない。

「余程周到に観測していたと見ゆる」

私は、夜空を照らす爆発を遠望して呟《つぶや》いた。

「とすると」

グラウスが囁《ささや》くように言った。

「うむ、本格的な攻勢であろう。恐らく全軍を挙げて」

私は内心歯噛《はが》みした。昼間、モラスの観相見で、敵陣の軽躁《けいそう》の卦《け》を士気の弛《ゆる》みと判じたのは間違いだった。あれは、夜討ちの支度からくる高揚だったか。見たい現実しか見ないのは私も変わらぬ。自嘲に思わず口許《くちもと》が緩んだ。

「ゼキ殿、如何《いかが》なされた」

グラウスが眉を寄せて私を見ている。私は慌てて真面目な顔を作り、

「いや、すまぬ。早う戻らねばならぬ。急ぎましょうぞ」

そう言って歩を早めた。そのとき、

「殿様」

意味もなく走り回る人々の間を掻《か》き分《わ》けるように、一騎のスフィンクスが走り寄ってきた。夜にも鮮やかな漆黒の毛並み。

「おお、ミレネスか」

長い黒髪が爆発の光を受けて艶《つや》やかに輝いた。ミレネスは兜《かぶと》の庇《ひさし》をくいと上げ、

「お迎えに参りました」

「うむ、皆は」

「既に丘のそれぞれの持ち場へ」

「被害は」

「無傷ですわ。敵の法撃は前方の村に集中しています」

「そうか、しかし無茶をする。敵と間違われて斬りつけられたら何とする」

合印はつけていても、怪しげな異形の者が混乱した陣所に夜間単身やってくるのは無謀にすぎる。しかし、ミレネスは気にするふうもなく、

「ミシャ殿が馬で参ると申されたのですが、夜道ではスフィンクスが早うございますから」

「うむ、では急いで戻ろうぞ」

ここで論議している暇はなかった。ミレネスはくるりと獅子《しし》の身体《からだ》を回し、

「さあ、御乗りくださいませ」

と手を伸ばしてきた。

「え、いや、無用だ。歩いて参る」

「急ぐと申されたのは殿様ですわ。ケンタウロスと違い、スフィンクスは人を乗せることを厭《いと》いませぬ。さあ」

強引に腕を摑《つか》まれ、凄《すさ》まじい怪力で背中に引き上げられた。

「そちらの方も、迅《と》く」

ミレネスは狼狽《うろた》えるグラウスも有無もなく捕まえて、私の後ろに放り投げた。二人して仕留められた鹿にでもなった気分だ。

「さあ、しっかりと摑《つか》まってくださいませ」

「こうか」

ミレネスの人の胴に腕を回す。その細さに驚いた。力を込めた掌《てのひら》が何か柔らかいものを感じた。鎧《よろい》の上からでもはっきりわかる巨きな胸の感触。

「あ、すまぬ」

私はすぐさま詫《わ》びたが、ミレネスは気に留《と》めるふうも見せず、

「喋《しゃべ》ると舌を噛《か》みますわ」

それだけ言うと、上体を前に傾けて風のように駆けだした。

丘の上の壕《ごう》まで僅か数丁の距離だったので、舌を噛《か》まずに済んだ。だが、スフィンクスの骨格は人が騎乗するには向いていない。ミレネスから降りた途端に、夕餉《ゆうげ》が逆流してきた。

「殿様」

銀の大蜘蛛《くも》姿に変化したテラーニャが駆け寄ってくる。無事だと手を振り、舌の根元まで迫った粥《かゆ》を苦心して呑《の》み込《こ》んだ私は、露天の監視壕《ごう》に向かった。左右の壕《ごう》には第一中隊の兵たちが石像のように沈黙のまま待機していて、私は何故《なぜ》か誇らしい気分になった。

監視壕《ごう》では、既に主だった者たちが私を待っていた。ヴリトまでいる。その額の双角を見て、このオウガに牢人《ろうにん》衆の指揮を任せたことを思いだした。

「どうだ」

聞くまでもなかった。眼下に、炎に炙《あぶ》られたハヤギ村があった。法撃の爆発を縫うように夜空を横切って幾筋もの火矢が射込まれ、根小屋や資材置き場から盛んに炎が上がっていた。

ハヤギ村の陣地が断末魔に喘《あえ》いでいる。既に悪鬼のような敵兵の群れが最後の柵を押し倒して防御線の正面を抜け、あちこちで守備兵たちと揉《も》み合《あ》いを始めている。夜討ちの兵の波は第一平行壕《ごう》を呑《の》み込《こ》み、第二壕《ごう》の胸壁に取りつきつつあった。乱戦の中で弓や弩《いしゅみ》を構えている者はほとんど見えなかった。誰もが打ち物を振るって血みどろに戦っている。

「これは」

私は絶句した。ハヤギ村は既に組織的な防衛力を喪《うしな》いつつある。これほど脆《もろ》いとは。いや、違う。敵は今夜に備えて周到に準備を進めていたのだ。

「法撃開始から三十分後には打ち物衆が寄せてござる。やけに動きがいい。余程の精鋭ですな」

「あれは何だ」

どれ、とバイラが身を寄せてきた。私は防御線に喰《く》い込んでいる黒々とした隊列を指した。

「ドワーフの重槍兵《じゅうそうへい》でござろう」

「あれがか」

五尺に満たぬ矮軀《わいく》だが筋肉の塊のような体形、勇猛で膂力《りょりょく》に優れる種族だ。だが、

「ドワーフは癇《かん》が強く、隊伍を組んで戦う重槍兵《じゅうそうへい》には向かぬと思うていたが」

ドワーフの得物といえば、薙刀《なぎなた》か長巻、それか弩《いしゅみ》だ。

「一昨年に新編されたドワーフ重槍兵《じゅうそうへい》大隊でござるな」

グラウスが口を挟んだ。

「ナステル伯の兵制改革の成果のひとつでござる。狷介《けんかい》なドワーフをよくも馴《な》らしたもの」

他人事《ひとごと》のように感心した口調で言った。ここで眺めていても仕方がない。

「バイラよ。兵《つわもの》どもは持ち場についたか」

「既にそれぞれの陣場に籠もり、殿の下知を待ち受けて候」

「モラスよ、敵の法撃兵は」

「村の正面に二個大隊。中隊単位で三発ごとに位置を変えていて、弾幕が途切れませせぬ」

「味方の法兵は」

「早々に制圧されたようで。敵の法撃指揮官は遣り手《やて》でござる」

「我が法兵群の準備はよいか」

「全て射点にて」

「例の手でいく。急ぎ支度せよ」

モラスが一礼して駆け去った。

「者ども、用意せよ」

私の声で、左右の壕《ごう》に潜んでいたスケルトンとミュルミドンが壕《ごう》を出て、一斉に後方へ動きだした。監視壕《ごう》の者たちもそれぞれの持ち場へ散っていく。

「え」

グラウスが周囲の動きに目を剝《む》いた。

「ハヤギ村のクタール勢に加勢するのではござらぬのか」

グラウスが私に食ってかかった。

「引くな、戻って戦え」

怒号と悲鳴、剣戟《けんげき》の音に混じって絶叫のような声がハヤギ村から聞こえてくる。

「あの敵の勢いだ。乱戦に突き入っても無駄である」

私は顔色も変えず、できるだけはっきりした口調で告げた。

「敵の攻勢はこの丘にて喰《く》い止める」

「ならば、何故《なにゆえ》に兵を退《さ》げられた」

グラウスが声高に叫んだ。馬鹿者め、声が大きい。こんな貧弱な壕《ごう》一本でドワーフの隊列を喰《く》い止められるものか。

「退げたのではない。釣りだすのだ」

「如何《いか》なる意味でござるか」

「あの、夜討ちの連中をだな」

私はちらりとハヤギ村に視線を戻し、

「袋の鼠《ねずみ》にするのだ」

が、グラウスは言葉もなく、ただ私の顔を見つめている。

「美味でござるぞ。一度食ろうてみられよ」

もっとも私だって食ったことなどないのだが。

私は最後にもう一度ハヤギ村を見下ろした。

ハヤギ村は既に崩壊に瀕《ひん》していた。自然発生的な守備兵の後退が始まっている。得物を捨てて身ひとつで逃げる者、身軽になるために鎧《よろい》を脱いで裸になる者、どさくさに紛れて奪った財物を担ぐ者。その群れに向かって容赦なく矢が射込まれた。

丘の斜面を逃げる者へ、敵法兵の法弾が追い打ちをかけている。中腹に植えられた柵が吹き飛ばされた。その後方で、ハヤギ村の陣地を突破した敵の一部が展開しつつある。その頃には、法撃の弾着が丘の頂部にまで落下してきた。手際が良すぎる。もうすぐ、この壕《ごう》も敵の法撃に包まれるだろう。私は後方へ向かって斜面を駆け降りた。

露天の後方指揮所に入ると、皆が既に私を待ち受けていた。私は土壁に身を寄せ、兜《かぶと》の庇《ひさし》越しに敵方を睨《にら》んだ。それほど待つまでもなく、敗残の兵たちが、法撃に追われるように雪崩を打って斜面を走り下ってきた。その背後を追うように、陣鉦《じんがね》を打ち鳴らす音と大勢の足音が地響きのように聞こえた。稜線《りょうせん》が敵の効力射に包まれた。

「来るぞ」

クルーガが私に向かって呟《つぶや》いた。

「いいぞ、奴《やつ》ら、壕《ごう》が無人《ぶじん》だと気づいておらぬ」

誰かが呻《うめ》くように言った。この丘に立ったとき、守るなら反斜面防御と決めていた。思わず口許《くちもと》が弛《ゆる》んだのは、敵がこちらの策に乗ったからか、それとも戦闘の緊張と恐怖からくるものか、私にもよくわからなかった。

そのとき、敵方から唐突に太い喊声《かんせい》が湧き起こり、法撃音を圧《お》して戦場に轟《とどろ》いた。

「概《おおむ》ね一個大隊といったところか」

闇夜にもわかる整然さで、敵が突撃を開始した。塹壕《ざんごう》に敵がいないのを知り、壕《ごう》を乗り越え、声を励まして突進してくる。

「凄《すご》い数だ、二個大隊はいる」

「支えきれるか」

指揮壕《ごう》で心細げな会話が交わされた。

「黙れ」

聞きたくなかったので私は鋭く叱声を飛ばした。ここまで来れば逃げることもできない。既にほとんどの柵は押し倒されていて、敵の長柄槍《やり》の前列は稜線《りょうせん》を越えて迫りつつあった。

「まだか」

私は忌々しげに後方を振り返った。

ドワーフ重槍兵《じゅうそうへい》の隊列が無人の野を往く祭礼の山車《だし》のように駆け降りてくる。その後ろに槍《やり》や薙刀《なぎなた》を構えた軽兵が続いていた。しかし、乱杭《らんぐい》に張り巡らされた縄に足を取られ逆茂木に阻まれて前列の前進速度が鈍った。続いて突っ込んできた後列の連中と混じり合って、僅かに列が乱れる。

老練な魔導兵中隊長であるマテルはその隙を見過ごさなかった。

突然、指揮壕《ごう》の左右の闇から、闇を圧《お》してけたたましい発法音が響いた。モスマンが法撃を開始したのだ。一発の威力はスケルトン・メイジに劣るが、初速と発射速度は桁違いだ。光の箭《や》がドワーフの突撃部隊を縦横に切り裂いた。

「お止めくだされ。まだ逃げてくる味方が」

グラウスが悲鳴を上げた。私たちと敵兵の間にまだ多くの友軍がいる。そのうちの一人がモスマンの光箭《こうせん》の直撃を受け、上半身がばらばらに砕けて飛んだ。

「撃たねば丘を奪われる。それに」

一瞬、言葉が詰まった。グラウスが絞め殺しそうな目で私を見ている。だが、私は振り切るように視線を外し、

「後退用の交通壕《ごう》は示されていたはず。自業自得でござる」

再び敵へ目を向けた。千切れた人の体が飛び交い怒号と悲鳴が交差した。しかし、敵の勢いは一向に衰えない。夜なので周囲の状況が摑《つか》めず、自軍の優位を信じているのだ。

「一個大隊どころかその倍はいるようだ」

クルーガが目前の地獄から目を逸《そ》らさずに言った。

「流石《さすが》はドワーフ。まだ止まらぬか」

バイラが大身槍の柄を握りしめて感嘆の声を漏らした。

「むう、見誤ったか」

そんな私の焦りを嘲笑《あざわら》うかのように、後方から頼もしい飛翔《ひしょう》音とともに次々に赤光の軌跡が中空に弧を描き、そのまま垂直に近い角度で着弾した。サイアスの法兵群が法撃を開始したのだ。悲鳴とともに吹き飛ばされた鎧《よろい》の金具が指揮壕《ごう》の前縁に降った。やがて、スケルトンの弓と弩《いしゆみ》が着弾点に合わせて射撃を開始した。

「突撃兵を前に出せ」

目の前の殺戮《さつりく》から我に返った龍牙兵が、後方に控えていた突撃中隊に手を振った。それまで無人

のように静かだった闇から、金属音とともに一斉に槍の林が立った。長柄槍を構えたスケルトンの隊列がゆっくりと指揮壕《ごう》を越えて前進し、槍衾《やりぶすま》が弾幕を抜けてきた敵兵を次々に刺殺していく。

やっと敵兵の群れは浮足立ち、ばらばらに逃げ始めた。

「敵は後退するぞ。射《う》ち方やめ。突撃兵を下がらせろ」

それでも、なおも矢を射る者もいる。弓兵中隊に配した牢人《ろうにん》衆の射手《いて》だろう。

「早くやめさせろ」

私の怒号に応えるかのように、龍牙兵が壕《ごう》を飛びだした。両軍の法撃も止《や》み、目の前には炎と数百の引き裂かれた死体が取り残されていた。

まさにそのとき、信じられないことが起こった。私の兵ばかり働くのを面白くなさそうに眺めていた牢人《ろうにん》衆が、逃げる敵兵を追いかけ始めたのだ。

「己ら、何を血迷うたか。下がれ、待機線まで戻らぬか」

私は壕《ごう》から出て両手を振って叫んだ。だが、彼らは空脛《からすね》を飛ばし私の横を通り過ぎていく。

「後ろに控えておるなど腑抜《ふぬ》け者よ。何のためにここまで来たのかわからぬわい」

闇の中で誰かが叫んだ。ヴリトが指揮壕《ごう》にのそりと入り込んできたのはその直後だった。

「ヴリトよ、この有り様はどういうことだ」

オウガがものを言う前に、私は彼に食ってかかった。そんな無謀な振る舞いに及ぶほどに私は錯乱していた。だが、ヴリトは涼しい顔をして、

「連中、敵が退くのを見て、頭が血膨れしてしもうたらしい」

まるで他人事《ひとごと》のような口調で言った。

「それを押し留《とど》めるのが汝《なんじ》の役目であろうが」

「半分は待機線に残ったぞ」

事もあろうに、ヴリトは胸を張ってみせた。それで十分だろうという顔で。

「どうする」

クルーガが訊《き》いてきた。私は返すべき答えもなく、ただ闇に目を向けた。


それは、統制が取れていない歩兵の攻撃がどういう結果を招くかという生きた実験だった。勇ましく喚《おめ》きながら前進していた青葉者どもは、まず最初に敵法兵の遠距離法撃を受けた。それから丘の稜線《りょうせん》に進出した敵の魔導兵の直接法撃と矢の攻撃に晒《さら》され、彼らは何が起こったのかわからないまま地に打ち倒されていった。敵の軽騎兵と軽兵が飛びだしてきて、麦穂を刈るように生き残った者を殺戮《さつりく》している。こんな酷《ひど》い負け戦は初めてで、私は怒りと屈辱に叫びそうになるのをなんとか抑え、クルーガに血走った目を向けた。

「モラスに伝えよ」

「反撃するのか。しかし、もう」

ヴァンパイアはそこで口を閉じた。間に合うまい、とその顔が告げている。

「対法兵戦だ。敵法兵は位置を暴露した。今が好機だ」

「うむ、承知した」

クルーガが手下《てか》のニキラに目をやり、それから顎をしゃくった。黙って点頭したニキラが後方へ駆けるのを確かめ、私は指揮壕《ごう》の全員に告げた。

「逆襲を発動する。攻撃展開せよ」

バイラが圧《の》しかかるように上体を曲げ、

「殿、それは蛮勇に過ぎる」

お前がその台詞《せりふ》を抜かすか、私は心の中でミノタウロスを罵った。

「敵は新手が攻撃準備の最中のはず。これを叩《たた》いて村を回復する。汝《なんじ》は第一梯隊《ていたい》を率いよ」

バイラは目を細めて僅かに思案顔をしたが、すぐ首を縦に振った。

「応よ」

「テラーニャ、第三梯隊《ていたい》に尾いてまいれ。よいか、ラミアとザラマンダーらとともに後方に控えておれ。ゆめゆめ前に出るなよ」

「あい」

「私は第一梯隊《ていたい》と第二梯隊《ていたい》の間に位置する。それからヴリト、汝《なんじ》は牢人《ろうにん》衆を率い、私の背後につけ。今度は妄動《もうどう》させるべからず」

ヴリトは面白そうに鼻息荒く私を睨《にら》みつけ、

「ふん、程よい物言いをするわ、片腹痛し」

だが、ヴリトの憤懣《ふんまん》に付き合っている暇はない。

「グラウス殿、関所正面の御味方にお伝えあれ。我らが村に攻め懸かると同時に、正面の敵を攻め立てて拘束するよう」

「牽制《けんせい》攻撃でござるな、承った」

一礼してグラウスが壕《ごう》を出ていった。彼の気配が消えたのを確かめ、

「ジニウよ」

足許《あしもと》から影が起き上がった。

「汝《なんじ》の小隊全力で我が部隊の左翼に警戒線を張れ」

「南側だけでよろしうござるのか」

「森を浸透してくる敵の軽兵が怖い」

それからミレネスに向かい、

「騎兵中隊はシャドウ・デーモンを掩護《えんご》せよ」

スフィンクスはもともと熱帯の密林に棲《す》んでいた魔物だ。並の騎兵と違い、深い森林の戦闘に慣れている。が、ジニウが承知しなかった。

「なんの、殿の左の翼《よく》は我らのみで十分。今は一兵でも必要なはず」

「殊勝な言い様をしよる」

私は苦々しく笑い、

「わかった。騎兵中隊は私とともに参れ」

「わかりましたわ」

後方から発法音が響いた。サイアスらが対法兵戦を始めたようだ。

「首は悉《ことごと》く打ち捨てよ。乱捕《らんどり》も許さぬ。故なく列を外れた者は斬り捨てよ」

主にヴリトに向かって告げた。

「準備ができ次第、前進を開始する。掛かれ」

皆が一斉に動きだしたが、ただ一人、テラーニャだけが寄ってきた。

「どうした、お前も早く行け」

だが、テラーニャは私の言葉に構わず手を伸ばし、私の首に提げている面具を取った。

「何をする」

「殿様、面頬をつけられませ」

そのまま面具を私の顔に当て、手を回して緒を締め始めた。

「おい、やめよ。これをつけると息が苦しいのだ」

彼女の甘い体臭が嗅覚を刺激する。親に襟を直されている幼児《おさなご》になったようで気恥ずかしい。

ヴァンパイアと龍牙兵どもが苦笑している気配が伝わってくる。

「なりません。また御面相に疵《きず》を負えば如何《いかが》なさいます」

「むむ」

ようやく面具をつけ終えたテラーニャが手を離した。

「それでは参ります」

「うむ、気をつけよ。無理はするな」

「あい」

微笑《ほほえ》みを残して、テラーニャは闇の中に消えた。

味方の法弾が次々に頭上を通過し、稜線《りょうせん》越しに爆音が響いた。しかし、敵の法撃も規則正しく続いている。敵の着弾は後方へ集中していた。敵の法撃大将はかなりの手練《てだ》れだ。法兵合戦に敗れれば、敵の法撃は私たちの頭上に降り注いでくる。つまり、サイアスらの法撃が続いている間は安全というわけか。私は皮肉に口角を上げた。

「敵は観測兵を稜線《りょうせん》に上げているはず。モスマンらに掃射させるか」

クルーガが耳許《みみもと》で囁《ささや》いた。

「いや、位置を暴露するのはまずい」

私は歯を嚙《か》みしめて敵方を睨《にら》み続けた。

敵の着弾を百まで数えたとき、唐突に敵の法撃が終わった。振り返ると、味方の法撃も止《や》んでいる。その事実に私は慄然とした。どちらかが対法兵戦に敗れたのだ。私は鼓膜に残る金属音を振り払おうと何度も頭を振った。

「殿」

ミシャが後方を指さした。法衣《ほうえ》の上に胴当てをつけた骸骨の群れがゆらゆらと揺れるようにやってくるのが見えた。嬉《うれ》しさのあまり、私は思わず彼らに駆け寄った。

「サイアスか」

「うむ、正面の法撃兵はあらかた片付けた。これより前方の魔導兵を叩《たた》く」

私の喜色に気づいていないのか、まるで茶飲み噺《ばなし》でもするような口調で言った。

「待て、前へ出るな。見つかる」

押《お》し止《とど》めようと両手を広げる私に、サイアスが不敵な面《つら》を向けた。畜生、こんな骸骨面の考えることが手に取るようにわかるようになるとは。

「あれは平射で片付ける。奴《やつ》ら、派手に撃ちよったからな。位置はモラスが把握した」

サイアスの後ろについたモラスが小さく頷《うなず》いた。

「わかった」

私は龍牙兵らに向け、

「バイラに急ぎ伝令を出せ。我の法撃を合図に前進を開始せよ」

慌てて牙兵が走り出た。が、もう遅い。

リッチとメイジが私の真横で無造作に発法を始めた。発法音が鼓膜を突き刺す。数瞬の間も置かず、前列に控えていたモスマンまで法撃を始めた。私は発法の衝撃をもろに受けて地面に転がった。肩を揺すられて顔を上げると、ミシャが目の前で何事か叫んでいる。

「どうした」

自分の声が聞こえないことに気づいた。

「何も聞こえぬ」

ミシャは嘆息すると私の耳許《みみもと》に口を寄せ、大声で怒鳴った。

「第一梯隊《ていたい》が前に出ますぞ」

「わっ」

ミシャの大音《だいおん》に私は思わず引っくり返った。ミシャが呆《あき》れきった顔で私を見ている。

「お、おう。我らも参るぞ」

私は何事もなかった振りをして走りだした。具足の重さが綿嚙《わたがみ》にかかり、気も重くなった。だが、今夜は走り回らねばならない。私は泣きたくなった。

バイラ率いる第一梯隊《ていたい》は易々《やすやす》と稜線《りょうせん》を越えた。夜戦は上から下へ攻めるのが一番怖い。だが、恐れていた反撃はなかった。最前列に立つモスマンが時折掃射を繰り返している。よし、いける。敵は夜襲の失敗とサイアスの法撃で混乱している。このままいけば村を奪回できる。私がほくそ笑んだ瞬間、前方で怒号が起こって第一梯隊《ていたい》の足が止まった。

「どうした」

龍牙兵の誰かが呟《つぶや》いた。理由は決まりきっている。

「敵の抵抗だな」

クルーガが前方に目を凝らしたまま答えた。敵が占領した村の陣地に立て籠もって、抵抗を試みているのだ。

「第二梯隊《ていたい》を前に出せ」

第二中隊と第三中隊の重槍兵《じゅうそうへい》の隊列が、私の左右を通り過ぎていく。その後ろを、スケルトン弩兵《いしゆみへい》と薙刀《なぎなた》を携えたミュルミドン、楯《たて》を担いだコボルトらが続く。私は手持無沙汰な顔をしているヴリトを振り返り、

「まだ控えておれ」

叫ぶように言い捨てて前方へ向かって走った。

「待て、大将が前へ出るな」

クルーガが後方で叫んだ。

私はすぐに第二梯隊《ていたい》を追い抜き、間もなく第一梯隊《ていたい》の横隊に追いついた。

「殿、ここは危のうござる」

応急の楯《たて》列の後ろで、バイラが叫んでいる。私は走り寄ってバイラの前で膝をついた。

「あれを」

楯《たて》の隙間から見ると、敵は二丁ほど先の土塁の上に楯《たて》陣を構え、その背後から盛んに遠矢を射かけている。

「魔導兵は」

「モスマンの箭《や》ではあの土塁には効きそうにござらぬ。それに」

その言葉通り、モスマンたちが楯《たて》の内で身を縮めている。傍《そば》へ来たマテルが肩を竦《すく》めた。

「下手に撃てば、敵の魔導兵の応射を受けるでござろう」

「サイアスらの進出を待つか」

クルーガが言う。

「いや、待てぬ。敵に守りを固める暇を与えるな」

私は近寄る第二梯隊《ていたい》に向かって叫んだ。

「ミュルミドンは前へ出て敵の楯《たて》を突け。楯《たて》を寄せて弓を防げ」

私の下知にコボルトが楯《たて》を並べ、ミュルミドンがその背後で隊列を組んだ。楯《たて》で固めた二つの隊列が、敵の楯《たて》陣へ寄せていく。

「弓衆、射返せ。敵に射かけさせるな」

私が叫び終わる前に、双方から矢が飛んだ。楯《たて》の隙間を射通されたミュルミドンが転倒した。倒れたミュルミドンに次々に征矢《そや》が立つ。それでもミュルミドンらはじりじりと近寄り、敵の楯《たて》列に薙刀《なぎなた》の刃を入れた。

この距離になると、敵の声が手に取るようにわかってきた。

「魔物じゃ。敵に魔物がおる」

「外道どもめ、皆殺しにせよ」

「楯《たて》割を使え」

やがて楯《たて》の間から斧《おおよき》を構えた大柄なコボルトが飛びだし、敵の楯《たて》を打ち割ろうと振り上げる。それを防ごうと敵の槍《やり》が伸びた。これをミュルミドンの薙刀《なぎなた》が叩《たた》き伏《ふ》せる。両軍は俄然《がぜん》乱戦となった。

「頃はよし」

私は待機している第二梯隊《ていたい》の重槍兵《じゅうそうへい》へ叫んだ。

「第二梯隊長《ていたい》柄衆、押しだせ」

スケルトンはアンデッドだ。いちいち返事したりしない。そのかわり、一斉に槍《やり》を立て、法撃で掘り返された地面を這《は》うように進みだした。その光景は、何故《なぜ》か林が動くような神々しさを感じさせた。

「牢人《ろうにん》衆、何をしている。懸かれや」

私は怒鳴った。

「応よ」

厳《いか》めしい鉄面をつけたオウガを先頭に、牢人《ろうにん》どもが弾《はじ》かれたように駆けだした。

隊列を組んだ重槍兵《じゅうそうへい》に最も必要なのは規律だ。その点について、スケルトン重槍兵《じゅうそうへい》は申し分なかった。スケルトンたちは敵の崩れた楯《たて》の隙間に列を入れ、戦鼓《せんこ》の合図とともに三間の長柄槍《やり》を打ち降ろす。

「叩《たた》き返せ」

敵方から悲鳴に近い叫び声が上がるが、スケルトンは前の者が倒れても粛々と列を埋め、敵の穂先を怯《ひる》むこともせず、規則正しく槍《やり》を振る。数度の槍《やり》の応酬の末に敵は一人逃げ二人逃げ、ついに総崩れになった。その背をヴリトら牢人《ろうにん》衆が追う。

「深追いするな」

私は叫んだが、牢人《ろうにん》どもに聞こえているかどうか。彼らは敵味方の死骸が転がる壕《ごう》を伝い、あちらこちらで敵の残兵と押し合うように戦っている。

「村の反対側の空堀まで抜けるぞ」

「よう候」

バイラが応え、大身槍《やり》を振り上げた。

「第二梯隊《ていたい》は前進。魔導衆、弓衆は随伴せよ。第一中隊は第三梯隊《ていたい》と突破口を固めい」

それから私に顔を寄せ、

「それがしは第二梯隊《ていたい》とともに」

「うむ、敵の魔導兵に注意せよ」

「なんの、牢人《ろうにん》どもが狩り立てるでござろうよ」

「油断は禁物。それと、牢人《ろうにん》どもを村から出すな」

「承知してござるわい」

ミノタウロスは鼻を鳴らして駆けていった。

「ミレネス」

私は騎兵中隊長の名を呼んだ。待つ間もなく、漆黒のスフィンクスが駆けてきた。

「南を迂回《うかい》して敵の後方に回り込み、段列を探せ」

「襲えばよろしいのですね」

「うむ、派手に暴れろ。ただし、守りを固めておるなら、直ちに引き返して位置のみ知らせよ。無理をしてハティを悲しませるな」

「心得ておりますわ」

ミレネスが手を上げて部下のスフィンクス騎兵に合図し、闇の中に走り去った。

取《と》り敢《あ》えず打てる手は全て打った。私は長々と嘆息した。次はサイアスら法兵群を掌握しなければ。あれこれ考えを巡らせていると、クルーガがぼそりと呟《つぶや》いた。

「まずは勝てそうだな」

「いや、まだだ」

私は北に目をやった。法撃音に混じって喚《わめ》き声や金物を叩《たた》き合う戦場音楽が聞こえてくる。関所正面ではまだ戦闘が続いているのだ。

「敵は主攻が潰《つい》えても、まだ戦い続けている。本来ならば、早々に兵を収めて攻撃開始線に戻るはず。助攻が予想以上に進展しておるやもしれぬ」

「まだ連絡が届いてないだけなのではないのか」

「そうであって欲しいが」

私は目を細めた。吐く息が面具の内側で髭《ひげ》を濡《ぬ》らして気持ち悪い。

「あれほどに手際よく村を奪った連中だ。何を企《たくら》んでおるか」

「殿」

ミシャの押し殺した声に私の思考が中断した。

「あちらを」

後方への連絡壕《ごう》沿いに、人の群れがこちらへ歩いてくるのが見えた。敵ではなさそうだ。この距離なのに走りもせず、槍や薙刀《なぎなた》を立てている。その袖に臙脂《えんじ》の合印が見えた。

「おお、御無事でござったか」

先頭の武者はあの四角い顔のクタールだ。銀箔《ぎんぱく》押しの烏帽子《えぼし》兜《かぶと》に同じく銀の胴、肩に吊《つ》った大太刀の鞘《さや》に金の蛭巻《ひるまき》という華やかな格好が泥に汚れている。後ろに続く者たちも、兜《かぶと》を失った者や袖の取れた者など酷《ひど》い有り様だ。ただ、眼光のみ爛々《らんらん》としていて、どうやら戦意までは失っていないようだった。

クタールが私の前に出て、深々と頭を下げた。

「御助勢、まことに痛み入る」

軍議の場とは打って変わって萎《しお》らしい態度に私は僅かに戸惑いを覚えた。

「兵はどれほど残られたか」

「戦える者は二百ばかり」

悔しげに頬を歪《ゆが》め、

「それがしが陣に戻る頃には既に柵を破られて為《な》す術《すべ》もなく、逃げる兵をまとめて連絡壕《ごう》奥の予備陣地で最後に一戦仕《つかまつ》らんと覚悟を決めておったところ」

それを、私たちが逆襲をかけたのを見て慌てて駆けつけたという。

「が、それも間に合わなんだようだ」

四角い顔を悔しそうに歪《ゆが》め、

「斯《か》くなる上は」

いきなり脇差を抜いて喉輪の隙間に当てるので、私は慌てて止めた。

「お止めくださるな。殿下からお預かりした兵をいたずらに損《そこの》うてしもうた」

泉下にてお詫《わ》びせん、と喚《わめ》きだした。

「各々方《おのおのがた》、早う取り押さえられよ」

クタールの家来衆がわっと駆け寄って脇差を奪い、たちまち彼を地に押さえつけた。

「えい、離せ。汝《うぬ》ら、無礼なるぞ」

なおも叫ぶクタールに、私は屈《かが》みこみ、

「将たる者、軽々しく生害など申されるは沙汰の限り。それにまだ戦は終わってはござらぬ」

死ぬなら殿下の前でなされよと諌《いさ》めた。途端にクタールは憑《つ》き物《もの》が落ちた顔をし、

「終わってはおらぬと」

「然り、まだ本陣の正面では戦が続いており申す。さあ、お立ちあれ」

クタールは具足の泥を払い、脇差を鞘《さや》に納めて、

「そうか、そうであった。ここで手柄を立てれば、我が面目も立つか」

そう言って、己を奮い立たせるように何度も頷《うなず》いた。何だこの田舎芝居は。あまりの変わり身の早さに私は面食らう思いだった。

「さあ、関所に寄せておる敵の背に攻め懸かりますぞ」

「うむ、是非ともそれがしに先陣を」

クタールは勢い込んで応じた。だが、そのとき、

「殿」

振り向いてぎょっとした。モラスが私たちを見下ろしている。

「観測はどうした」

「急ぎお伝えせねばと参上いたした」

それからちらりとクタールらに横目を向けたが、私が頷《うなず》くのを見て、

「敵陣後方に後詰めが」

「ふむ、距離と兵数は」

「ここから凡《およ》そ十丁余、数は三千を下らぬかと」

「なに、一個連隊だと」

その場にいた全員が百眼《ひゃくがん》の巨人を見つめた。

「敵は三個連隊を並べて平押しに攻め寄せているのではないのか。どこから湧いた」

「その通りでござる。解《げ》せぬこと」

「段列の陣夫どもではないのか」

我ながら愚かな問いをした。そんな距離まで段列を推進するなど有り得ぬ話だ。

「評定する。急ぎ中隊長以上を集めよ」

私は怒気も隠さず喚《わめ》いて闇に目を向けた。あそこに篝《かがり》もなく息を殺して身を潜めた一個連隊がいる。そんな私に、クタールが自信なさげな声で、

「カヤバルに残っているはずの一個歩兵連隊と騎兵連隊が押し出してきておるのでは」

連中が参集した諸侯軍とともに来着するのは三日後のはず、いやもう二日後か。その連中がここにいる。ということは、第七師団は独力でタムタの関を攻め落とそうとしているのか。

「おのれ、思いきった手を」

食い縛った歯の間から呻《うめ》きが漏れた。

「モラスよ、関所正面の戦況は」

「二の柵まで押し倒され、今は三の柵でなんとか防いでおる模様」

つまり、無傷の一個連隊が押し出せば、赤子を縊《くび》るより易々《やすやす》と関は陥ちることになる。斥候を出したかったが、ジニウらシャドウ・デーモンは左の開放翼に警戒線を張っていて、騎兵中隊も送りだしたばかりだ。

「あたしが見てこようか」

突然、スウがぼそりと言った。

「スウか、何故《なぜ》私の考えを読めた」

「女の勘ってやつよ」

得意そうに赤い眼《め》を細めた。

「一人で大丈夫か」

「任せて。一人のほうがやりやすいから」

言うなりスウが鉤槍《かぎやり》を担いで闇に溶けた。ほとんど入れ違いに、

「ゼキよ、何事か」

ヴリトが血に濡《ぬ》れた長巻を担いでのそりと現れた。

「敵の新手だ。一個連隊はいる。牢人衆《ろうにん》は何人残っておるか」

ヴリトはそんなこと考えもしなかった面《つら》で首筋を掻《か》いていたが、

「おおよそ百五十ばかりであろうか」

「クタール殿、この者どもをお預けする。関所正面の敵に背後から懸かられたい」

改めてオウガを見上げ、

「牢人衆《ろうにん》を率いてクタール殿に御加勢せよ」

「なんと人使いの荒い大将かな」

鉄面の奥でヴリトが愉快そうに笑った。

「抜かせ。好きなだけ稼いで参れ」

「では、牢人《ろうにん》どもを呼び集めてくる」

歩き去るヴリトを見送る私の背に、

「それでゼキ殿は如何《いかが》なされる」

クタールが訊《き》いた。

「それがしは、敵の後詰めを禦《ふせ》ぐ」

「無茶な。敵はこちらの三倍、いやそれ以上でござるぞ」

「うむ、なれど他に手はござらん」

クタールが顔を歪《ゆが》ませた。

「我が背をクタール殿にお預けいたそう」

精々不敵に笑ってみせた。クタールの具足が鳴った。どうやら身震いしたらしい。

「お、応よ、任されよ」

「うむ。存分に働かれよ」

私の具足の小札も軋《きし》んだ。震えが伝染したようだ。武者震いであればいいのだが。


私は、街道正面に損耗していない第四中隊を六列横隊で配し、その左右に他の中隊を並べた。その前方にはストーン・ゴーレムが並び、その背後にスケルトン弩《いしゆみ》兵の放列を敷いた。弓兵中隊は二手に分け、モスマンとともに左右の畔《あぜ》の後方に配した。

村にテラーニャとラミアたちを負傷者の世話に残し、ザラマンダーとクレイ・ゴーレムを彼女たちの護衛につけた他は、ほぼ全力がここにいる。ろくに地形を利用できない現状で敵の攻撃を阻止するには、これが最善と思われた。

戦の炎が私たちを背後から照らし、それが私を不愉快にさせた。私は全ての兵を折り敷かせた。せめて、敵に悟られるのをできるだけ遅らせたかったからだ。私が疲れ果てていて坐《すわ》り込《こ》みたかったからでは決してない。やっと一息つけて竹筒の水を飲もうとしたとき、ふいに、猿《ましら》か梟《ふくろう》のような高い啼《な》き声《ごえ》が路面を抜けて響いてきた。

「御安心を、敵ではござらぬ」

バイラが敵方へ向けた視線を外さずに言った。啼《な》き声《ごえ》は次第に大きくなり、獣ではなく人の声なのだと私も気づいた。間もなく鉄の擦れ合う音とともに特徴的な鉤槍《かぎやり》を持った人影が現れた。スウはスケルトンの隊列を抜け、私のところまで駆けてきて、

「動くよ」

開口一番、そう告げた。

「やはり押してくるか。諦めて帰ってくれればよいのに」

「当ったり前じゃない」

スウが、何を今更という顔で吐き捨てるように言った。


やがて、遠雷のような響きが聞こえてきた。すぐそれは大勢の人の足と蹄《ひづめ》の音に変わった。私たちに幸いなことは、夜であるために敵の攻撃経路が街道沿いに限定されていることだった。つまり、敵は確実に私たちの正面に来るのだ。畜生、どこが幸運だ。重そうな籠を背負ったコボルトが前に出て、一辺が三寸ほどもある鉄菱《てつびし》を路上に撒《ま》き始めた。

敵はついに、四丁いや三丁ほどまで前進してきた。闇に慣れた私の目に敵の姿がはっきり見えてきた。最前列は重槍兵《じゅうそうへい》の隊列。だが、ドワーフではない。人間の兵だ。

「止まらぬな。このまま突っ切る積りか」

呟《つぶや》いた瞬間、敵の後方から十数本の細い光の筋が空中に走るのが見えた。白く光るそれは冬の星空をぐんぐん上昇し、軌道を修正しながらこちらへ突っ込んでくる。見惚《みほ》れる間もなく、私たちの

周囲に法弾が着弾した。正確な間隔で轟音《ごうおん》と衝撃波が襲ってきた。私は爆風に叩《たた》かれ、地面に転がった。一弾が隊列の真ん中で炸裂《さくれつ》し、スケルトンが吹き飛ぶのが見えた。後方からも光球が敵方に吸い込まれて爆発した。サイアスらが対抗法撃を開始したのだ。

「立て、槍《やり》を構えよ」

大身槍《やり》を杖《つえ》に仁王立ちしたバイラが叫んだ。スケルトンたちが一斉に起こり、たちまち槍衾《やりぶすま》を作った。それに呼応するように、突然、闇の中から喚声が上がり、地を蹴る蹄《ひづめ》の音が響き渡った。私は音の正体を見極めようと、槍衾《やりぶすま》の後ろに立った。蹄《ひづめ》の音がどんどん大きくなってきて、耳を聾《ろう》せんばかりになっていた。立派な甲冑《かっちゅう》に身を固め、肥馬に打ち跨《また》がった騎馬武者の列が闇から浮かび上がり、四半旗《しはんばた》を猛烈に靡《なび》かせ砂塵《さじん》を巻き上げて圧《の》しかかるように迫ってくる。私はスケルトン兵らに同情したくなった。

「ほう、見事な。この闇の中、列も乱さず駆けるとは」

バイラが呟《つぶや》いた。そんなことに感心するのは止めて欲しかった。

やがて弦音が鳴り、弓の矢と弩《いしゆみ》の太矢が騎馬の群へ飛んだ。馬が後脚で立ち上がり、または頭から地面に突っ込んで、落馬する者が出始めた。だが、騎兵の勢いを減らすには何の役にも立たなかった。むしろ、突撃の速度は増したように見えた。ついに騎兵はゴーレムの間を抜け、槍《やり》の穂先のすぐ前まで突っ込んできた。私は思わず足を踏ん張った。

直後、約束された破滅の音が轟《とどろ》いた。騎兵が穂先に乗せた速度と質量に、スケルトンが押し倒される。槍《やり》を受けた馬が跳ね上がり、鞍《くら》から投げだされる者が出た。乗り手を失い真っ赤に血塗られた馬が、なおも駆けてスケルトンの隊列に突っ込んだ。槍衾《やりぶすま》の隙間を抜けて、足を止めた騎兵に襲いかかるミュルミドンが槍で頭を割られて倒れる。怒号に混じって馬の悲鳴が響き渡った。

「む、いかん」

バイラが飛びだした。見ると、金の脇角の頭成兜《ずなりかぶと》に錆色《さび》の鳩胸胴《はとむねどう》、背に水色地に蛇の目白抜きの四半旗を差し、柄を朱に塗った十字槍の華々しい姿のケンタウロスが、悠々と槍の列を抜けようとしている。立ちはだかろうとしたスケルトンが槍で薙《な》ぎ払《はら》われた。その進路上で、バイラが妙な姿勢を取っている。両膝を地につき、逆さに立てた大身槍を両手で支え、背筋を真《ま》っ直《す》ぐ伸ばした奇妙な姿勢。私は声を出すのも忘れてバイラを見つめた。朱槍のケンタウロスがバイラに気づいた。

「牛頭《ごず》め、推参なり」

一声叫んで駆け寄ると、バイラに十字槍を振り下ろした。私はバイラの脳天が砕ける姿を予感して、思わず目を閉じた。だからバイラが何をしたのかわからなかった。ようやく砂塵《さじん》が薄れ、バイラが槍を手に立っているのが見えた。ケンタウロスが左膝をつくように傾《かし》ぎ、そのまま具足の板物を派手に鳴らして転倒した。左後脚が刺し貫かれて半ば切断されていた。すかさずコボルトらが駆け寄って首を取るとバイラに見せたが、ミノタウロスは兜首《かぶとくび》を一瞥《いちべつ》し、

「捨て置け、殿の陣法である」

吐き捨てるように言って、敵を睨《にら》んだ。

「ガイスト殿が討たれた」

敵の騎兵に動揺が走った。やがて騎兵の群れは左右に分かれ、闇の中へ消えていった。馬を失い徒歩で逃げ戻る武者の背に弩《いしゆみ》の太矢が立ち、その武者はもんどり打って倒れた。

「おのれ、逃げる者を追い射《う》ちするか、卑怯《ひきょう》な」

敵陣から罵声が飛び、私は妙に愉《たの》しくなった。が、急に視線を感じて身震いした。見ると、敵陣の前で大振りな鍬形《くわがた》前立の武者が一人、白馬に輪乗りしてこちらを見ている。暗くてよく見えないのに、その者がにやりと不敵に笑った気がした。

「むう、あれは」

「知っておるのか、バイラ」

「いや、ようは知らねど、恐らくあれは」

バイラはそこで言葉を切った。私は彼を見上げた。

「第七師団長のバトラ伯でござろう」

「何、あれがか」

私は慌てて目を戻した。既に白馬の武者は消《き》え失《う》せていて、探しても見つからなかった。

敵の騎兵がすっかり逃げ帰るのとほとんど同時に、またも敵の法弾が不快な飛翔《ひしょう》音とともに飛来してきた。重槍兵《じゅうそうへい》の隊列に着弾し、スケルトンが何名か崩れ落ちた。

「いいぞ、奴《やつ》ら、かなり消耗している」

法弾の数が減っていることに気づいて私は小さく笑った。すかさずサイアスたち法兵群の報復法撃が夜空を裂いて敵陣後方に飛び去り、幾つも炎の柱が上がった。

「来るぞ」

私は喚《わめ》いた。敵の法兵は撃ち返されるのを覚悟で攻撃支援法撃を行ったのだ。

「クルーガ、ゴーレムを前に出せ」

クルーガが頷《うなず》き、ストーン・ゴーレムらが横一線の隊形で前進を開始した。たちまち路上に矢羽根の風切り音が鳴り、敵の矢がゴーレムらを襲う。だが、ゴーレムに矢は効かない。何筋かが空《むな》しく音を立てて弾《はじ》き返《かえ》された。やがて敵方から、

「射《う》ち方待て。徒矢《あだや》を放つべからず」

声がして敵の矢が一斉に罷《や》んだ。その直後、私の視界は真っ白な光に満たされた。一拍置いて破壊的な音響が私の鼓膜を叩《たた》き、私は地面に倒れた。今夜はもう何度転がったのかわからない。だが、何が起こったのかわかっていた。敵の随伴魔導兵が、阻止法撃を開始したのだ。

ミシャらに助け起こされた私は、吹き飛ばされたゴーレムたちを見た。あるゴーレムは両腕を砕かれ、あるゴーレムは下肢を失い、それでも彼らは前進を止めない。そんなゴーレムたちに、次々に法弾が突き刺さり、炸裂《さくれつ》する。ついに全てのストーン・ゴーレムが動きを止め、最後まで立っていたゴーレムも、集中法撃を受けて擱座《かくざ》した。敵陣から歓声が上がる。

私は傍らに控えていたガルダのマテルに向かい、

「敵の魔導兵の射点は確かめたか」

怒鳴るように訊《き》いた。

「確《しか》と」

マテルが長い舌を出して、上嘴《じょうし》を舐《な》めた。

「ならばゴーレムの仇《あだ》を討て」

答えるかわりにマテルは羽に覆われた両の腕《かいな》を大きく広げた。みるみるその手が漆黒の翼に変化

していく。それからマテルは天空を睨《にら》み、ただ一声、

「けえっ」

と高く鳴いた。刹那の後、スケルトンの隊列の左右から、低くけたたましい轟音《ごうおん》とともに光の箭《や》が迸《ほとばし》った。モスマンどもが、敵の魔導兵が潜む辺りを全力で掃射したのだ。

「手応えあり」

光の洪水から目を離さず、マテルが満足げに呟《つぶや》いた。が、私にはそれに応じる余裕がなかった。敵が前進を開始したのだ。

法兵合戦で法撃兵を消耗し、随伴法兵も喪《うしな》った敵が採れる策はひとつだ。未《いま》だ優勢な兵力で正面から私たちを一気に踏み潰す。私の予想通り、いや予想以上の速さで敵は槍衾《やりぶすま》を押し立て、掛け声を上げながら寄せてきた。その声と足音は強固な戦意と勇気に溢《あふ》れ、私をまるで巨大な張り手に連打されているような気分にさせた。モスマンの法撃と弓兵　弩《いしゆみ》兵の阻止射撃に薙《な》ぎ倒《たお》されながらも、敵は前進を止めない。そしてついに、

「叩《たた》けえ」

敵の掛け声を合図に長柄槍《やり》の叩《たた》き合いが始まった。敵兵が槍を弾《はじ》かれ頭を叩《たた》かれて倒れ伏す。

「いけるか」

私は思わず拳を握った。だが、敵はすぐ後列の者が進み出て欠けた隙間を埋める。一方、こちらの槍の列は敵に比べて哀れなほど薄い。やがて、多くの風切り音がして、叩《たた》き合いを演じているスケルトンがばたばたと倒れた。

「敵の弓でござる。こちらへ」

ミシャが私の袖を引き、有無もなくコボルトらが掲げた楯《たて》の内に引きずり込まれた。まさか、夜の打物戦《うちものいくさ》の最中に弓を射るとは。だが、敵の矢は味方の兵も巻き込むのも構わず降り注いだ。楯《たて》の隙間から、鎧《よろい》の押付に矢を受けた敵兵が倒れ伏すのが見えた。

「味方射《う》ちも厭《いと》わぬか」

誰かが呻《うめ》いた。

「敵にも物狂いがいるようだな」

そう思うと何故《なぜ》か楽しくなって、私は笑いを噛《か》み殺《ころ》すのに苦労した。


ついに私の周りにも、次々と矢が落下し始めた。矢を受けたコボルトや龍牙兵が地に伏していく。クルーガが駆け寄り、私に顔を近づけ、

「両翼が」

首を巡らせた私は、左右のスケルトン弓兵とモスマンが、敵の騎兵の大群に追い散らされているのを見た。発法しようとしたモスマンが、胸に槍《やり》を受けて黒羽根を散らしながら撥《は》ね飛《と》ばされた。

「このままでは包囲される」

「サイアスらは」

「こちらへ向かっている最中だ」

クルーガが無念そうに顔を歪《ゆが》めた。彼らは戦闘が打物合戦の様相に移ったのを見て、こちらへ前進している。そう指示したのは私だ。そこにバイラも寄ってきて、

「殿、これまででござる。早々に御退散を。ヴァンパイアと牙兵は殿を御守《おまも》りせよ」

「汝《なんじ》はどうする」

「ここで敵を禦《ふせ》ぎ申す」

私は阿呆《あほう》のような面《つら》で莞爾《かんじ》と笑うミノタウロスを見つめた。

「さあ、迅《と》く落ちられよ」

私は腹を立てた。こ奴《やつ》は私のことをわかっていない。肚《はら》の底から急に熱いものが湧き上がってきた。その熱さが私の舌を動かした。

「応よ、では落ちるぞ」

私は皆に聞こえるように叫んだ。

「ただし、落ちる先は前方」

私は敵を指さした。

「殿、何を」

「黙れ、囲まれる前に全力で前方の敵を突破するぞ。目指すは第七師団の馬印だ」

夜戦なので、敵も馬印など立てていないのだが。今度はバイラが呆《ぼう》けた面《つら》で私を見つめた。が、やがて不敵に笑って鼻を鳴らした。

「このまま槍衾《やりぶすま》を押しだす。ミュルミドンは槍《やり》の両側を掩護《えんご》。弓兵、弩《いしゆみ》兵、魔導兵は逐次に入れ替わって敵を射《う》ち払え。コボルトは背後を固めよ。皆で敵陣を繰抜《くりぬ》くぞ」

クルーガが静かに頷《うなず》き、手下《てか》のヴァンパイアに合図した。ヴァンパイアたちが散り散りになった弓兵らを呼び集めるために走り去る。マテルが常人には聞こえない高周波の鳴き声で部下のモスマンたちへ呼びかけた。

「しかし、この押し合いの状況では前に出ることすら至難だぞ」

「むう」

そこまでは考えていなかった。誰かが素敵な策を思いついてくれたらいいのだが。騎兵中隊を手放すのではなかった。そのとき、

「あたしがやるわ」

全員が声に振り向いた。視線の先で、片膝ついたスウが冷《さ》めた眼《め》で敵陣を見つめていた。


スウは答えも待たず、戦の喧騒《けんそう》の中で鎧《よろい》の紐《ひも》を解《ほど》き始めた。

「おい、何を」

「着たままだと、またロラ姉に叱られるから」

スウは平気な顔で呟《つぶや》きながら、五枚胴を脱ぎ捨て、兜《かぶと》を取り、鎧下《よろいした》だけになった。それでもスウは脱ぐのをやめない。鎧下《よろいした》を毟《むし》るように剝ぎ取り、最後に晒《さらし》を解いて下帯まで脱ぎ捨てた。内臓まで凍りそうな冷たい冬の星の光を受けて、盛り上がった乳房が転《まろ》び出た。小麦色の肌、引き締まった腰からしなやかに伸びる筋肉質の脚、無毛の股間が露《あらわ》になった。金髪が戦場の血《ち》腥《なまぐさ》い風を受けて微《かす》かに揺れた。

誤解を恐れず言うと、凄絶に美しい裸身だった。私は戦も忘れ、ただ魅入られるばかりだった。バイラの開いた口から涎《よだれ》が引いている。コボルトの荒い呼吸音が耳に刺さりそうだ。そんな男どもの視線を気にするふうもなく、スウはすっと眼《め》を閉じて顎を軽く引き、小さく何事か呪を唱えた。

そして、スウの体が膨張した。

そこにいたのは、橙色《だいだいいろ》の棘《とげ》のような体毛に覆われた一匹の怪物だった。前屈《まえかが》みなのに身の丈は軽く十尺を超えていた。太く長く発達した四肢、鶴嘴《つるはし》のような爪、突きでた耳まで広がった双眼に赤黒い膜がかかり、裂けた口に灰色の牙が巨大な鋸刃《のこば》のように並んでいる。棘《とげ》が折り重なってできたような貌《かお》の真ん中で、その口が凶々しく嗤《わら》った。

「ライカンスロープか。人ではないと思っていたが」

クルーガが小さく呻《うめ》いた。またの名を変化《へんげ》兵。人狼《じんろう》や人虎が定番だが、中には獣とも呼べぬ悍《おぞ》ましい化け物に変じる者もいるという。このスウのように。

私は変わり果てた姿のスウに話しかけようとしたが、かけるべき言葉が見つからなかった。思わず唾を呑《の》み込《こ》み、助けを求めるように周りを見回した。だが、誰もが目を見張ったまま動かない。凄《すさ》まじい戦場騒音の吹き荒れる中、スウの周囲だけが何故《なぜ》か神聖な静寂に包まれた気がした。あまりの変化《へんげ》の凄《すさ》まじさに時間が凍ったように思われた。

勿論《もちろん》そんなわけはない。周囲では敵味方が血みどろになって殴り合うように戦っている。敵の矢が次々と降り注ぎ、スウだった怪物の頭に、高い音を立てて征矢《そや》が立った。だが、怪物は羽虫でも払うように矢を抜き捨てると、

「あたしが敵の槍《やり》に隙を作るから、ちゃんと前に出てよね」

重苦しい静謐《せいひつ》を破る甲高くよく通る声だった。紛れもなくスウの声だ。頼むから、そんな恐ろしい怪物の口から可愛《かわい》らしい声を出さないで欲しかった。悪い冗談だ。

「お、おう」

私はそう答えるのが精一杯。怪物いやスウは敵のほうを向き、跳躍に備えるように体を撓《たわ》めた。全身の筋肉が緊張する気配が私のところまで伝わってくる。その貌は、どこから喰《く》い荒らすか見定めているようだった。

そのとき、異変が起こった。先刻までスケルトン重槍兵《じゅうそうへい》と叩《たた》き合っていた敵兵の槍の林が見る間に崩れ、杣人《そまびと》の斧《おの》で倒れるように、敵の槍がばらばらに地に転がった。敵が鎧《よろい》の押付を見せて、悲鳴を上げながら逃げ散っていく。左右に目を向けると、敵の騎兵が小魚の群のように引き退いていく最中だった。私は、自分の上に折り重なっている楯《たて》を押しのけて立ち上がった。総崩れ寸前だったスケルトンの防衛線が突然動きを止め、虚《うつ》ろな眼窩《がんか》がただ前方を見つめている。

「何があった」

私は怒鳴った。だが、誰も答えなかったので、もう一度私は声を張り上げた。

「敵が逃げだしておるようで」

龍牙兵の一人が、自信なさそうな声で答えた。それくらい見ればわかる。

「えっと、あたしはどうすればいいのかな」

怪物の姿のまま、スウが所在なさげにぼそりと呟《つぶや》いた。

「全員を急ぎ呼び集めて全周警戒、中隊長以上は私の許《もと》へ」

だが、私が下知するまでもなく、兵たちが集まってきた。一人のスケルトンが私に近寄ってきた。右の袖のかわりに杏葉《ぎょうよう》の金具をつけていて、弓兵だと知れた。

「汝《なんじ》は、確か」

「グズリでござる、殿」

「おお、そうだった。中隊長のラズロはどうした」

「中隊長は討ち死にいたしした。生き残りの中ではそれがしが先任故」

「そうか、逝ったか」

「見事な最期でござった」

死んだのはラズロだけではなかった。二中隊長のロバンと四中隊長のワッグも乱戦の中で討たれていた。他の者も酷《ひど》い有り様で、私は打ちのめされて暗澹《あんたん》とした気分になった。

「指揮官は全員集まったようだ」

クルーガが、低い声で私に告げた。

「うむ、敵が何故《なぜ》退いたか、見当がある者はいるか」

だが、誰もが無言だった。やがて、バイラが身を乗りだし、

「下手な考えはなんとやらと申す。それより、逃げた敵を追撃いたそうか」

「いや、敵が後退した理由もわからず深追いするのは危険だ」

「ならば、関所の戦闘に加勢なされるか」

冗談ではない、この状況でよく言えたものだ。だが、バイラの言い分にも一理ある。私は東を見た。そこではまだ火矢が飛び交い法撃の爆発が夜空を照らしていて、戦闘が続いていることを示している。やはり、無理をしてでも関所正面の戦場へ向かうべきであろうか。状況不明の際は最も手近な敵へ攻め懸かれという言葉もある。右の上膊《じょうはく》に巻いた包帯も痛々しい工兵中隊長のアッラが

左手を上げた。

「敵の後詰めの前進を禦《ふせ》ぐのが我らの役目のはず。退いたとはいえ、敵の意図が不明な以上、軽々しく動くのは如何《いかが》でござろうか」

私は迷ったが、すぐに面倒になって考えるのを止めた。私は面具を剝がすように取った。濡《ぬ》れた髭《ひげ》が冬の夜風に快かった。私は肺一杯に新鮮な空気を吸った。やっと心が落ち着いた。私は晴れ晴れとした顔で周りを見回した。皆が私の言葉を待っている。私は息を吸い、

「この街道を押さえておる限り我らの負けはない。守りを固め、この地を死守せん」

自分の決断を励ますように大声で告げた。白状すれば、私は疲れ果てていて、もう一歩も動きたくなかった。


私は、残兵を集めて方陣を組ませた。何時敵が再び攻め寄せてくるかわからなかったからだ。四辺にスケルトン重槍兵《じゅうそうへい》を並べ、その外周に弓兵と弩《いしゆみ》兵を配した。私は、ミュルミドン兵と手負いの者とともに方陣の中に位置し、方陣の四つの頂点にはモスマンを置いた。

すぐにサイアスの法兵群が合流したので、彼らも方陣の頂点に配置した。もはや打ち物衆は酷《ひど》く消耗していて、彼らの法撃力が頼りだった。方陣の周囲では、コボルトらが地に落ちた矢を拾い集めている。誰にも言わなかったが、もう一度本格的な攻撃を受けたら持《も》ち堪《こた》えられる自信がなかった。私は非常に緊張していたので、血と肉の焦げる臭いも気にならなかった。兵たちは、それぞれ前を見据えて動かない。隣で龍牙兵が息を潜め、兜《かぶと》の庇《ひさし》越しに血走った両目を盛んに動かして前方の闇の彼方《かなた》から何かを探しだそうとしている。

「とにかく、状況が摑《つか》めぬと動きようがない」

私は腕を組んだ。

「モラスよ。何か見えるか」

アルゴスのモラスは首を振り、

「戦場は彼我《ひが》混交しております。ただ、西側の敵はひたすらに西へ動いてるようで」

肝心なときに役に立たぬ奴《やつ》め。私は疲れ果てていて、思わず情けないことを考えた。

「物見を出しまするか」

バイラが囁《ささや》くように言う。

「いや、これ以上戦力を分散するのはよろしくない」

我が軍は半数近くが討たれていて、これ以上戦力を散らす気にはなれなかった。

「あたしがもう一度見てこようか」

変化を解き、鎧《よろい》を着たスウが能天気に言う。私は思案に暮れた。スウを出すにしても、何処《どこ》へ向かわせるべきか。

「まずは、逃げた敵の企図を探らねばならぬ」

方陣の中には、逃げ遅れた敵の兵を十ばかり転がしてある。だが、いずれも雑兵で、尋《き》いても怯《おび》えて要領の得ない答えが返ってくるばかりだった。偽装退却なのか、それとも再編成して再び寄せてくるのか。私は考えるのに疲れ果てていた。

突然、方陣の西面の兵たちに僅かに動揺が走った。

「どうした」

私は、足音を忍ばせて一中隊長のウフドの傍《そば》に寄り、彼の肩越しに訊《き》いた。

「前方から足音が」

ウフドが前方に目を凝らしたまま言った。私には聞こえない。横からクルーガが顔を出し、

「確かにこちらへ向かっている」

目を閉じて囁《ささや》いた。

「数は」

「一騎、しかし様子がおかしい。脚の運びは騎馬に似ているが、あれは蹄《ひづめ》ではない」

「面妖な」

バイラが私を庇《かば》うように身を乗りだしてきた。

「殿は方陣の中央に。龍牙兵とミュルミドンは人垣を作れ。クルーガ、殿を任せた」

バイラは方陣の外に出て見得を切るように大身槍《やり》を一振りし、闇を睨《にら》んで路上に立った。

やがて、微《かす》かな星明かりを受けて、駆けてくる影が見えてきた。

「おう、あれは」

誰かが声を漏らした。スフィンクスだ。鎌刃を立てた前立の兜《かぶと》から、風を受けて流れる長い金髪が見えた。スフィンクス襲撃騎兵はこちらを認めると、大きく手を振った。それに応えてバイラも槍《やり》を上げて左右に振る。私はその光景を見て涙が出そうになった。

「迂闊《うかつ》だった。スフィンクスの足音を失念するとは」

クルーガが恥ずかしそうに呻《うめ》いた。だが、それも仕方ない。私だってスフィンクス騎兵がここに

馳《は》せてくるとは夢にも思っていなかった。そんな私たちの思いも余所に、スフィンクスは滑るように方陣の内に入ってきた。騎兵中隊の副中隊長を任されているシャイラだ。自慢の山吹色の毛並みが血と泥に汚れ、所々焦げた跡もあった。

「殿様」

荒い息もそのままに、シャイラは面を外して私に微笑《ほほえ》んだ。

「無事だったか」

尋《き》いた後で、口巻近くで折り取られた矢が板袖に立っていることに気づいた。

「疵《きず》は大事ないか」

「ええ、掠《かす》り疵《きず》です」

シャイラは平気な顔で答えた。負傷の苦痛など屁《へ》でもないと誇っているようだった。

「ミレネスは、皆は無事か」

「はい、何名か手負いましたが、皆、浅手でございます」

「そうか」

思わず笑みが漏れた。久々にいい報《しら》せだ。

「それで、御注進したいことが」

「おお、すまん」

私は決まりが悪くなり、顔を引き締めた。いかん、軽々しく喜びすぎた。

「中隊は敵の小荷駄を追尾して段列を発見、これを襲撃いたしました」

私は西に目を向けた。遠くに松明《たいまつ》や篝《かがり》ではない大きな火が見えた。私は間抜けにも、あれを遠くの村か町家の灯《あか》りだと思っていた。

「では、あの火は汝《なんじ》らか」

シャイラは答えるかわりに、不敵な顔で上唇を舐《な》めた。

「おお、でかした」

私は思わず歓声を上げげそうになった。シャイラは含羞《はにか》むように笑い、

「その後、東に戦火を見て御加勢しようと馳《は》せる途上、街道上を西へ走る騎馬十騎ばかりと遭遇、これを追い散らして一人を擒《とりこ》にいたしました。中隊主力はこちらへ向かっております。私は中隊長の命で先駆けして一足早くこちらへ」

「来る途中、異変はなかったか」

シャイラは少し考えるふうだったが、

「はい。街道沿いをばらばらに西へ進む敵の群と行き会いました」

「肝太いことを。その中を単騎で駆け抜けて参ったか」

私は、呆《あき》れ返《かえ》ってシャイラを見返した。

「闇夜で私の姿もよく見えなかったのでありましょう。それより、一刻も早う殿の許《もと》へ参らねばと思い、一心に駆けて参ったのです」

「殊勝なことを申すわ」

私は思わず苦笑った。

「それで、ミレネスたちもこちらへ駆けておるのだな」

「もうすぐ参ると存じます」

そう言って金髪のスフィンクスは身体《からだ》を伸ばし、西に顔を向けて鼻をひくつかせた。

「ほら、もうそこまで」

シャイラの言う通り、大勢の足音がひたひたと響いてきた。漆黒のスフィンクスを先頭に、三十騎ばかりのスフィンクス騎兵が街道を素晴らしい速さで駆けてくるのが見えた。ようやく西側の脅威が除かれたことを確信した私は、彼女たちを出迎えるために方陣の外に出た。

「殿様、間に合《お》うたようでございますわね」

全身から鉄錆《てつさび》のような血と泥の臭いを漂わせたミレネスが、誇らしげに私を見下ろした。

「うむ、まあな」

私は強がって右の口角を歪《ゆが》めた。

「ここに来る途中、敵と行き交わなかったか」

「はい、血路を開こうと突き懸かりましたが、ほとんどの敵が得物も持たず、私たちを見ても逃げるばかりなので、途中から捨て置いて真《ま》っ直《す》ぐ駆けて参りましたわ」

「そうか」

私は内心大きく安堵《あんど》した。敵は組織的な後退ではなく、無秩序な敗走をしていると信じて間違いないようだった。それから、ふとミレネスの獅身《ししん》の背に目を留《と》めた。そこには、見事な鎧《よろい》の武者が、身体《からだ》をくの字にして俯《うつぶ》せに横たわっている。

「それが擒《とりこ》か」

「はい、敵の動きを知るには生虜《せいりょ》が一番ですわ。それも高位の者こそ良かれと申します」

ミレネスが大きく身震いして捕虜を放りだした。彼は力なく地に転がった。どうやら目を回しているようだった。

「暴れるので、頭を殴っておきましたわ」

駆け寄ったコボルトらが、その哀れな武者を後ろ手に縛り上げた。

兜《かぶと》こそ失われていたが、萌黄《もえぎ》縅《おどし》の腹巻の上に文錦《ぶんきん》の胴服を羽織り、一目で華冑《かちゅう》の家の者と知れた。驚くほど年が若い。まだ二十代後半のようで、背が高く整った髪も髭《ひげ》も焦茶色。二枚目で思慮深そうな顔をしているが、白目を剝《む》いていて台無しになっていた。

「高位の者らしいが、何者でござろうか」

その顔を覗《のぞ》き込《こ》み、バイラが誰に問うとでもなく呟《つぶや》いた。

「目が覚めると面倒だ。舌など嚙《か》まぬよう、猿轡《さるぐつわ》を強《き》つくしておけ」

私はそれだけ言うと、再び方陣の中央に戻った。

ほどなくして、東の空が白み始めてきた。払暁の薄明かりの中、私は自分たちが夥《おびただ》しい死者に囲まれていることを知った。頭や肩を割られた者、征矢《そや》を幾筋も突き立てられた者、四肢を失った者、裂かれた腹からはみ出た臓物に身を浸すように力尽きた馬もいた。砕けて崩れ落ちたスケルトン、下半身を失ったミュルミドン、他にも私の兵たちが大勢横たわっている。

「だいたい読めてきた」

クルーガが、死者たちを眺めながら静かに言った。

「恐らく敵は我らを攻め倦《あぐ》ねるうちに、段列を焼かれたことで挟撃の恐怖に駆られたのだ」

聞き耳を立てていたバイラが、

「ならば、危地は去ったということでござるか」

「今のところはな。だが、油断すまい。まだ戦は終わっておらぬ」

スフィンクスを物見に出そうかと東に顔を向けた。そのとき、私は信じられないものを見た。

砂塵《さじん》の向こうから、続々と人馬の群れが三々五々に連れ立って現れた。いずれも兜《かぶと》も被《かぶ》らず得物も持たず、中には差物を失った者もいた。ただ水色の袖印から敵であることが知れた。雑兵もいれば立派な鎧《よろい》の者もいた。ゴブリンやエルフもいた。攻撃かと思ったが、様子がおかしい。私はサイアスに向かって手振りで伝えた。まだ撃つな。

敵兵の群れはスケルトンの方陣を見るや、力尽きたように跪《ひざまず》き、

「助け候《そうら》え」

手を合わせて叫びだした。私たちが顔を見合わせて戸惑っていると、すぐに整然と隊列を組んだ騎馬の一隊が、群衆を押し分けるように進んできた。私はその先頭に銀の烏帽子兜《えぼしかぶと》を見て、思わず声を上げた。

「クタール殿」

その頃になってやっと、私は喉が嗄《か》れていることに気づいた。騎馬の列の後ろにヴリトら牢人《ろうにん》衆の姿も見えた。ヴリトが私に向かって凄味《すごみ》のある笑顔を向けた。クタールは馬から飛び降りると一直線に歩いてきて、いきなり鎧《よろい》をぶつけるように私に抱き着き、

「よう御無事でござった」

私の鎧《よろい》の押付を何度も叩《たた》いた。私には男に抱擁される趣味はないので、極めて不愉快だった。私は我慢して時が過ぎるのを待った。ようやく満足したのか、クタールは腕を解き、

「夜が明けた途端に敵は浮足立ち、やがて雪崩を打って逃げだし始めよってな。どうやらゼキ殿が後詰めを殲滅《せんめつ》したことで、包囲されると思うたらしい」

「大袈裟《おおげさ》な。押《お》し止《とど》めるのが精一杯でござったわ」

「ゼキ殿はなかなかに奥床しいお方でござるな」

何を勘違いしたのかクタールは感じ入った顔で私を見て、大きく頷《うなず》いた。

「さて、この捕囚どもを如何《いかが》いたそう。五、六百はいるが」

既に、ヴリトら牢人《ろうにん》衆が嬉々《きき》として彼らの鎧《よろい》を剝ぎ始めている。

「全てお預けいたそう。夜通し働いて眠くていかぬ故」

冗談だと思ったのか、クタールが大口を開けて笑いだした。私も付き合って力なく笑っていたが、ふとミレネスが捕まえた捕虜を思いだした。

「こちらも何人か捕まえてござる。王国の軍法に疎い故、引き取っていただければ有難《ありがた》い」

コボルトらに引きだすように命じ、

「どうも一人、偉そうな奴《やつ》がおりましてな」

萌黄《もえぎ》縅《おどし》の腹巻の男に顎をしゃくった。男は既に目が覚めていて、私たちを睨《にら》み上げた。クタールは露店の野菜でも見定めるような目で眺めていたが、突然ひっと息を吸い、

「こ、これは、敵の大将バトラ伯でござるぞ」

と声を絞りだした。それから、私の鎧《よろい》の袖を叩《たた》き、

「武功《ぶこう》一等でござるぞ。流石《さすが》は魔群の大将でござるな」

まるで我がことのように嬉《うれ》しそうに言った。だが、私は困憊《こんぱい》しきっていたので、心の底からどう

でもよかった。

「ではこれもクタール殿にお譲りいたそう」

「いや、生命を救うてもろうた上にこのような大手柄を譲られるなど、それがしの一分が立ち申さぬ。必ず、殿下にはゼキ殿の御手柄と言上いたすでござろう」

そう言って供の者に命じ、哀れなバトラ伯を縛り上げたまま自分の馬の鞍《くら》前に俯《うつぶ》せに横たえさせ、愉快そうにその尻を掌《てのひら》で叩《たた》いた。とてもいい音がして、私はバトラ伯に一層同情した。

「これで、一応は勝ったということでよいのか」

クタールが降兵を連れて関所に戻るのを見送りながら、私は独り言のように呟《つぶや》いた。

「そのようでござるな」

自信がないのか、横に立つバイラも不安げに答えた。

「しかし、我が方も痛手だ」

陣を解いて戦場の後始末をしている部下たちを眺めた。牢人《ろうにん》衆が敵の死骸から得物や具足を漁《あさ》っていて、時折歓声のような声が上がった。後方に下がっていた陣夫まで姿を見せていた。

「だが、敵も主力である第七師団が敗走、戦は俄然《がぜん》こちらが優位に」

「本当にそう思っているのか」

私の問いにバイラは答えず、ただ憤と鼻を鳴らした。私は力なく笑い、

「やはり、ここは喜ぶべきなのだろうな」

そのとき、関所の方向から勝鬨《かちどき》の叫びが遠雷のように轟《とどろ》いてここまで伝わってきた。

「そうですな、まずはお喜びあれ」

だが、ミノタウロスの言葉には微塵《みじん》の喜びも感じられなかった。かわりに、

「殿、まずは飯でも召されよ」

ぼそりと言った。見上げると、ミノタウロスが立ちながら干飯《ほしい》を口一杯に頬張っている。思わず苦笑が漏れたが、私も急に空腹を覚えた。

「いや、汝《なんじ》の申す通りだ。今のうちに食ろうておこう」

私も腰の打飼袋《うちがいぶくろ》から、竹葉で包まれた腰兵糧を摑《つか》みだそうとした。そのとき、ふいに足許《あしもと》の影が浮き上がった。シャドウ・デーモンのジニウだ。

「おお、如何《いかが》した」

「ハヤギ村の包帯所が襲われてござる」

私は全身の血が凍りつくかと思った。

「如何《いか》なることか。汝《うぬ》ら、敵の浸透を許したか」

バイラが飯の粒を飛ばした。

「我ら、森を抜けようとする敵の乱波と鉢合《はちあい》になり、その際に敵の一部が村の包帯所を襲うたものと」

「それで、敵の数は」

私は、バイラを手で押《お》し止《とど》め、ジニウに訊《き》いた。

「凡《およ》そ五十ばかり。あらかたは捕殺いたした」

「こちらの被害は」

「討ち死にが七」

「むう」

私は唸《うな》り声を上げた。シャドウ・デーモンは優秀な乱波だ。物見や破壊工作、暗殺などの後方攪《かく》乱《らん》に長《た》けているが、正面戦闘では脆《もろ》い。やはり彼らのみに翼の警戒を任せたのは失策《しくじ》ったか。私は己の愚かさに思わず歯《は》噛《が》みした。

「それで包帯所は、テラーニャは」

「それが」

ジニウが口ごもった。

「早う申せ」

「テラーニャ殿が深手を負われ、村の小屋に臥《ふ》して」

ジニウが言い終わらないうちに、私は村に向かって駆けだした。


自分では物凄《ものすご》い勢いで駆けていると思っていた。跳ねる鎧《よろい》の重さも苦にならなかった。法撃で抉《えぐ》られた地面も畔《あぜ》も障害にはならなかった。私は全身が発条《ばね》になったように駆けた。だが、それは私がそう思っていただけで、すぐバイラが足音も荒く追いついてきて、

「殿、ミレネスの背にお乗りあれ。そのほうが早い」

無理矢理私の身体《からだ》を担ぎ上げ、並走するミレネスの背に放り投げた。現実は峻《しゅん》厳《げん》だ。

「しっかりお摑《つか》まりになって」

返事も待たずミレネスは速度を上げた。私は振り落とされぬようミレネスにしがみついた。

ハヤギ村の陣地はほとんど燃え落ちていて、残っている一軒の前で、私たちの姿を認めたザラマンダーのハリルが手を振っている。ミレネスの背から転がり落ちるように降りた私に、

「申し訳ござらぬ。怪我人《けがにん》を庇《かば》おうとテラーニャ殿が」

私は手を上げてハリルの言葉を遮った。

「テラーニャは」

「この中に」

小屋に入ろうとする私の前に、ハリルが慌てて立ち塞がった。

「今、ミニエが手当てしております。今暫《しばら》くお待ちを」

「黙れ」

私は押し殺した声で言って、小屋の中へ入った。納屋だった小屋の中は薄暗く、埃《ほこり》と血の臭いがした。土間に板戸が敷かれ、変化を解いた人の姿のテラーニャが、打掛をかけられて横たわっていた。

「テラーニャ」

駆け寄ろうとして、ラミアのミニエに止められた。

「お静かに、今やっと落ち着いたところです」

私は忍び足でテラーニャの枕元に膝をついた。血の気の失《う》せた青白い貌《かお》のテラーニャが眩《まぶ》しそうに私を見上げる。

「殿様、戦はどうなりました」

「うむ、まずは勝ったようだ」

「ようだ、とは心細いことを」

テラーニャは笑おうとして苦しそうに咳《せ》き込《こ》んだ。

「おい、無理をするな」

それから私はミニエに顔を寄せた。テラーニャの力の失《う》せた瞳が私を見上げた。

「疵《きず》の具合は」

「変化を解いたので疵《きず》は消えております。しかし」

ミニエは言葉を切り、悲しそうに顔を伏せた。私は腸《はらわた》が溶け落ちる気がした。

「殿様、お嘆きになられますな。戦場《いくさば》での手負い討ち死には当たり前のこと」

テラーニャが寂しそうに微笑《ほほえ》んだ。私はテラーニャの顔を見つめたまま、

「ミニエ、二人にしてくれ」

ミニエは答えず、ただ一礼して出ていった。

私は兜《かぶと》を脱ぎ身を乗りだして、打掛の下から伸ばしたテラーニャの手を両手で握りしめた。その冷たさに私は狼狽《ろうばい》した。

「主様」

「逝くな、お前に逝かれては困る」

「ふふ、勿体《もったい》ないお言葉ですこと」

「このようになるなら、もっとお前に優しくしておればよかった。許せ」

涙が溢《あふ》れ、視界が滲《にじ》んできた。

「いいえ、妾は主様に優しくしていただきました。テラーニャは幸せでございました」

やめろ、そんなことを言うな。

「主様、覚えておいでですか。二人で初めて湯浴みしたときのことを」

「うむ、よう覚えているぞ。二人して湯脈を掘り当てて、仲良く湯に浸《つ》かったのう」

「あい。あのとき、主様は本当に臭うございました」

「はは、そうか、臭かったか」

私は泣きながら笑おうとした。

「ええ、鼻が曲がりそうでした。とんでもないところに呼ばれたと思いました」

「あれからできる限り毎日風呂に入っているぞ。下帯も努めて毎日替えておる」

「ええ、存じていますとも」

テラーニャがか細い笑みを浮かべた。

「黒龍の、ヤマタの洞に入ったことを覚えておるか」

「あい、よう覚えていますとも」

「あのとき、お前とバイラは無茶をしおって」

「あのときの主様の背中がどうにも心細く、つい後を尾いていってしまいました」

「そうか、心細かったか」

涙が止まらない。テラーニャの声が擦れ、手の力が少しずつ抜けていくのを感じた。

「そうだ、二人で初めて酒を嘗《な》めたことを覚えているか」

話し続けなければ、テラーニャの魂が抜けだしてしまいそうに感じた。

「あい」

だが、テラーニャはそれだけ言ったきり黙り込んでしまった。

「おい、テラーニャ」

「少し草臥《くたび》れました」

テラーニャの眼《め》がゆっくりと閉じられた。

「おい、眠るな。眼《め》を開けよ」

「できればもう一度、主様の生き血をいただきとうございました」

瞑目《めいもく》したまま、テラーニャがぽつりと小さく呟《つぶや》いた。

「う、うむ、血だな。待っておれ」

私は慌てふためいて帯を解き、鎧《よろい》の紐《ひも》を緩めて胴鎧《どうよろい》を脱ぎ捨てた。耳障りな金属音が狭い小屋に響いて私を苛立《いらだ》たせた。私は鎧下《よろいした》の襟元を寛《くつろ》げ、

「ほれ、血だ。私の血を吸うがよい」

テラーニャが弱々しく眼《め》を開いた。私は打掛を剝《は》いでテラーニャの上体をそっと抱え起こしてやらねばならなかった。テラーニャは何も着ていなかった。彼女の裸身は美しかった。その眼《め》が、細い肢体が、薄い胸が愛おしかった。

テラーニャの両腕を私の首に巻き、彼女の身体《からだ》を抱き締めた。このような細い身体《からだ》で私を支えてくれていたとは。テラーニャの身体《からだ》は冷たくて、更に私を悲しませた。

「さあ、吸え。好きなだけ吸うのだぞ」

私は彼女の身体《からだ》を揺すり、呻《うめ》くように乞うように話しかけた。涙が鎧下《よろいした》を濡《ぬ》らして染みを作るのも気にならなかった。

「主、様」

テラーニャはぽつりと零《こぼ》すように言い、私の首筋に力なく牙を立てた。私は静かに泣きながら彼女を受け入れた。


それからどれくらい経《た》っただろうか。まだ、テラーニャは私の首にしがみついている。心なしか、テラーニャの両腕に力が籠もり、体の奥が熱を帯びているような気がした。何故《なぜ》か、荒く熱い息を首筋に感じた。それがテラーニャの鼻息だと気づくのに時間はかからなかった。

「あ、あの、テラーニャ、さん」

私はできるだけそっとテラーニャに囁《ささや》きかけた。だが、テラーニャは首を微《かす》かに振るだけで、血を吸うのを止めない。いや、血を吸っているのではない。私の生命《いのち》を吸っているのだ。いつの間にか、私が彼女を支えているのではなく、彼女がアラクネの膂力《りょりょく》で私を支えていた。

「お、おい、その辺りで」

私は宥《なだ》めるように言った。だが、彼女は聞いていないのか、ふんふん鼻を鳴らしてひたすらに私を貪っている。

永遠に続くと思われた時間がようやく終わった。テラーニャがそっと私に巻いた腕《かいな》を解いて身体《からだ》を離した。白く靭《しな》やかな裸身が桃色に染まり、細い眼《め》が艶然と歪《ゆが》んでいる。その姿は、私の霞《かす》んだ目にも美しく見えた。テラーニャは満足げに息を吐き、それからやっと我に返り、

「主様」

崩れ落ちそうになる私を慌てて抱き止めた。

「大丈夫でございますか」

大丈夫なわけあるか、死ぬかと思った。

「う、うむ。お前は大丈夫なのか」

「申し訳ありません。つい、調子に乗って吸いすぎてしまいました」

本当にすまなそうに眼《め》を伏せた。

「もうお前の生命を心配しなくてもよいのか。助かったのだな、死なぬのだな」

テラーニャが僅かに眼《め》を見開き、きょとんとした顔で私を見た。

「誰が死ぬと申されますので」

「お前だ。私はお前が死んでしまうかと」

そこで気づいた。誰もテラーニャが助からぬとも死ぬとも言ってない。ジニウも、ハリルも、ミニエも。

「妾は怪我《けが》で精が足りなくなり、寝込んだだけでございますが」

テラーニャが、怪訝《けげん》な顔で言う。

「つまり、お前は精を使い果たして腹が減っていただけなのか」

私は確かめるように訊《き》いた。

「そういう言い様をされては、恥ずかしうございます」

テラーニャが頬を膨らませてぷいと横を向いた。

「そうか、そうか、はは、よかった。本当によかった」

思わず私は手を回してテラーニャを抱き締めた。だが、安堵《あんど》のせいか、血を抜かれすぎたせいか、私は腰が抜けていて、テラーニャにぶら下がる形になった。

「あ、あの、主様」

戸惑うテラーニャの声がしたが、私は心行くまで彼女にぶら下がることに決めた。


私はずっとこのままでいたかった。だが、小屋の外で部下たちが待っていることを思いだして、テラーニャに手伝われて苦労して鎧《よろい》をつけて小屋の外に出た。朝日がやけに眩《まぶ》しく、何故《なぜ》か黄色く見えた。膝が笑って倒れそうになるのを、バイラが手を伸ばして支えてくれた。

「すまぬな。ちと気が抜けたようだ」

それから心配そうな顔の皆を見回し、

「副官はもう大丈夫だ。少し寝かせておけば恢復《かいふく》するであろう」

ミニエが何か悟ったのか、思わせ振りににたりと笑った。私は敢《あ》えて無視することにした。

「こちらの被害は」

私は努めて気を張って尋《き》いた。ハリルが一歩前に出て、

「敵に魔導兵がいてクレイ・ゴーレム三名が全損、それに小屋に寝かせていた手負いのミュルミドン一名とコボルト三名、手当てを受けていた捕虜のドワーフ二名も落命いたしました」

「なんと、敵は怪我人《けがにん》を襲うたか」

私は思わず声を荒らげた。それも敵味方見境なく襲うとは。

「テラーニャ殿は怪我人《けがにん》を庇《かば》おうと敵の前に立ち塞がり」

無念そうに顔を歪《ゆが》めた。

「それがしらがもっと早う駆けつけておれば」

「よい、汝《なんじ》に責《せめ》はない」

これも開放翼の警戒を軽んじた私のせいだ。私は忌々しげに首を振った。そのとき初めて、村の広場に死骸が雑に並べられているのに気づいた。

「あれは」

「敵の乱波でござる」

私は死体の列に歩み寄った。いずれも小具足姿で、凄《すさ》まじい力で引き裂かれた死体の中に、焼け焦げた死体もあった。ザラマンダーの炎に焼かれたのだろう。鉄錆《てつさび》と肉の焦げた苦々しい臭いが私の鼻孔を突いた。

「冒険者だな」

声に振り向くと、いつの間にかクルーガが死体のひとつの前で膝をついていた。その手に、冒険者を示す鑑札が握られていた。その横でバイラが死体を見回し、

「鎧《よろい》を脱ぎ、素肌で森を抜けようとしてシャドウ・デーモンと戦になり、一部が迂回《うかい》しようとして包帯所に行き当たったのでござろう」

胴鎧《どうよろい》を脱いだのは、身軽に森を抜けるためだろう。

そのとき、遠くから蹄《ひづめ》の音が聞こえてきて私は振り返った。騎馬の群がこちらへ速足で駆けてくる。先頭は水牛角の脇立の兜《かぶと》、続く大柄な武者は法輪の前立をしている。グラウスとオークのエギンだ。二人してこちらに大きく手を振っている。私も立ち上がり、浮かぬ顔で手を上げて二人に応

えた。グラウスが馬から降り、

「ハヤギ村へ参られたと聞き及び申したので」

「うむ、包帯所を襲われてな」

「それはお気の毒な」

エギンが、こちらで警護の兵を出そうかと言うのを、

「いや、お構いあるな。それより、敵の兵も手当てしている。これをお引き取り願いたい。それと、我が方の負傷兵を根小屋へ運ぶ手筈《てはず》を」

「心得申した」

エギンが、周囲で働いている陣夫を呼びに歩き去った。既に村にはクタールの手の者らが少しずつ入ってきていて、戦死者の回収と陣地の復旧に取りかかろうとしている。

「王国冒険者組合は、以前からサーベラ王へ誓紙を差しだしておりましたが、これで殿下に弓引くことが明らかになり申した」

冒険者たちの死体を検分したグラウスが吐き捨てるように言った。

「厄介でござるのか」

「何の、所詮は無足人、いずれは揉《も》み潰さねばならぬ奴輩《やつばら》どもでござる」

グラウスは殊更に明るく笑った。

「だが、これはすぐにでも殿下に注進せねば」

血に汚れた鑑札を握りしめた。

「ならば、私も本陣に同道いたそう。殿下に戦況を報告せねば」

それから私は膝に力を込めて、一同を見回した。

「よいか、まだ戦は終わっておらぬ。気を抜くこと勿《なか》れ」

大声で呼ばわった。一番気が抜けそうなのが私なのは黙っておくことにした。


本陣の面番所は法撃で徹底的に破壊されていて、イビラスと彼の幕僚たちは、白洲《しらす》を挟んで反対側にある小番屋に黒地に金の違《たが》い太刀の戦旗を掲げていた。小番屋は茅葺《かやぶ》きの屋根や塗壁《ぬりかべ》に穴が空き柱に焦げた跡があったが、それでも関所で最も原形を保っていた。私がグラウスと小番屋を訪れると、歩哨《ほしょう》の休息所で待機していた武者が飛びだしてきた。

「イビラス公殿下に御用があって参った」

「どうぞ、こちらへ」

彼は妙に慇懃《いんぎん》な態度で私たちを中へ促した。矢避けの幕を潜って中へ入ると、そこにはイビラスの次男ザルクスが、老臣カルドを脇に控えさせて上座で居心地悪そうに床几《しょうぎ》に腰を据えていた。

私たちは児小姓に勧められて床几《しょうぎ》に尻を落とすと、

「戦況報告に参上いたした」

できるだけ丁寧な物腰で述べた。ザルクスが兜《かぶと》をつけたままなので、私も兜《かぶと》を脱げない。それが私の神経を微《かす》かにささくれさせた。だが、ザルクスはそんな私の気分など気にも留めず、

「ゼキ殿の働き、まことに天晴《あっぱ》れでござった」

齢《よわい》に似合わぬ野太い声で告げた。

(若年のくせに世辞を申すわ。片腹痛し)

そう思ったが、実年齢では私のほうがずっと年下だった。それに、若者特有の曇りのない笑顔を見て考えを改めた。どうやらこの若者は、本気で私を賞賛しているらしいと気づき、少し尻が痒《かゆ》くなった。イビラスの隠密《おんみつ》を指図する男のくせに、その純情さが却《かえ》って不気味だ。

「特に、敵の大将バトラ伯を生け捕りたること、まさしく昨夜の合戦の武功第一」

巨漢が興奮に顔を赤らめて私を見ている。私は些《いささ》か気持ち悪くなってきた。

「それより、イビラス公殿下に御目《おめ》通り願いたい」

私は一刻も早くこの場から離れたかった。だが、ザルクスはすまなそうに、

「父はここにはおりません」

「はて、怪《け》なること。殿下のおわすところ必ず違い太刀の御旗《みはた》あり。それを御不在とは」

グラウスが口を挟んだ。そこで私ははっと思い至り、慄然とした。

「グラウス殿、まさか公殿下は」

青灰色の顔を更に蒼《あお》ざめさせた私を見て、察したグラウスの顔もたちまち血の気が引いた。私はザルクスとカルドを順に見て声を潜め、

「もしや、イビラス公殿下は討たれなされたか」

私の問いにザルクスとカルドは顔を見合わせ、それから膝を何度も叩《たた》いて笑いだした。

「え」

太刀持ちの小姓まで笑っている。呆気《あっけ》にとられる私たちに、ザルクスが涙を拭いながら、

「いや、失礼を許されよ。大変な誤解をしておられる」

それから姿勢を正して、

「父は兄ハブレスとともに、騎兵三百を率いてカヤバル城に参られた」

「それ故に、獅子頭《ししがしら》の馬印が見えなかったのでござるか」

グラウスが呻《うめ》くように言った。

「無謀な。カヤバルには、サーベラ王に味方する諸侯の軍勢が続々と参陣しておるはず」

「さに非《あら》ず。実はカヤバルに集まっておる諸侯の大半は、秘《ひそ》かに父に同心してござる」

「返り忠でござるか」

「左様。労せずしてカヤバルは陥ちるでござろう」

私は言葉に詰まった。だが、昨夜の第七師団の性急な夜襲も納得がいく。

「つまり、バトラ伯は諸侯の忠義を疑い、敢《あ》えて師団独力で攻め懸けたのか」

カルドが大きく点頭し、

「恐らくそうでござろうな。だがバトラめ、まさか師団を挙げて夜襲を仕掛けてくるなどとは、こちらも予想できるはずもなく」

本来ならば、この地で諸侯軍が寝返りを打ち、第七師団を挟撃する手立てだったという。

「まこと、ゼキ殿がおらねばどうなっていたか」

ザルクスが笑った。が、私は呆然《ぼうぜん》としていて、青年の眩《まぶ》しそうな笑顔も目に入らなかった。

イビラスは、その日のうちにほとんど抵抗を受けることなくカヤバルに入城、諸侯軍を糾合《きゅうごう》してそのままイドの町へ進軍した。次の日にはイドの郊外に野陣を張り、数度の小競り合いを交わしただけで、赤子に手羽先固めを掛けるように簡単にイドを掌中に収めた。

その報《しら》せを受けたとき、私は打ち合わせと称してクタールの陣屋で茶を喫《の》んでいた。この三日間、私たちは部隊の再編成から陣地の修繕、補強など多忙を極めていた。それもようやく一息つき、クタールに茶を誘われたところだった。

「むう、それがしも同道しておれば」

クタールは戦陣仕立ての茶室で悔しそうに畳を拳で殴った。この男は武骨な面相に似合わず、多彩な趣味人だった。

「それでは、ここの陣構えも終わりでござるな」

私は値の張りそうな茶碗《ちゃわん》の茶を啜《すす》った。うむ、苦いだけでとてもまずい。

「ゼキ殿はこれから如何《いかが》なさる」

私は茶碗《ちゃわん》を眺めた。薄紫の器の内側に大小の銀色の斑紋が浮いている。かなりの値打ち物らしいが、私にはよく理解できなかった。

「時を待たず、殿下は王都に進軍なされるでありましょうな」

私は、茶碗《ちゃわん》を両手で注意深く置いた。誤って割っては一大事だ。クタールが溜息《ためいき》をつき、

「ならば、いずれ我らも参陣の下知が」

「恐らくは」

私もつられて嘆息した。

「だが、私は一度我が泉に戻ろうと思うてござる」

「ほう」

「随分と部下を失ってしまった。補充して再編成せねばならぬ」

その言葉に、クタールが残念そうな寂しそうな顔をした。

「いや、できるだけ早う戻る積りでござる。御懸念には及ばず」

私は慌てて言い添え、それではザルクス様に暇乞《いとまご》いをして参る、と席を立った。


次の日、私たちはザルクス以下僅かな者たちに見送られ、タムタの関所を後にした。数十頭の馬を贈られ、そのうち何頭かは失われたゴーレムらのかわりに荷車を牽《ひ》いている。ほとんどが敵から分捕った馬で、ザルクスが厚意で譲ってくれたものだ。

「阿呆《あほ》らしい戦でござったな」

関所を見返しながら、バイラが呟《つぶや》くように零《こぼ》した。

「もとから勝ち戦と決まっておったのに、要らぬ苦労をした」

「そう申すな。あそこでイビラスが討たれておれば、全ては水泡であったのだ」

輓馬《ばんば》に跨《またが》るミノタウロスを驢馬《ろば》の鞍上《あんじょう》から見上げて私は宥《なだ》めた。

「ふん、あの古狸《ふるだぬき》ならば、二の策三の策まで用意しておったでござろうよ」

「しかし、これからが大変だ。王国の内紛に本格的に肩入れしてしまったのだからな」

クルーガが口を挟んできた。

「なんとかなるであろうよ」

私は後ろを振り返った。まだザルクスらがこちらを見送っている。クタールやグラウス、オークのエギンの姿も見えた。だが、クルーガは私が感傷に浸る暇《いとま》も与えず、

「おまけに、王国の冒険者組合まで敵に回してしまった。奴《やつ》ら、厄介だぞ」

と嫌なことを言った。

「冒険者など、全て我が刃《やいば》の錆《さび》にしてくれるわい」

ヴリトが重苦しい声で言って、肩に担いだ長巻を揺すった。このオウガは私に仕官すると言いだし、半ば強引に転がり込んできたのだ。数十名の牢人《ろうにん》までヴリトに付いてきていた。

「うむ、そのときは当てにしている」

私は鞍《くら》から尻を浮かせ、前衛として路上を疾駆するミレネスら騎兵中隊のスフィンクスを眺め、それから空を仰ぎ見た。モスマンたちがゆっくりと遊弋《ゆうよく》しながら、周囲を警戒している。


暫《しば》く進んでいると、バイラが感慨に耽《ふけ》るように、

「思えば随分と遠くまで来たものよ。今はあの黴臭《かびくさ》い迷宮が懐かしい」

ぼそりと口に出した。

「まあ、慌てて帰ることもなかろう。往《ゆ》きは無理をした故、帰りはゆるりと参ろうぞ」

「と申されると」

「ハクイの東の関所溜《だま》りに二、三日逗留《とうりゅう》して、市で米や味噌《みそ》など仕入れよう」

「おお、それは良きお考え」

「じゃあ、うちの店にも顔を出して。ニド姉たちも喜ぶから」

スウが声をかけてきた。

「店は直ったのか」

「新品みたいに綺麗《きれい》になったよ」

「おう、それはよい。殿、是非とも参りましょうぞ。それがし、あの牛鍋をもう一度喰《く》ろうてみたいと思うていたところで」

「汝《なんじ》はロラに会いたいだけであろう」

私はせせら笑った。

「へえ、バイラさん、ロラ姉に気があるんだ」

スウが面白そうな顔をした。

「バイラはな、胸の巨きな女子《おなご》をおおいに好むのだ」

私の言葉に、一同がどっと沸いた。

「へえ、じゃあ、義兄様《あにさま》って呼ばなきゃね」

「殿、戯れが過ぎますぞ」

バイラが顔を真っ赤にして喚《わめ》いた。

「はは、許せ。だが、町に会いたい者がおるのはお主だけではないぞ」

「はて、そのような者が」

「探題府には女騎士のレネイアが詰めておるはず。そうだな、ミシャよ」

今度はミシャが顔を朱に染めた。

「と、殿、それがしはレネイア殿とはまだ何も」

「まだ、とは如何《いか》なる意味であろうか」

また笑い声が上がった。

「殿も、余人《よじん》の色恋沙汰に現《うつつ》を抜かしている場合ではないのではないか」

クルーガが、変なことを言いだした。

「クルーガよ、どういう意味だ」

「それは殿が一番よくわかっているはず」

ヴァンパイアが気色悪い笑みを浮かべた。

「え」

皆が私を見ている。スケルトンやミュルミドンまで。バイラが皆を代表するように、

「もしかして本気でわかっておられぬのか、それともわざと呆《ぼ》けておられるのか」

にたりと下卑た笑みを浮かべた。皆がにたにた笑いながら私を見つめている。

私は救いを求めるように周りを見回し、ふと後続の荷車の列に目が留まった。先頭の荷車の荷台に坐《すわ》るテラーニャと視線が合った。彼女が満面の笑みで大きく手を振るので、私は柄にもなく顔が赤くなった。

朽木外記（くちき・げき）

兵庫県出身。思うところあって2019年から小説投稿サイト「小説家になろう」で作品の発表を始め、本作でデビュー。

レジェンドノベルス
LEGEND NOVELS

城主《じょうしゅ》と蜘蛛《くも》娘《むすめ》の戦国《せんごく》ダンジョン 2

2020年8月5日　第1刷発行

［著者］ 朽《くち》木《き》外《げ》記《き》
［装画］ こちも
［装幀］ 宮古美智代

［発行者］ 渡瀬昌彦
［発行所］ 株式会社 講談社
〒112-8001 東京都文京区音羽2-12-21
電話 ［出版］03-5395-3433
［販売］03-5395-5817
［業務］03-5395-3615

［本文データ制作］ 講談社デジタル製作
［印刷所］ 凸版印刷 株式会社
［製本所］ 株式会社 若林製本工場

N.D.C.913 303p 20cm ISBN 978-4-06-520563-1